CW00921784

SOUPER MORTEL AUX ÉTUVES

Membre du conseil scientifique de *Slowfood France* (mouvement pour la sauvegarde du patrimoine culinaire mondial), Michèle Barrière fait partie de l'association *De Honesta Voluptate*, fondée sur les travaux de Jean-Louis Flandrin. Journaliste culinaire, elle est l'auteur pour Arte de la série *Histoire en cuisine*.

Paru dans Le Livre de Poche :

Meurtres à la pomme d'or
Meurtre au café de l'Arbre Sec
Meurtres au Potager du Roy
Natures mortes au Vatican
Les Soupers assassins du Régent

MICHÈLE BARRIÈRE

Souper mortel aux étuves

Roman noir et gastronomique
à Paris au Moyen Âge

AGNÈS VIÉNOT ÉDITIONS

AVERTISSEMENT

Cette histoire purement imaginaire fait apparaître des personnages qui ont bel et bien existé dans la France tourmentée de la fin du XIVe siècle : Valentine Visconti, Louis d'Orléans, Philippe le Hardi, Charles VI, Eustache Deschamps, Jean de Montaigu, Dino Rapondi, Guillaume Tirel dit Taillevent.

ISBN : 978-2-253-12515-0 – 1re publication LGF

À la rue Cauchois
À la rue Constance

1

6 janvier
« Si le soir du jour des Rois,
Beaucoup d'étoiles tu vois,
Auras sécheresse en été,
Et beaucoup d'œufs au poulailler. »

Des bûches crépitaient dans la cheminée, procurant à la petite pièce une bienfaisante chaleur. Il faut dire qu'en cette fin d'après-midi du 6 janvier 1393, jour de l'Épiphanie, il faisait un temps de chien. Une tempête de neige avait fait rage toute la matinée, transformant les rues de Paris en un bourbier glacé. Cela n'avait pas refroidi les ardeurs des fêtards qui avaient envahi les rues, masqués et déguisés. Il gelait à pierre fendre et, pourtant, on entendait encore les cris et les rires de groupes venus fêter leur roi dans les tavernes voisines de la rue Tirechappe.

Sur un coffre de bois aux lourdes ferrures gisaient les reliefs d'une galette dorée et de rissoles au fromage qu'un gros chat roux s'empressait de faire disparaître. Habilement, le matou cherchait la farce et délaissait la croûte.

Dans un cuveau de bois, un homme, la gorge tranchée, baignait dans une eau rouge de son sang.

Le chat, lassé de la galette, bondit sur le rebord du cuveau, trempa une patte prudente dans l'eau et, ne la trouvant pas à son goût, repartit d'un saut léger vers la porte entrouverte.

– Maudit chat roux ! Encore en train de voler ! Disparais avant que je ne t'étripe.

Le cri de colère de la jeune femme qui venait d'entrer se transforma en un long hurlement d'horreur. La main sur la bouche, elle ne pouvait détacher ses yeux du spectacle grotesque qu'offrait cet homme, le visage barbouillé de sang et la tête ceinte d'une couronne de papier argenté, toute de guingois.

– Messire Jehan, êtes-vous en vie ? Sainte Vierge et tous les saints du paradis, aidez-nous, parvint-elle à balbutier.

Messire Jehan, qui devait, au moment même, frapper à la porte du Grand saint Pierre, ne put lui donner satisfaction. Marion la Dentue prit la mesure du drame, referma doucement la porte et se précipita vers l'escalier où elle s'effondra dans les bras de sa patronne, descendue de l'étage en toute hâte.

– Qu'est-ce qui te prend à crier comme un putois ? lui demanda Isabelle d'un ton courroucé.

– C'est le chat roux, il a assassiné Messire Jehan, sanglota Marion, se tordant frénétiquement les mains.

– Pauvre folle ! Vas-tu cesser avec tes stupides histoires d'animaux ! Je t'ai dit mille fois que nous sommes dans une maison respectable et que tu dois faire preuve d'un peu de retenue.

– Je vous jure, maîtresse, Messire Jehan est mort, il est couvert de sang, il a une couronne des rois sur la tête, et le chat roux grimaçait comme s'il était Satan en personne.

Isabelle écarta Marion d'un geste brusque et se précipita vers la chambre où le cadavre couronné l'accueillit, les yeux grands ouverts. Elle s'empara d'un bougeoir, examina la blessure béante à la gorge, l'eau écarlate du bain et se laissa choir sur le lit qui jouxtait la cheminée. Elle défit les premiers lacets de sa cotte qui comprimait son opulente poitrine, s'éventa d'une main et se mit à rugir :

– La Dentue, tu vas tout me raconter et en détail.

– Oui, oui, lui répondit Marion. Pour une fois, Messire Jehan n'avait pas voulu se joindre aux autres et avait demandé à ce que ce soit moi qui lui prépare son bain. J'étais bien contente de m'occuper de cet important seigneur et si gentil avec ça, moi qui ne suis pas très belle. Je pensais qu'il choisirait plutôt Blanche ou la Grande Margaux qui ont de si jolies figures.

– Ça suffit, l'interrompit Isabelle. Dis-moi précisément ce qui s'est passé.

– Eh bien, j'ai fait chauffer de l'eau, j'ai préparé les serviettes de lin que j'ai mises à chauffer devant la cheminée pour quand Messire Jehan sortirait du cuveau…

– D'accord, s'impatienta Isabelle, ce sont les préparatifs habituels d'un bain. Lui, que faisait-il, que disait-il ?

Marion jeta alors un coup d'œil au cadavre et s'écroula sur le sol en pleurant.

– Il m'a dit que j'étais une bien intéressante personne, hoqueta-t-elle. Personne ne me l'avait jamais dit. Il m'a dit qu'il aimerait mieux me connaître et qu'il voulait que je lui raconte ma vie. Personne ne s'est jamais intéressé à ma vie.

– Bon, bon, dit Isabelle qui craignait que Marion ne se perde en lamentations sur son triste sort. Et qu'est-ce qu'il faisait ?

– Oh ! C'était un homme bien honnête. Il ne s'est pas jeté sur moi. Au contraire, il gardait une bonne distance. Ce n'est pas comme avec tous ces hommes qu'on dirait munis de trois douzaines de mains et qui n'arrêtent pas de vous pétrir les fesses et tirailler les tétons.

Isabelle soupira.

– Marion, hâte-toi dans ton récit. Je connais les hommes et ce qu'ils viennent chercher ici.

– Oui, mais lui, il voulait parler. Pendant que je préparais le mélange de saponaire et d'huile d'amande pour qu'il ait la peau douce et propre, il m'a demandé où j'avais vécu, avec qui, ce que j'avais fait…

– C'est bizarre. Nos clients attendent des filles qu'elles leur ouvrent les cuisses, pas qu'elles racontent leur vie. Que s'est-il passé ensuite ?

Isabelle lissait machinalement la couverture de fourrure, un pli d'inquiétude lui barrant le front.

– Il s'est déshabillé. Il n'a pas voulu que je l'aide. J'ai soigneusement plié ses effets. Que du beau et du cher ! Il a grimpé dans le cuveau, l'eau était chaude à souhait. Il a poussé un long soupir de contentement, mais je voyais bien qu'il avait l'air préoccupé. Je n'ai pas osé lui en demander la raison. Je l'ai lavé et massé comme vous m'avez appris à le faire. Par moments, il se laissait aller à mes caresses, mais se reprenait aussitôt et me posait de nouvelles questions.

– Lesquelles ? demanda Isabelle.

– J'en étais arrivée à ma vie avec Gauvard et les soucis que me donne ce vaurien.

– Tu n'as rien dévoilé de ses activités, j'espère.

– Non, bien sûr, je ne suis pas si bête. Je lui ai juste parlé des bons côtés et de notre petite Jacquette. Là, il m'a dit que sa femme ne pouvait malheureusement pas enfanter, ce qui les attristait grandement. Je lui ai dit qu'il ne fallait pas perdre espoir et que Jacquette était née miraculeusement après notre pèlerinage à Saint-Jacques-de-Compostelle, Gauvard et moi.

– On t'avait pourtant dit de ne jamais parler de ça, gronda Isabelle qui bondit sur ses pieds, empoigna Marion et la secoua comme un prunier.

Marion éclata de nouveau en sanglots et, montrant du doigt le cuveau, dit :

– Ce n'est pas grave. Il est mort maintenant. Il n'en dira rien à personne.

Isabelle se rassit sur le lit et fit signe à Marion de continuer son récit.

– Euh... Quand il est sorti de son bain, je l'ai bien étrillé puis je l'ai enveloppé dans de chaudes serviettes. J'ai bien vu à la bosse entre ses jambes qu'il n'était pas insensible à mes soins. Il bandait dru, mais ne faisait pas un geste vers moi. Je l'ai conduit vers le lit sans qu'il dise mot. J'ai délacé ma cotte et gentiment caressé son vit avec mes seins. Ça lui a bien plu.

– Ça va, Marion, je connais la musique, grogna Isabelle. Continue !

– Quand on a eu fini, on a mangé la galette qu'il avait apportée. Il a dit qu'il avait encore faim et il m'a donné des sous pour aller acheter des petits pâtés. Je me suis habillée et lui, il a replongé dans le cuveau. Je lui ai demandé s'il voulait que je lui fasse chauffer de l'eau. Il m'a répondu que non, qu'il voulait juste effacer les traces de son péché. Je me suis dépêchée d'aller chez Enguerrand le Gros, rue Béthisy, acheter des petits pâtés à la moelle. Il y avait du monde avec tous ces gens qui ripaillent, j'ai dû attendre mon tour et quand je suis revenue, le chat s'enfuyait, les babines retroussées. Je vous le dis, c'est lui qui l'a tué.

Marion, qui n'avait pas enlevé sa pelisse de drap noir, était toujours à terre et ressemblait à un petit tas chiffonné. Isabelle alla remettre quelques bûches dans la cheminée et le feu repartit joyeusement. Elle était silencieuse, se mordillant nerveusement les lèvres. Son étuve avait bonne renommée, elle était fréquentée par des gens de qualité qui venaient y chercher, certes les soins du corps, mais aussi les plaisirs de la chair qu'offrait ce genre d'établissement. Qu'on vienne s'y faire assassiner n'était pas du meilleur effet. Que cela se sache et le commerce en pâtirait. Ce messire Jehan semblait un homme tranquille, sans histoire. Il était client depuis un bon mois. Ses allures et sa mise de grand bourgeois avaient fait bonne impression à Isabelle. Mais qui était-il, en vérité ? Âgé d'une cinquantaine d'années, il avait dit qu'il habitait une lointaine province et qu'il était à Paris pour une sombre question d'héritage.

Et pourquoi diable s'intéressait-il tant à cette pauvre Marion ? Ses dents de lapin qui lui avaient valu son surnom de « la Dentue » ne l'avantageaient guère. Elle était plus une femme de peine qu'une de ces accortes filles publiques qu'Isabelle employait pour dispenser leurs charmes.

La voyant toujours effondrée et sanglotante, Isabelle l'obligea à se relever et, la priant de ne souffler mot à quiconque de cette affaire, lui ordonna de se retirer dans sa soupente et de retrouver meilleure figure. La pauvre fille lança un dernier regard à Messire Jehan et, sur le pas de la porte, ne put s'empêcher de murmurer :

– Et le chat ? Il faudrait l'attraper et le pendre.

Isabelle referma la porte et s'empara des vêtements de Messire Jehan. Peut-être y trouverait-elle un indice sur son identité. Elle fouilla la lourde houppelande fourrée de menu vair[1] sans rien trouver, négligea les chausses et la chemise peu susceptibles de renfermer des documents. Elle s'acharna sur l'ample surcot à capuche doublée d'écureuil, en vain. Dans l'aumônière

1. Fourrure provenant du petit-gris, une sorte d'écureuil.

joliment brodée au fermoir d'argent, elle trouva des pièces de monnaie, une petite boîte de métal ouvragé contenant des pastilles aux graines d'anis. Rien qui puisse lui apprendre quelque chose sur cet homme mystérieux. Dans un mouvement de colère, elle jeta les vêtements à terre. Seule consolation : elle pourrait revendre le lot un bon prix aux fripiers juifs de la rue de la Chausseterie.

Sans un regard pour le cadavre, elle sortit de la pièce qu'elle ferma soigneusement avec une des clés qu'elle portait à la ceinture.

Par chance, il n'y avait plus de clients aux étuves. À vrai dire, elle n'avait pas le droit d'ouvrir un jour de fête religieuse, mais les temps étaient durs et quelques deniers étaient toujours bons à prendre. Et Messire Jehan s'était montré bien généreux. Comme toute bonne chrétienne, Isabelle respectait les fêtes carillonnées, mais elle ne résistait pas à la vue d'une belle pièce d'or. Elle aurait tout le temps, demain, d'aller se repentir à l'église Saint-Germain-l'Auxerrois, toute proche.

Il lui fallait maintenant se débarrasser discrètement du corps. Pas question de prévenir les agents du guet : avouer qu'elle tenait commerce le jour de l'Épiphanie lui coûterait la fermeture de son établissement.

La Seine n'était pas loin et ce ne serait pas la première fois qu'elle servirait de cimetière à des cadavres embarrassants. Elle savait pouvoir compter sur Gauvard, le mari de Marion, pour ce genre de basses besognes. Il avait un lourd passé de bandit de grand chemin, mais se disait aujourd'hui repenti. Isabelle savait qu'il n'en était rien. Elle lui offrait le gîte et le couvert ; en contrepartie Gauvard aidait Marion à entretenir les feux et à transporter les lourds seaux d'eau chaude. À l'occasion, il se débarrassait *manu militari* des clients indésirables. Qu'il se servît des étuves pour receler le fruit de ses traficotages, elle n'en doutait pas. Elle préférait en savoir le moins possible et fermait les yeux sur ses activités criminelles.

C'était d'ailleurs là le lot commun dans ce quartier où il y avait plus de tavernes que de chanoines à la cathédrale Notre-Dame.

Elle trouva Gauvard à *La Belle Jambière*, attablé avec une bande de coupeurs de bourses bien connus aux halles des Champeaux[1]. Il y avait foule et l'endroit était si enfumé qu'elle avait du mal à distinguer le fond de la salle où Gauvard et ses compères levaient le coude allègrement. Gauvard la héla :

– Eh, la belle Isabelle, viens donc partager ce pichet de vin d'Argenteuil. Ça te réchauffera le gosier. Ce n'est pas un temps à mettre un chrétien dehors. Il y a la compagnie de Crolecul qui nous fait hurler de rire. Ils sont arrivés avec un âne, disant que c'était lui leur roi de la fève. Malgré les cris d'orfraie du père Bertin, ils ont réussi à faire monter l'animal sur une table. L'âne s'est mis à braire d'un côté et à chier de l'autre. Je te dis pas la tête du Bertin qui se prend pour le roi des aubergistes ! Les Croleculs viennent d'offrir à boire à tout le monde. Profites-en.

Cette ambiance de taverne, Isabelle la connaissait bien, elle n'en avait que trop tâté dans ses jeunes années où elle faisait commerce de son corps. Maintenant qu'elle avait pignon sur rue, elle ne se mêlait plus à cette engeance, aussi c'est d'un ton très froid qu'elle signifia à Gauvard qu'elle n'appréciait guère ce genre de distraction et qu'il devait la suivre immédiatement.

1. Ancien nom des Halles de Paris.

L'homme s'essuya le menton, s'extirpa du banc où il était assis et salua ses compagnons de beuverie :

– Ce que femme veut, Dieu le veut, aussi continuez à vous enivrer sans moi. Vous crierez à ma place « le roi boit » quand les Croleculs vous offriront de nouveau à boire pour fêter leur âne souverain.

Isabelle et Gauvard sortirent de la taverne. Ils formaient le couple le plus mal assorti qui soit. Isabelle, grande et plantureuse, dépassait d'une bonne tête le petit homme maigrichon.

Arrivés devant les étuves, elle mit un doigt sur ses lèvres et déclara :

– Gauvard, tu garderas le secret sur ce qui va se passer à partir de maintenant.

Elle le mena jusqu'à la petite chambre, ouvrit la porte. Gauvard entra et, d'un ton parfaitement calme, lui dit :

– Ainsi, c'est fait ! En voilà un pour qui la fête se termine mal.

Isabelle se rapprocha de lui et demanda :

– Tu le connaissais ?

– Non, pas vraiment, mais il rôdait dans le quartier depuis deux mois. Il avait pris ses habitudes aux étuves de la rue des Poulaines et puis il est arrivé ici. Il posait trop de questions. C'était louche. Alors, j'ai demandé à Martin de trouver quelqu'un pour s'en débarrasser.

Isabelle le regarda d'un air incrédule et, d'une voix pleine de colère, déclara :

– C'est un comble ! Il n'aurait pas pu l'attendre au coin d'une rue plutôt que de l'assassiner chez moi ? Il n'avait qu'à faire ça du côté du cimetière des Saints-Innocents. Tous les matins, on les ramasse à la pelle, ceux qui s'y sont fait assassiner.

– Il y a toujours le risque de se faire voir ou bien qu'il résiste. Dans un cuveau, c'est plus facile, répondit benoîtement Gauvard.

Cette fois, Isabelle explosa :

– C'est la meilleure, celle-là ! On aurait pu aussi lui préparer un bain à ton homme de main et l'aider à plonger son couteau dans le corps de ce pauvre malheureux. Et qui est-ce qui va nettoyer tout ce sang ? Toi ? Lui ? Tu vas aller le voir dare-dare, ton Martin, et lui dire de m'enlever ce cadavre. Il doit avoir l'habitude, ce truand, ce détrousseur, ce caïman, ce larron…

– Hé, tout doux, ma belle ! l'interrompit Gauvard. Ne dis pas de mal de mes amis. Il faut savoir te montrer reconnaissante. On te protège, toi et ton établissement. Ça vaut bien de temps en temps un petit service, non ?

Isabelle se calma. Le ton de Gauvard était tout sauf amène. Ce n'était pas le moment de se le mettre à dos. Elle esquissa un sourire, lui tapota la main et reprit :

– Débrouille-toi, trouve-le. Je ne passerai pas la nuit avec ce corps dans un de mes meilleurs cuveaux. Il faut que demain matin, tout soit en ordre pour l'ouverture des étuves.

Gauvard la regarda d'un air narquois. Mettre dans l'embarras cette belle femme au verbe haut n'était pas pour lui déplaire.

– Ça va me prendre un bout de temps pour le retrouver. S'il faut que je fasse toutes les tavernes…

Il enfonça son bonnet sur la tête et ressortit dans le froid.

Quatre heures plus tard, il revint avec un individu fort peu présentable : en haillons, la face noire de crasse, puant le vieux vin.

Ils eurent le plus grand mal à sortir du cuveau le cadavre devenu rigide. Gauvard l'enveloppa dans un drap et le saucissonna avec des liens de chanvre. Il donnait l'impression d'avoir fait ça toute sa vie, ce qui n'était peut-être pas complètement faux, se dit Isabelle qui assista, muette, à ces funèbres préparatifs. Gauvard annonça qu'ils se débarrasseraient du corps à l'écorcherie de la Grande Boucherie.

– Pourquoi ne pas le jeter à la Seine ? demanda Isabelle. L'abreuvoir de Fort-l'Évêque est à deux pas.

– Merci bien ! Il faudrait longer Saint-Germain-l'Auxerrois, au risque de tomber sur les hordes de mendiants qui dorment aux alentours. Je préfère ne pas m'aventurer dans ce coin.

Sur le pas de la porte, Isabelle leur fit signe que la rue était libre. Ils chargèrent le corps sur leurs épaules et s'enfoncèrent dans la nuit. Ils parcoururent sans encombre la rue de la Charpenterie, puis la rue des Jardins et débouchèrent sur le quai de la Saulnerie, désert. Malgré le poids de leur macabre fardeau, ils pressèrent le pas en longeant les murs noirs de la prison du Grand Châtelet. Juste en face, les dizaines de roues à aubes installées entre les arches de pierre du Pont-aux-Meuniers brassaient l'eau de la Seine avec fracas.

Ils pénétrèrent sur le territoire de la Grande Boucherie. Tout était sombre. Les meuglements et les bêlements des troupeaux arrivés l'après-midi pour être abattus au petit matin remplissaient la nuit. Ils évitèrent soigneusement la taverne *Au Pied de Bœuf* fréquentée par les écorcheurs. Ils laissèrent à main gauche le grand bâtiment abritant les étaux des bouchers et la rue de la Triperie d'où émanaient des relents de graisse brûlée. Le cadavre était lourd. Ils durent s'arrêter pour reprendre souffle. En repartant, Gauvard se prit les pieds dans un amas de cornes et de sabots qui seraient récupérés, dès le lendemain, par les faiseurs de chapelets et de dés. Il jura silencieusement. Le sang qui avait gelé sur les dalles de pierre rendait leur progression difficile. Gauvard commençait à regretter de ne pas avoir balancé le corps à la Seine. Des peaux de bovins, raidies par le gel et accrochées à des cordes, se balançaient au gré du vent comme de grands fantômes jouant à cache-cache avec la lune. Malgré le froid, une puanteur âcre se dégageait des monticules d'intestins et de viscères abandonnés sur le sol. Des tas de graisse figée attendaient que les fabricants de chandelles viennent se servir.

Les deux comparses étaient sur le point de se débarrasser de leur colis sur un ramassis de rognures d'os quand se fit entendre une cavalcade. Venu de la rue Saint-Leufroy, un groupe se précipita sur eux. Ils étaient cinq, tous portaient des capuchons à longues oreilles pendantes, à la manière des fous. Vêtus de peaux de lapin qui traînaient par terre, ils agitaient des clochettes et des marottes et hululaient. Ils se mirent à danser une ronde autour de Gauvard et de son compagnon. L'un d'entre eux commença à déclamer d'une voix avinée :

– Où allez-vous ainsi, si lourdement chargés ? Est-ce un trésor que vous transportez ? Êtes-vous les Rois mages que nous fêtons ce jour ? Est-ce myrrhe, encens et or que vous allez nous donner ?

Gauvard essaya de les disperser. Il fit tournoyer son bâton, mais aucun ne voulut bouger. Son acolyte, sentant qu'ils n'allaient pas lâcher prise, partit sur la pointe des pieds. Gauvard resta seul avec son paquet que les autres commençaient à tirailler. Il préféra alors, lui aussi, tourner les talons, abandonnant le cadavre à la convoitise du petit groupe qui poussa un hurlement de triomphe.

Ils s'empressèrent de dérouler le drap. Leur enthousiasme s'évanouit quand apparut un bras livide. Ils repoussèrent le corps contre une borne et partirent en courant.

La neige s'était remise à tomber. La main du mort, dressée, semblait vouloir attraper les légers flocons qui tourbillonnaient dans l'air glacial de cette nuit des Rois.

2

Constance jouait avec Isobert, le chiot au pelage noir que lui avait rapporté son mari de son récent voyage en Limbourg. Cachée derrière les courtines du lit, elle agitait un oreiller de plumes que le chien tentait en vain d'attraper. Elle riait de son air pataud, de ses bonds désordonnés pour éviter les plumes qui voletaient autour de lui.

Agnès la Dévote, occupée à des travaux d'aiguille, se tenait au plus près de la cheminée pour profiter de la clarté des flammes. La guimpe de lin blanc qui lui enserrait le visage lui donnait un air sévère démenti par les regards amusés qu'elle lançait à la jeune femme et son chien. Elle se réjouissait de voir Constance si heureuse et si jolie, le visage échauffé par le jeu. Quand son maître, Jehan Du Four, était revenu quatre ans auparavant avec une jeune fille de quinze ans qu'il disait vouloir épouser, Agnès s'était inquiétée. Constance ressemblait alors à un oisillon tombé du nid : maigre comme un coucou, apeurée et silencieuse. Agnès s'était dit que cette petite serait emportée par la première maladie venue.

Aujourd'hui, Constance était une belle jeune femme à la peau laiteuse, aux longs cheveux châtains éclairés de reflets dorés, aux yeux vert émeraude, au front joliment bombé. Aucune grossesse n'était venue, hélas, alourdir sa mince silhouette.

Agnès frissonna, se leva pour aller mieux fermer les tentures qui occultaient les deux fenêtres donnant sur la rue de la Bûcherie. Jehan Du Four avait été un marchand drapier prospère avant d'entrer au service du Trésor du roi Charles. Les lourdes tapisseries des Flandres qui protégeaient les murs du froid intense, les tapis de sol brodés, les coussins jetés sur les deux grands coffres, la courtepointe en fourrure qui couvrait le lit disaient l'aisance du maître des lieux.

Isobert venait de perdre l'équilibre et roulait à terre, poursuivi par Constance qui pleurait de rire.

Agnès prit un air sévère et s'adressa à Constance :

– Ce n'est plus de votre âge de jouer ainsi ! Vous devriez songer à vous préparer pour le retour de votre mari. Vous savez comme il aime que les choses soient en ordre dans sa maison.

– Agnès, ma bonne Agnès, vous savez aussi comme il aime me voir rire. Il dit que je suis le rayon de soleil du soir de sa vie. Et lui aussi rit des bêtises d'Isobert.

– Je ne suis pas sûre qu'il ait été ravi que votre protégé dévore le rouleau de parchemin que lui avait fait envoyer Monseigneur le duc d'Orléans.

Constance prit la gueule du chien entre ses mains, plongea son regard dans les yeux pleins d'adoration de l'animal, l'embrassa sur le museau et lui déclara :

– Mon cher Isobert, je vais t'abandonner pour faire honneur à mon seigneur et maître qui aime tant à son retour avoir douce chaleur dans la cheminée, chaussons tout prêts, petits plats à manger, et entre mes tétins se coucher !

– Constance ! fit Agnès la Dévote d'un ton offusqué.

– Mais Agnès, c'est ce qu'il dit à chacun de ses retours ! C'est ainsi qu'homme et femme doivent s'aimer. Et je n'aurai pas assez de ma vie pour remercier Messire Jehan de m'avoir épousée. Sans lui, je serais morte de faim et de honte. Alors, dites-moi plutôt ce que vous avez prévu pour souper. Des mets légers, j'espère, car j'ai mangé tant de galette des rois que je suis un peu écœurée.

– J'ai fait préparer un brouet sarrazinois[1] et une porée blanche[2] que je vous ferai servir dès que Messire Jehan sera de retour. Cela ne vous inquiète-t-il pas de le savoir dehors à cette heure ?

Constance, qui replaçait les oreillers à la tête du lit, fit un signe de dénégation.

– Depuis quelques mois, son travail au service du roi l'accapare. Il m'a dit qu'on lui avait confié de lourdes responsabilités. Même en ce jour de fête, il se devait à sa mission. J'aurais mille fois préféré que nous allions ensemble voir la farce qui se donnait sur le parvis de Saint-Julien-le-Pauvre. Mais il m'a promis qu'il serait de retour pour le souper.

– Votre époux est devenu quelqu'un de très important. Il va falloir vous y faire, ma chère petite, lui rétorqua Agnès.

Constance avait pris un bâton pour retendre les draps et pestait :

– Agnès, venez m'aider. Ce lit est si large et les draps de chanvre si lourds que je ne pourrai m'en sortir toute seule.

– Vous n'aviez qu'à ne pas vous y rouler avec Isobert, lui rétorqua Agnès en riant.

---

1. Poisson frit accompagné d'une sauce aux épices et fruits secs.
2. Hachis de légumes, en l'occurrence de blancs de poireaux. Recette p. 341.

Constance sourit et, tout en s'activant, déclara :

– Vous savez que depuis son accident en août dernier, notre bon roi Charles a des moments difficiles. Ses conseillers, ceux qu'on appelle les marmousets, ont été renvoyés par les oncles et le frère du roi qui sont revenus à la première place. Jehan se doit, plus que jamais, d'être présent.

– Quelle étrange affaire que ce trouble qui saisit Charles en forêt du Mans, poursuivit Agnès. On dit tellement de choses à ce sujet que je ne sais quoi en penser.

– Ce fut comme un vent de folie qui s'empara de lui, renchérit Constance. On raconte que le roi et sa troupe chevauchaient dans une forêt. Quand ils débouchèrent dans une clairière sablonneuse, le soleil était à son zénith. Charles était vêtu d'une jaque de velours noir et coiffé d'un chaperon de drap vermeil. La forte chaleur semblait l'incommoder. Soudain, un jeune page laissa choir sa lance enfanonée de soie sur le casque d'acier de son voisin. Le roi se crut attaqué par-derrière, le cerveau lui tourna. Il se vit cerné d'ennemis, chargea, frappa à coups d'épée tout ce qui l'entourait jusqu'à ce que son cheval, épuisé et couvert de sueur, s'arrête. Un chambellan, Guillaume Martel, monta en selle derrière le roi, le ceintura. On l'allongea par terre, il ne reconnut ni ses oncles ni son frère et il perdit connaissance.

Agnès, tout en replaçant sous les oreillers les petits sachets de senteurs remplis d'ambre et de safran, demanda :

– Ne dit-on pas qu'il fut à deux doigts de tuer son frère, le duc d'Orléans ?

– Jehan a entendu le duc de Bourgogne qui était présent dire que, voyant la fureur du roi, il s'était écrié : « Fuyez, beau neveu d'Orléans, fuyez, Monseigneur veut vous occire. »

– Comment une telle chose a-t-elle pu arriver ?

– On crut d'abord que le roi avait été empoisonné, mais les médecins et échansons apportèrent la preuve qu'il n'en était rien. Jehan est persuadé que Charles travaillait trop, qu'il n'était pas en état de mener cette expédition contre Jean de Monfort en Bretagne. Depuis, il est fort abattu. Les nombreux médecins appelés à son chevet n'ont pu le tirer de sa mélancolie.

Agnès soupira et rajusta sa jupe de coutil tout en déclarant :

– Voilà qui est bien triste. Souhaitons que notre roi retrouve toute sa vaillance. Constance, je vais aller m'assurer que tous nos gens sont bien rentrés. En ces soirées de fêtes folles, tout peut arriver.

Agnès emmena Isobert qui s'acharnait, toutes dents dehors, sur la lisière d'une tapisserie en point d'Arras.

Quand elle revint, Constance était sagement assise sur le banc devant la cheminée, vêtue d'une robe de velours grenat et d'un surcot brodé aux amples manches garnies d'hermine. Jehan la gâtait et voulait pour elle les plus douces étoffes et les plus belles parures. Tout était calme dans la maison et il n'y avait plus âme qui vive dans les ruelles sombres et glacées. Une légère inquiétude commençait à tenailler les deux femmes. Il n'était pas dans les habitudes de Messire Jehan de ne pas tenir ses engagements.

Agnès proposa à Constance de manger un peu, arguant que cela ferait venir le maître de maison. Constance refusa, prit le livre d'heures que Jehan lui avait offert en étrennes, le 1er janvier. Il l'avait fait réaliser par Ymbert Stanier, un enlumineur de la rue Boutebrie. Constance ne cessait de s'émerveiller des délicates miniatures qui ornaient chaque feuillet. Elle venait de découvrir à la page des prières pour la Pentecôte une chèvre-serpent, un lion-reptile et un dragon à tête de moine cachés dans une arabesque. Elle adorait toutes ces drôleries qui rendaient la lecture des saintes écritures si facile.

Les deux femmes guettaient le moindre bruit et c'est au plus profond de la nuit, alors qu'elles s'étaient légèrement assoupies, que retentit le marteau de la porte d'entrée.

Agnès se précipita à la fenêtre, ouvrit le battant et s'écria :

– Qui va là ?

Une voix profonde d'homme lui répondit :

– Je suis envoyé par dame Valentine pour quérir Constance Du Four. Ma maîtresse souhaite s'entretenir avec elle de graves événements.

– Mon Dieu ! s'exclama Constance. Il est arrivé quelque chose à Jehan. Vite, Agnès, allez ouvrir à ce messager pendant que je me prépare.

La jeune femme échangea ses fragiles mules de soie contre des chaussures couvertes, torsada ses cheveux et les emprisonna dans une coiffe fourrée. Elle s'empara d'une chaude pelisse et rejoignit le rez-de-chaussée où elle trouva trois hommes d'armes qui l'attendaient. Elle reconnut Thomas Pasquier, un des gardes de son amie Valentine Visconti, l'épouse de Louis d'Orléans. Elle s'empressa de lui demander :

– Que s'est-il passé ? Que savez-vous ?

– Je ne puis rien vous dire. J'ai ordre de vous amener à l'Hôtel de Bohême où vous attend la duchesse d'Orléans. Faisons vite, je vous prie.

Agnès tendit un manchon à Constance, l'embrassa sur le front et, ouvrant la porte, l'assura qu'elle allait prier jusqu'à son retour.

Il y avait un bon bout de chemin de la rue de la Bûcherie à la rue de Bohême. La neige avait gelé et ralentissait leur marche. Les deux compagnons de Thomas portaient des torches. Ils prirent par le Petit-Pont, traversèrent l'île de la Cité totalement déserte, continuèrent jusqu'au Pont-au-Change et abordèrent la rive droite par la rue de la Sellerie. Les alentours de Saint-Jacques-la-Boucherie et des Champeaux n'étaient pas sûrs. Il y traînait toujours de la racaille, aussi les hommes avaient la main posée sur leur épée, prêts à dégainer à la moindre alerte. Les quelques petits groupes qu'ils rencontrèrent rue du Château-Fêtu et rue de la Croix-du-Trahoir ne manifestèrent aucune agressivité à leur égard. Ils arrivèrent ainsi sans encombre à l'Hôtel de Bohême où ils pénétrèrent par une petite porte donnant sur le jardin.

Thomas conduisit Constance dans une des salles du premier étage. Un homme âgé et voûté tournait le dos à la cheminée, une jeune femme était assise sur une petite chaise. Ils parlaient à voix basse. Constance entra et se jeta dans les bras de Valentine qui s'était levée pour l'accueillir.

– Mon amie, balbutia Constance, dites-moi. Qu'est-il arrivé à Jehan ? Il n'est pas rentré de la nuit. Savez-vous quelque chose ?

– Hélas, ma douce, son corps a été retrouvé sans vie il y a quelques heures.

Constance poussa un long cri déchirant et s'écroula aux pieds de Valentine qui s'empressa de la relever. Elle la fit asseoir dans un des fauteuils à haut dossier. Prenant les mains de Constance dans les siennes, Valentine se pencha vers le petit visage couvert de larmes et lui dit doucement :

– Pleurez, pleurez tout votre saoul. C'est un bien grand malheur. Je regrette d'être celle qui ait dû vous l'annoncer.

Valentine défit l'agrafe qui fermait la lourde pelisse de Constance, lui retira son manchon, et s'adressant à l'homme qui se tenait à ses côtés lui demanda :

– Eustache, je vous en prie, servez-nous un verre d'hypocras[1]. Il faut que cette petite reprenne ses esprits.

L'homme prit une aiguière d'argent ouvragé, versa un peu de liquide ambré dans une coupe de jaspe et la porta aux lèvres de Constance qui refusa de boire.

Ouvrant des yeux noyés de larmes, elle s'adressa à Valentine :

– Dites-moi. Je veux savoir ce qui a causé son trépas. Il m'a quitté de si bonne humeur, me disant qu'il ne serait absent que quelques heures.

Valentine rapprocha une chaise et se mit à parler doucement :

– Votre mari est mort au service du roi. Il était en mission commandée lorsqu'il a été assassiné.

– Assassiné ! s'exclama Constance, portant la main à sa poitrine. Mais c'était un homme bon, personne ne lui en voulait.

– Les faux-monnayeurs qu'il était sur le point de confondre ne pensaient pas ainsi, soyez-en sûre. Il doit sa mort à son courage et à sa dévotion au roi, répondit Valentine.

– Il était si fier de faire partie de ce nouveau corps des finances du roi. Il me disait sans cesse que pour un bourgeois comme lui, c'était un grand honneur.

Eustache Deschamps, l'écuyer de Valentine, prit alors la parole :

– C'est une chance pour le roi de pouvoir compter sur des hommes intègres et compétents comme pouvait l'être Jehan Du Four. Le royaume de France lui

1. Recette p. 345.

est reconnaissant. Noblesse de cœur vaut noblesse de sang. Il faut que vous sachiez, Constance, que la mort de votre mari intervient à un moment difficile. Le roi va mal, les Anglais sont encore à nos portes, le trésor est vide…

– Je n'ai que faire de ces considérations, s'exclama Constance tremblante de colère. Vous m'avez pris mon mari que je chérissais tendrement. Il m'a sauvée d'un destin effroyable. Sans lui, je serais morte dans mon Aubrac natal, sans soutien, sans famille, avec juste le souvenir d'un père qui s'était déshonoré en prenant le parti des Anglais. Jehan m'a épousée quand j'avais quinze ans, m'offrant son nom et sa fortune. Je voulais tant lui rendre ses bienfaits.

– Nous savons tout cela, l'interrompit avec douceur Valentine. Ce que voulait dire Eustache, c'est que vous pouvez être fière de lui. Étant donné les services qu'il a rendus, nous saurons prendre soin de vous.

– Je m'en moque. Je ne pourrai désormais vivre dans le monde. Je vais offrir ma vie à Dieu, donner mes biens aux pauvres et entrer au couvent. Mais ce que je souhaite par-dessus tout, c'est que vous trouviez les assassins de Jehan et qu'ils périssent.

– Cela va être très difficile, reprit Valentine. Même si les services de police ont une idée sur les coupables, ils ne peuvent leur donner la chasse.

– Et pourquoi donc ? s'enflamma Constance qui s'était levée brusquement.

Eustache la prit par les épaules, la fit se rasseoir, approcha sa chaise et lui dit posément :

– Parce qu'il est essentiel que la bande de faux-monnayeurs que traquait votre mari soit démantelée. Il manque encore des preuves. Les services du roi vont trouver quelqu'un d'autre qui s'infiltrera dans leur milieu comme Jehan, de manière à les prendre sur le fait.

Constance, qui avait retrouvé son calme, dit alors d'une toute petite voix :

– S'il vous plaît, dites-m'en plus sur les circonstances de sa mort. Si je ne peux pas compter sur une vengeance, au moins que je puisse me rendre sur les lieux de son trépas.

Valentine et Eustache se regardèrent d'un air embarrassé. Ce fut Valentine qui, avec une petite grimace, se lança dans le récit :

– Les gens du guet l'ont trouvé sur le territoire de la Grande Boucherie. Ils avaient été avertis par une bande qui fêtait l'Épiphanie et qui avait découvert un corps sans vie contre une borne.

– Mais pourquoi le guet ne l'a-t-il pas ramené chez nous, rue de la Bûcherie ? Il a toujours sur lui des papiers qui mentionnent son adresse.

– Ses assassins ont dû lui dérober sa bourse, hasarda Valentine.

– Il les met dans le revers de ses manches, insista Constance.

Eustache, devant la gêne manifeste de Valentine qui tardait à répondre, annonça :

– Il ne portait aucun vêtement.

– Oh mon Dieu, s'écria Constance, une main devant la bouche. Vous voulez dire qu'il était nu ? Il a été maltraité, battu, torturé, le savez-vous ? Son corps portait-il les marques de sévices ? Oh ! Jehan, mon pauvre Jehan !

Eustache continua :

– Non, rien de tel, rassurez-vous. C'est en voyant la bague aux armes du duc d'Orléans qui ne lui avait pas été arrachée que le prévôt s'est douté qu'il avait affaire à un proche de notre maison. J'étais présent quand il est venu ici faire part de sa découverte macabre. En tant qu'ancien bailli, je connais tous ces rouages et je suis allé reconnaître le corps. Hélas, c'était bien Jehan.

– Cet endroit où on a abandonné son cadavre comme un chien, est-ce là qu'il a été assassiné ? Je pourrais aller m'y recueillir.

Valentine soupira, Eustache resta silencieux. Devant leur mutisme, Constance insista :

– Je ne saurais plus craindre grand-chose maintenant, alors, je vous en supplie, dites-moi ce que vous savez. Cela me permettra de vivre en pensée les derniers moments de mon mari.

Valentine vint à ses côtés, prit de nouveau ses mains entre les siennes et déclara, d'une voix tendue par l'émotion :

– Ce que nous allons vous révéler va vous faire du mal. Souvenez-vous toujours que votre mari était en service commandé. Les malfaiteurs n'ont pas l'habitude d'avoir leur quartier général dans une sacristie d'église. Les soupçons portent sur deux étuves, l'une rue des Poulaines, l'autre rue Tirechappe. Vu l'endroit où Jehan a été retrouvé, il a certainement été assassiné dans cette dernière.

Constance resta longuement silencieuse. Elle finit par demander dans un souffle :

– Des étuves de mauvaise réputation ?

– Oui, lui répondit Eustache sans détour. Celle de la rue Tirechappe est tenue par une certaine Isabelle la Maquerelle, c'est tout dire. Mais vous savez mieux que moi que Jehan était un homme d'une moralité irréprochable. Ce qu'on lui demandait, c'était de soutirer des informations en se mêlant aux habitués et non de profiter des services offerts dans ces lieux.

– Bien sûr, répondit Constance d'une voix éteinte. Loin de moi l'idée de mettre en doute la loyauté de mon mari, mais c'est une nouvelle épreuve que d'apprendre qu'il a trouvé la mort dans un lieu de luxure et de péché. Comment vais-je pouvoir l'annoncer à sa famille, à nos proches ?

– Justement, dit Valentine, vous ne direz rien. Vous cèlerez les circonstances du trépas de Jehan. Les services du roi annonceront qu'il a trouvé la mort à la suite d'un malaise dans l'exercice de ses fonctions. Nous procéderons à son inhumation dans la plus grande discrétion, pour ne rien trahir de sa mission.

– Rien ne me sera donc épargné, soupira Constance qui se remit à pleurer. Je ne pourrai même pas avoir le réconfort de funérailles solennelles.

Valentine l'entoura de ses bras et lui déclara :

– Je suis si triste pour vous qui êtes comme une petite sœur. Vous resterez avec moi pendant ce premier temps de deuil. Vous serez, ainsi, à l'abri des questions indiscrètes et je m'occuperai de vous autant qu'il le faudra.

– C'est très généreux de votre part. Je comprends, même si je le regrette, que certaines raisons d'État m'obligent à accepter ces conditions. Mais laissez-moi retourner chez moi ce soir. Je veux me recueillir dans la solitude de ma chambre.

– Vous êtes très courageuse, Constance, lui dit Valentine. Eustache va vous raccompagner et vous reviendrez demain avec vos effets. Je vais prier pour l'âme de Jehan et la vôtre.

Elle aida tendrement Constance à mettre sa pelisse, appela Thomas Pasquier afin qu'il réunisse l'escorte. Eustache, lui aussi fin prêt, déclara :

– Constance, en ma qualité de poète, je souhaite dédier à votre époux ces quelques vers qui me viennent à l'esprit.

« Mauvais renom fait maint homme mourir
Bon renom fait l'homme aimer et chérir
Car par le bien l'âme sera sauvée
Bonne renommée vaut mieux que bel or doré. »

Constance, émue par cet hommage, baissa les yeux et se réfugia dans un profond silence.

3

7 janvier
« S'il neige à la Saint-Raymond,
l'hiver est encore long. »

Il ne ferait jour que dans quelques heures, mais déjà des signes d'activité apparaissaient dans les rues de Paris. Les riches se tenaient bien au chaud dans leur lit, mais les pauvres, eux, se préparaient à une nouvelle journée de misère. Sous le porche de Saint-Eustache, un grouillement de têtes hirsutes et de haillons signalait la présence d'un groupe de mendiants. Deux d'entre eux se battaient en silence, peut-être pour un bout de tissu, peut-être pour un morceau de pain.

Constance se laissait guider par Eustache qui avait passé un bras sous le sien. Les torches dessinaient des images dansantes sur les façades noires. Thomas, l'homme d'armes, marchait en tête, écartant du chemin les détritus qui jonchaient la chaussée.

En passant au large de Saint-Jacques-la-Boucherie, ils croisèrent un troupeau de bœufs qui se rendaient à l'Écorcherie. Le martèlement des sabots, les cris aigres des bouviers perçaient le silence de la nuit.

De l'église Saint-Pierre-des-Arcis, ils virent sortir en toute hâte un prêtre accompagné de deux enfants de chœur. Le son des clochettes annonçant une extrême-onction fit frissonner Constance. Tous se signèrent.

Des larmes toutes rondes coulaient sur les joues de la jeune femme. Eustache cherchait désespérément des paroles de consolation. Soudain, elle s'arrêta, se dégagea de l'étreinte de son compagnon et déclara d'une voix forte :

– Si les services du roi ne peuvent venger mon mari, je m'en chargerai.

Interloqué, Eustache la reprit par le bras, la fit se tourner vers lui et dit :

– Constance, c'est impossible. Vous n'êtes qu'une jeune femme sans défense. Comment pensez-vous pouvoir affronter des bandits de grands chemins, des tueurs, des assassins ?

– Je n'ai pas dit que j'allais les prendre par le col et les estourbir à mains nues. Mais vous avez annoncé tout à l'heure que quelqu'un allait remplacer Jehan pour s'infiltrer parmi eux. Pourquoi pas moi ?

– Vous êtes folle. Vous ne connaissez rien à rien. Vous êtes une femme.

– Et vous, vous connaissez quoi à quoi ? Vous êtes poète à la cour, vous écrivez des rimes et des chansons…

– Ma petite, j'ai pendant plusieurs années assuré la charge de bailli de Senlis et je peux vous dire que j'ai vu bien des horreurs. Croyez-moi :

« Ce ne sont que voleurs et meurtriers
Qui n'hésiteront pas à vous trucider
Avec vous ils seront sans pitié
De grâce abandonnez cette idée
N'affrontez pas ces damnés. »

Constance le regarda droit dans les yeux et déclara d'une voix forte :

– Je n'ai plus rien à perdre et si mon dernier acte sur terre peut être de rendre justice à mon époux, je le ferai.

Ils étaient arrivés rue de la Bûcherie. Constance frappa à l'huis qui s'ouvrit aussitôt sur Agnès la Dévote, le visage marqué par l'inquiétude.

Constance porta une main à son cœur, regarda Eustache et lui dit :

– Et maintenant, laissez-moi à ma peine, je vous prie.

Le vieil homme s'inclina profondément. La porte se referma sur la jeune femme.

Agnès sur ses talons, Constance gravit silencieusement les marches menant à sa chambre. La pièce, pourtant brillamment éclairée par les chandeliers et les flammes de la cheminée, lui parut sinistre. Elle prit place dans un des fauteuils et pria Agnès de faire de même. Les yeux secs mais la voix tremblante, elle annonça la mort de Jehan. Agnès tomba à genoux, joignit les mains et se mit en prière. Constance la rejoignit et elles restèrent ainsi un long moment, unies dans la ferveur.

Constance se releva.

– Agnès, ma bonne, je n'ai pas le courage de m'adresser à nos gens. Réunissez-les vous-même et faites-leur part de la mort de Jehan au service du roi. Qu'ils prient pour le repos de l'âme de notre défunt. Je vous ferai part dans quelques heures des décisions que j'aurai prises sur notre destin à tous. Laissez-moi seule. Je souhaite donner libre cours à mon chagrin.

Agnès n'insista pas et partit assurer son rôle de messager de la mort. Constance caressa du regard cette pièce qui avait été le cœur de sa vie depuis quatre ans. Elle alla s'asseoir sur son coffre de mariage et repensa à cette journée de juin 1389 où Jehan l'avait prise pour épouse en l'église Saint-Julien-le-Pauvre. Elle n'était qu'une enfant et lui un homme sur le déclin, mais jamais elle n'avait regretté de lui avoir juré amour et fidélité. Elle regarda longuement un petit tableau de la Vierge que Jehan avait rapporté d'un de ses voyages en Flandre quand il faisait encore le commerce des draps. Elle murmura l'oraison qu'il aimait dire au lever : « Ô étoile du matin, plus resplendissante que le soleil et plus blanche que la neige ! Dame, je te prie, je te prie, secours-moi. Dame, sois la consolation et le refuge de mon âme. »

Elle alla vers la haute crédence qui occupait le mur opposé à la cheminée. Elle ouvrit un des panneaux ouvragés et retira une épaisse liasse de papier de lin.

Ses yeux se remplirent de larmes au souvenir de cette soirée où Jehan lui avait offert ce manuscrit qu'il appelait son *Ménagier*. Avec une grande émotion, elle en avait lu les premières lignes : « Chère amie, vous m'avez demandé, la semaine où nous nous sommes mariés, alors que vous n'aviez que quinze ans, de me montrer indulgent avec vous par égard à votre jeunesse et votre inexpérience ; vous me promettiez de tout mettre en œuvre pour y parvenir. »

Ce soir, elle reprenait sa lecture au paragraphe suivant : « Soyez rassurée, chère amie : tout ce que, à ma connaissance, vous avez fait depuis notre mariage, et tout ce que vous ferez dans de bonnes intentions me convient et m'est agréable, et il en sera ainsi à l'avenir, comme par le passé. »

Cet homme était ainsi : bon mais rigoureux, juste mais sévère. Constance voulait éloigner de son esprit les circonstances de sa mort. Elle ne pouvait imaginer Jehan en compagnie si douteuse. Elle repoussa l'image odieuse de son mari dans les bras d'une de ces putains, qu'on appelle aussi folieuses, fraîches dames, ribaudes, catins, friquenelles, lescheresses. Ces mots tournaient dans sa tête, la poursuivaient en une sarabande cruelle.

N'avait-il pas écrit : « Si vous lui obéissez mal et qu'en revanche votre chambrière lui témoignait son dévouement avec zèle par toutes sortes de bonnes dispositions, votre mari pourrait vous délaisser et s'adonner avec elle à des exercices intimes qu'il aurait dû accomplir avec vous. »

Lui avait-elle désobéi ? Non, en rien. Elle en était sûre. Elle éprouvait trop de loyauté envers cet homme pour le trahir. Jehan n'était allé dans cette maudite étuve que pour soutirer des informations. L'idée qu'il ait pu mourir en état de péché mortel la terrifiait. Elle tenta de chasser ces funestes pensées et reprit la lecture du *Ménagier*. Tous ces conseils que Jehan avait cru bon de formuler pour elle, toutes ces pages couvertes de sa grande écriture la rassérénaient.

Le jour était enfin apparu, une lumière sale et terne se glissait par la fenêtre. La maison était silencieuse. Elle ne retentissait pas des bruits habituels : rires des chambrières, coups de gueule de Maître Simon, ordres d'Agnès. Tous devaient être en prières sous la houlette de la Dévote.

Dehors, l'activité avait repris. Tout en continuant à lire, Constance entendait le fracas des bûches qu'on déchargeait sur le quai Saint-Bernard tout proche. L'hiver était si rigoureux, la demande en bois si forte, que chaque jour des dizaines de bateaux arrivaient de Brie, de Champagne et de Bourgogne.

Agnès vint frapper à la porte. Elle demanda si Constance souhaitait se restaurer. La jeune femme la remercia, mais n'ouvrit pas. Elle ne souhaitait rien prendre. L'idée même de nourriture la révulsait. Elle remit quelques bûches dans la cheminée et retourna à sa lecture. Plus elle avançait, plus elle se sentait confortée dans sa décision de consacrer sa vie à Dieu. Sans la présence rassurante de Jehan, elle n'aurait plus goût à rien. Peut-être pourrait-elle s'engager dans l'ordre des pauvres dames, qu'on appelait aussi clarisses, du nom de sa fondatrice, sainte Claire d'Assise. Elle se dépouillerait de tous ses biens et consacrerait sa vie à la prière dans le silence et la solitude. Auparavant, si elle voulait venger son mari, il lui faudrait affronter le monde et sa violence qui l'effrayait tant. En aurait-elle le courage ?

Les heures s'écoulaient, rythmées par les bruits de la rue que Constance écoutait dans une douloureuse torpeur. Elle entendit les porteurs d'eau et les marchandes de lait s'affronter en longues mélopées appelant la clientèle matinale. Puis arrivèrent les étudiants en médecine qui se regroupaient en riant et en parlant fort devant leur toute nouvelle école, au coin de la rue des Rats. Puis ce furent les glapissements des vendeurs de légumes, des harengères, des vendeurs de petits pâtés. Sans compter ceux qui colportaient des huches, des balais, des chandelles, du parchemin.

Agnès était revenue frapper à sa porte en milieu de journée, annonçant la présence d'un messager de Valentine. Constance ne répondit pas. Les cheveux dénoués, allongée sur son lit en posture de gisante, elle laissait aller son esprit. La nuit revint et avec elle la neige. Les rues de Paris se vidaient. Les derniers à parcourir la ville étaient les marchands d'oublies, ces petits gâteaux fabriqués avec les restes de pâte et que les apprentis allaient vendre dans les rues. En entendant le cri de l'un d'entre eux : « Voilà l'oublie, mesdames, messieurs, voilà l'oublie, régalez donc ces dames, voilà l'oublie », elle repensa à ces mendiants entraperçus le matin à Saint-Eustache. Ils avaient dû regagner leur pauvre refuge, la faim au ventre et le corps glacé. Aucun d'eux ne pourrait s'offrir cette douceur livrée à domicile.

C'est alors que lui vint l'idée qui allait peut-être lui permettre de réaliser ses desseins. Les pages du manuscrit de son mari étaient éparpillées dans toute la pièce. Elle rassembla devant elle la dernière partie, la plus importante en volume, mais la plus mineure à ses yeux, du moins jusqu'à ce jour. Jehan, souhaitant qu'elle soit une femme accomplie en tous domaines, avait écrit dans son *Ménagier* près de quatre cents recettes de cuisine. Il était assez fortuné pour que les tâches domestiques soient confiées aux nombreux serviteurs œuvrant sous les ordres d'Agnès la Dévote. Pour faire plaisir à son mari, Constance prenait soin de choisir les mets les plus appropriés quand ils avaient des invités, mais elle n'avait elle-même mis la main à la pâte qu'en de rares occasions. Les brouets, les échaudés, les sauces ne l'intéressaient guère. Elle préférait les ouvrages d'histoire, les livres d'heures que son mari lui offrait bien volontiers. Mais aujourd'hui, elle remerciait Jehan de lui avoir laissé ce trésor.

Si elle voulait pénétrer dans l'étuve de la rue Tirechappe, il lui fallait un sésame. Elle ne pouvait y aller comme cliente, comme elle le faisait couramment dans son étuve de la rue du Chat-qui-Pêche. Un lieu bien famé, où elle s'adonnait avec grand plaisir aux soins de propreté avec ses amies. Dans une pièce lambrissée au plafond bas, les femmes se mettaient nues, ne gardant qu'un bonnet de toile, et restaient plusieurs heures dans la vapeur chaude. On pouvait se laver le corps, les cheveux, se faire délicatement masser avec des huiles épicées. On se rendait ensuite dans une salle de repos pour repartir fraîche comme un lys dans la vie trépidante de la cité. Constance adorait ces moments de douceur et de bien-être.

L'étuve de la rue Tirechappe n'était, de toute évidence, pas de ce genre-là. Elle devait être peuplée de ces filles publiques aux poses provocantes et aux vêtements aguicheurs. Les bains servaient de prétexte à une paillardise éhontée. Constance n'y avait aucune place. Mais ces lieux de plaisir faisaient appel à toutes sortes de métiers : barbier, épileur, coiffeur... L'un d'eux pourrait lui convenir : la préparation de petits plats pour les clients que les ébats amoureux affamaient. Elle n'avait qu'à aller proposer ses services en tant que cuisinière. Elle pourrait ainsi, de manière tout à fait honorable, pénétrer dans ce milieu, être à l'écoute et trouver l'assassin de Jehan.

Les recettes laissées par son mari dans le *Ménagier* étaient une aubaine, elles lui donneraient d'emblée une image de savoir qu'elle était loin de posséder. Qu'à cela ne tienne. Elle saurait affronter un pâté d'anguilles pour l'honneur de Jehan.

Ce plan n'allait pas être simple à réaliser. Il lui faudrait quitter cette maison pour devenir une travailleuse anonyme. Abandonner ses robes et ses effets ne lui coûterait guère, mais encore fallait-il qu'elle trouve un autre logis. Elle pensa alors à la petite maison sise à côté de l'église Saint-Jacques-la-Boucherie que Jehan venait de recevoir en héritage d'un lointain cousin. Ils n'y étaient jamais allés, ce qui garantissait à Constance l'anonymat. Et puis, de l'autre côté de la Seine, le monde était différent, elle s'y rendait peu, on ne la connaissait pas.

Elle allait devoir changer de nom, s'inventer une autre vie, ne plus être entourée par Agnès, Maître Simon...

et Isobert. Tant de bouleversements en perspective ! Y arriverait-elle ?

Elle devrait aussi convaincre Valentine et Eustache Deschamps.

Peut-être faisait-elle fausse route. Tant pis, elle se devait d'essayer.

Forte de cette conviction, elle descendit à la cuisine où elle retrouva Agnès. Il lui fallait annoncer ses décisions à la maisonnée. Elle pria Agnès de réunir tout ce petit monde dans la grande salle du premier. Tous se tenaient en alerte et il ne fallut que quelques minutes pour réunir Marthou et Claire les chambrières, Jeanneton et Margot les filles de cuisine, Endeline la couseuse, Arnoul l'homme de peine et le jeune Richard son aide, Robin qui s'occupait de l'écurie et Simon, le maître d'hôtel. Très affectés, ils restèrent debout face à Constance. Jehan était un maître exigeant, mais bienveillant. N'avait-il pas enseigné à Constance qu'il fallait prendre soin de ses serviteurs, les assister s'ils étaient malades et toujours les payer en temps et en heure ?

Seul Isobert manifestait sa bonne humeur habituelle. Il faisait des petits bonds autour de Constance, mordillait le bas de sa robe. La jeune femme le grattouilla entre les oreilles et lui intima l'ordre de rester tranquille.

Dos à la cheminée, Constance déclara :

– Que vos prières accompagnent l'âme de Messire Jehan. Sa mort est pour nous tous une terrible épreuve. Je vais me retirer quelque temps auprès de la duchesse d'Orléans. Soyez sans inquiétude, vos gages continueront à vous être payés, mais je vais fermer cette maison. Vous irez dans nos domaines de Pontoise et Aubervilliers. Maître Simon, notre maître d'hôtel, et Agnès la Dévote sauront vous répartir.

Des murmures circulèrent dans le petit groupe. À l'annonce de la fermeture de la maison, Agnès ne put retenir un petit cri de surprise. Devant le visage fermé de Constance, personne n'osa demander d'explications supplémentaires.

La jeune femme attendit que le calme revienne et poursuivit :

– Avant votre départ, Agnès vous remettra à chacun trois livres parisis et je viendrai vous dire adieu.

Sur cette dernière annonce, tous se retirèrent. Constance fit signe à Agnès de rester.

– Je dois vous en dire plus, Agnès. À vous seule et vous devez me jurer le secret absolu.

Constance, d'un ton monocorde, lui fit alors le récit de l'assassinat de Jehan. Quand elle en arriva à ses intentions de venger son mari, Agnès poussa de hauts cris :

– Vous n'y pensez pas, Constance. C'est bien trop dangereux. Pensez-vous une seule seconde que votre époux approuverait cette folie ?

– Je suis sûre qu'il aurait fait de même pour moi. S'il m'était arrivé quelque malheur, il n'aurait eu de cesse de me venger.

– C'est une affaire d'homme. Par pitié, ne vous lancez pas dans une telle aventure.

– Agnès, ma décision est prise, répliqua Constance d'un ton sans appel.

– Vous savez bien, Constance, que je vous suis entièrement dévouée, mais souvenez-vous que Messire Jehan vous a confiée à moi pour vous apprendre à vous comporter avec sagesse.

– Je sais, l'interrompit la jeune femme. J'ai relu hier les phrases qu'il a écrites à ce sujet. Je ne pourrai plus jamais me regarder en face si je n'agis pas ainsi.

Et j'aurai tout le reste de ma vie, entre les murs d'un couvent, pour expier mes péchés.

Agnès serra les mains de la jeune femme entre les siennes et, d'une voix émue, déclara :

– Ne parlez pas ainsi, Constance. Souvenez-vous qu'il vous a toujours encouragée à penser à un avenir où il ne serait plus et où vous trouveriez un autre mari…

– Ce n'est ni l'heure ni le lieu pour évoquer un tel avenir, dit sèchement Constance. Mais de grâce, Agnès, ne nous disputons pas, j'ai trop besoin de vous.

Constance était sur le point de défaillir. Agnès la prit tendrement dans ses bras, la berça comme si elle était une enfant et lui dit :

– Ma mie, je vous suivrai dans toutes vos folies.

4

8 janvier
« Temps de Saint-Lucien, temps de chien. »

Le jour venait de se lever. Constance n'avait pas de temps à perdre. Valentine Visconti et son entourage ne verraient pas d'un bon œil son initiative et feraient tout pour l'empêcher d'agir. Les obsèques de Jehan devaient avoir lieu le lendemain, dans le secret de la cour. Ce soir, ses valets et chambrières auraient quitté la maison de la rue de la Bûcherie. Il lui fallait immédiatement mettre son plan à exécution. Écartant Isobert qui avait entrepris de déplacer un tapis, elle ouvrit un des trois bahuts où elle rangeait ses vêtements. Elle choisit un surcot de toile grise, un mantel de laine épaisse, un modeste bonnet blanc, des chaussures qu'elle mettait quand elle se rendait dans l'un de leurs domaines à la campagne. Elle s'habilla rapidement, adressa une prière muette à la Sainte Vierge et sortit en tirant par son collier un Isobert qui n'avait aucune envie de quitter la douce chaleur de la chambre de sa maîtresse. Elle le confia à Agnès qui la regarda partir avec un air fortement réprobateur.

Paris, avec son manteau de givre, avait pris des airs de ville enchantée. Des dents de glace s'accrochaient aux rambardes de bois du Petit-Pont. Comme quand elle était enfant, elle en brisa une et la porta à sa bouche. Le froid lui brûla les lèvres. Une méchante bise transperçait ses vêtements. Elle accéléra le pas. Elle voyait se dresser, altière, la cathédrale Notre-Dame, où elle était allée, tôt le matin, entendre la première messe. Elle était heureuse d'habiter au pied de cette grande dame toute blanche. Elle allait lui manquer…

Aujourd'hui, dimanche, une ribambelle de pauvres s'agitaient sur le parvis. Ils s'arrachaient les pains mal cuits, mal levés ou saisis par les jurés chez les boulangers et les marchands forains qu'on distribuait chaque semaine au marché Saint-Christophe, devant la cathédrale.

En passant près du palais royal dominé par la flèche de la Sainte-Chapelle, elle ne put s'empêcher de penser au bonheur et à la fierté de son époux quand il avait été choisi pour intégrer la Chambre du Trésor. C'était en 1389, l'année de leur mariage. Le jeune roi Charles, qui avait succédé à son père dix ans auparavant, s'était enfin débarrassé de la tutelle de ses chers oncles : Jean, duc de Berry, et Philippe, duc de Bourgogne. Jehan avait coutume de dire que les oncles étaient parfaits pour la guerre et la diplomatie, mais ne valaient pas grand-chose pour les affaires intérieures. Le duc de Bourgogne gardait le royaume sur son front nord et est, le duc de Berry s'occupait du sud et des abords de la Guyenne. Charles avait rappelé à son service les anciens conseillers de son père que les oncles s'étaient empressés d'écarter à la mort du roi. Jean le Mercier, Jean de Montaigu, Bureau de la Rivière avaient ainsi pu mettre en chantier les grandes réformes dont le pays avait tant besoin : baisse de l'impôt et des dépenses de l'État, lutte contre la corruption qui faisait rage…

C'était Arnaud de Corbie, nouveau chancelier et ancien président du Parlement, qui avait fait appel à Jehan Du Four. Ce dernier s'était lancé à corps perdu dans cette aventure qu'il pressentait pleine d'espoir pour le royaume. Il ne ménageait pas ses efforts et n'était pas comme certains, toujours à l'affût d'une invitation aux réjouissances de la cour. Il disait toujours à Constance « ne pas souhaiter paraître aux fêtes et aux bals de seigneurs trop importants, car ce serait contraire à ce qui sied à votre condition et à la mienne ». La jeune femme, qui aurait bien aimé s'amuser un peu, en était contrariée. Elle avait réussi à le convaincre de se rendre aux grandes fêtes d'août 1389 auxquelles les bourgeois de Paris étaient conviés. On fêterait l'entrée royale de la reine Isabeau ainsi que le mariage de Louis, le frère du roi, avec Valentine Visconti.

Au cours d'un des bals, Constance avait fait la connaissance de Valentine, de quatre ans son aînée, et les deux jeunes femmes s'étaient, par la suite, liées d'une profonde amitié.

Ces souvenirs de danses et de rires sous les treilles embaumant le jasmin firent venir les larmes aux yeux de Constance. Frissonnant et resserrant les pans de son mantel, elle se dit que si Jehan avait conservé son état de marchand, il ne serait pas mort.

Abordant la rive droite de la Seine, la jeune femme se concentra sur le discours qu'elle allait tenir à son arrivée aux étuves. Que l'on soit dimanche lui facilitait la tâche. Au moins ne rencontrerait-elle pas d'hommes en quête de paillardise. Le jour du Seigneur était dévolu aux prières et les lieux de plaisir n'ouvraient pas leur porte. Le quartier de la Boucherie était désert, celui des Halles aussi. Elle passa prudemment au large du cimetière des Saints-Innocents qui, comme d'habitude, grouillait de monde. Ce lieu était répugnant. Constance n'arrivait pas à comprendre comment marchands, merciers et vendeurs de livres pouvaient mener leurs transactions dans cet endroit puant le cadavre et la merde.

Arrivée rue Tirechappe, Constance la parcourut une première fois, prêtant attention aux différentes enseignes. Une seule, figurant une sirène portant sur la tête un baquet, pouvait correspondre à une étuve. Pour s'en assurer, elle s'adressa à une vieille femme qui se hâtait dans le froid. Cette dernière la toisa, fit une petite grimace et lui répondit : « Dieu merci, nous n'avons dans cette rue qu'un seul lieu de perdition. C'est bien l'étuve d'Isabelle la Maquerelle. Passez votre chemin. Éloignez-vous-en. »

Constance la remercia d'un sourire. La vieille devait penser qu'elle était une de ces femmes venues vendre leur corps. Le sang lui monta à la tête et elle se sentit rougir. Malgré le froid glacial, elle étouffait dans ses pauvres vêtements. Elle était au pied du mur et n'avait qu'une envie : tourner les talons, partir en courant se jeter dans les bras d'Agnès la Dévote, retrouver la chaleur de son foyer et les grandes oreilles d'Isobert.

Elle passa une main sur son front, se reprit et frappa à la porte. Personne ne répondit, aussi recommença-t-elle le poing fermé. La porte s'ouvrit sur une jeune femme armée d'un balai. Un éclair roux passa sur les pieds de Constance.

– Maudit chat de l'enfer! J'ai failli t'avoir, criait la femme qui sortit dans la rue sans prêter la moindre attention à Constance. Elle était en chemise. Ses cheveux emmêlés trahissaient un séjour prolongé au lit, ses yeux lançaient des éclairs et les sons qu'elle émettait étaient rendus sifflants par des dents qui, semblait-il, avaient poussé dans tous les sens.

Sentant soudain le froid et avisant Constance, la jeune femme lui dit :

– Ça fait deux jours que j'essaye d'attraper ce chat. Il a élu domicile dans cette maison et causé bien des tracas. Encore un qu'il faudrait jeter au bûcher.

Constance acquiesça. Elle non plus n'aimait pas trop les chats, mais Jehan disait toujours que s'il avait réchappé à la Grande Peste de 1348, c'est parce que ses parents, marchands de grains, avaient plein de chats pour lutter contre les rats qui avaient envahi la ville.

La femme aux drôles de dents rentra dans la maison, Constance la suivit et demanda aussitôt :

– Pourrais-je voir dame Isabelle ?

La femme dans un éclat de rire lui répondit :

– Isabelle est encore au lit. Elle ne va pas en sortir de sitôt. La nuit a été chaude.

Ne souhaitant pas en savoir plus sur les péripéties de la nuit, Constance joignit les mains et prit un ton suppliant :

– Il faut absolument que je lui parle. Elle seule peut m'aider.

– N'y comptez pas. Je ne puis la réveiller. Elle m'arracherait le nez et les oreilles. On voit bien que vous ne la connaissez pas.

À ce moment, une puissante voix féminine se fit entendre au premier étage :

– Marion, à qui parles-tu donc ? Les étuves sont fermées. Chasse-moi ces importuns et monte-moi mon déjeuner.

Constance, voyant là un signe du destin, s'engagea dans les escaliers, aussitôt retenue par ladite Marion.

– Vous êtes folle, elle va vous dévorer toute crue. Si vous y tenez vraiment, venez avec moi dans la cuisine préparer son bouillon. On lui montera toutes les deux.

Constance obtempéra et suivit Marion tout en observant les lieux avec un pincement au cœur. Était-ce là que Jehan avait vécu ses derniers instants ? La maison semblait confortablement meublée, mais rien, aux yeux de Constance, ne trahissait de coupables activités. La cuisine était fort bien équipée. Il y avait une grande cheminée munie d'une crémaillère, un bon nombre de marmites et même un four. Une table en bois était encombrée de reliefs de nourriture. Des écuelles, des couteaux encombraient le petit évier. Le ménage ne semblait pas la préoccupation première des occupantes des lieux.

Marion se saisit d'une écuelle, y plaça une belle tranche de pain blanc et versa du bouillon qu'elle prit dans un chaudron posé sur un trépied dans la cheminée. Le potage avait bonne odeur, Constance y reconnut des poireaux et des panais. Marion servit une généreuse rasade de vin clairet dans un gobelet d'étain, posa le tout sur un plateau et fit signe à Constance de la suivre.

Marion frappa à la porte de la chambre de sa maîtresse et entra sur l'ordre de cette dernière. Constance découvrit alors un décor qu'elle n'avait jamais vu, même chez Valentine qui était pourtant l'épouse du frère du roi. Tous les murs étaient tendus de tapisseries de laine aux motifs éclatants. Dame Isabelle semblait avoir une prédilection pour les scènes de chasse. Partout, on voyait des cerfs et des sangliers poursuivis par de jeunes et beaux chasseurs. Des éperviers fondaient sur leurs proies, de petits lapins effarouchés dont la dernière heure était arrivée. De hautes chaises en bois noir sculpté portaient des motifs qui rappelaient la vigne et le travail du vin. Des coffres massifs recouverts de coussins multicolores étaient alignés contre un mur. Des vêtements de prix, des fourrures s'entassaient sur des chaises. Et clou du spectacle, au milieu de la pièce trônait un lit monumental sur une estrade, entouré de courtines de soie cramoisie ornée de fils d'or. De cette immense nef jaillit une voix profonde :

– Pour une fois, Marion, tu as été rapide. Qui donc était à la porte à cette heure indue ? Messire Dupuis qui venait s'excuser de ses frasques d'hier ? Le chapelain de Saint-Leu qui a perdu son chapelet dans ses ébats ?

En entendant ces paroles, Constance se signa.

Un bras blanc sortit des courtines, faisant signe à Marion de s'approcher. Marion écarta un peu les rideaux et une rivière de cheveux blonds apparut. La pièce s'ensoleilla quand la crinière bougea vigoureusement. Dans un écrin de draps blancs et de courtepointes de couleur, Constance, bouche bée, vit alors la plus belle femme qu'elle ait jamais vue. Une peau diaphane, des yeux verts pailletés d'or, un cou gracile, des épaules rondes…

– Mais qui êtes-vous ? Qu'avez-vous à me regarder ainsi ? Marion, qui est cette femme ? fit l'apparition.

Constance referma la bouche, reprit ses esprits et s'adressa à Isabelle :

– Dame Isabelle, je viens de Guyenne et je cherche du travail…

– Il n'y a pas de travail ici, l'interrompit Isabelle d'un ton peu aimable. Je n'embauche pas de filles à demeure.

– Mais ce n'est pas…, tenta d'intervenir Constance.

– Et j'ai bien assez de Marion pour l'entretien de la maison.

– Non, ce n'est pas ça. Je viens pour la cuisine…

– Rien de ce côté-là, non plus. Je m'assure les services d'un queux et pas des moindres, tu peux me croire. Tous les clients en sont contents. Allez, disparais, il n'y a rien pour toi ici. Marion, mets-la dehors et sers-moi mon déjeuner.

– Dame Isabelle, je sais faire la meilleure crétonnée de pois nouveaux[1], la tourte d'épinoches[2], le poulet au verjus, la froide sauge[3], le potage jaunet[4]...

Constance essayait désespérément de se rappeler des noms de recettes réunies par Jehan.

– Guillaume Savoisy, mon cuisinier qui est aussi cuisinier à l'Hôtel Saint-Pol, chez notre roi, déclara Isabelle se rengorgeant, en sait bien plus que toi. Allez ouste, débarrasse-moi le plancher.

Jouant le tout pour le tout, Constance tomba à terre et, se forçant à peine, éclata en sanglots. Marion essayait de la tirer vers la porte, mais Constance, ayant bien observé la technique d'Isobert, était accrochée aux pierres du sol comme une huître à son rocher.

D'une voix plaintive, elle déclara :

– Vous seule pouvez m'aider. Mon mari m'a abandonnée. Il est parti rejoindre une de ces bandes armées qui ravagent le pays. Mon oncle Pierre m'a recueillie. Je l'ai aidé dans son auberge, mais hélas, le pauvre, que Dieu ait son âme, est mort il y a deux mois, dévoré par les loups.

– Dieu, quelle triste fin ! s'exclama Marion, roulant des yeux horrifiés.

– Oui, il y en a beaucoup de par chez nous et de très féroces. Nous n'avons retrouvé que son bonnet de fourrure, continua Constance, priant pour que le bon Dieu lui pardonne tous ces mensonges. Le brave homme m'a laissé en héritage une petite maison à Paris, rue

---

1. Purée de pois liée aux œufs et à la mie de pain, épicée au gingembre et au safran.
2. Tourte aux épinards. Recette p. 337.
3. Sauce froide à la sauge accompagnant les volailles. Recette p. 339.
4. Soupe de poisson au verjus et aux épices. Recette p. 335.

aux Oues[1], où je compte bien m'installer. Je ne sais ni coudre, ni filer, ni tisser, mais je sais faire la cuisine.

Isabelle était sortie de son lit et avait passé une robe d'intérieur richement garnie de martre. Constance se dit que son état de pécheresse n'avait en rien entamé sa beauté. Pourtant, elle n'était plus si jeune. Elle devait bien avoir trente ans, si ce n'est plus. Isabelle prit un air compatissant, releva Constance, la fit asseoir sur le lit et lui dit :

– C'est une terrible histoire que tu nous contes là. Bien des malheureux, comme toi, sont jetés sur les routes par ces temps de guerre. Mais je te le dis : j'ai tout ce qu'il me faut avec Guillaume. Ce n'est pas ta cuisine de paysanne qui va pouvoir plaire à mes clients qui sont tous de haut rang.

Isabelle semblait prendre beaucoup de plaisir à parler du statut de ses clients. Elle disait cela comme si elle suçait une pastille au miel.

– Dame Isabelle, justement, mon oncle Pierre, dans ses jeunes années, a été au service de Gaston Phœbus, l'illustre comte de Foix. Il y a appris, dans les cuisines, des secrets que je suis seule à connaître. Comme la recette d'ambroisine[2] qui vous met les sens à la fête ou celle de la lamproie en poudre fine qui faisait les délices de la cour.

Constance disait n'importe quoi, mais l'évocation du noble personnage fit son effet.

– Ambroisine, dis-tu ? C'est vrai que Guillaume ne m'a jamais rien servi de tel. Cite-moi d'autres mets…

Constance était au supplice.

---

1. Actuelle rue aux Ours, 75003 Paris. Oues, Oës, Oyes : oies en vieux français.

2. Poulet en sauce avec lait d'amandes, pruneaux, dattes, cannelle, girofle, muscade.

– Connaissez-vous le bourrelier de sanglier ? lança-t-elle.

– Le bourbelier[1], tu veux dire ? Oui, bien sûr que je connais. C'est même une spécialité de Guillaume qui la tient du maître-queux royal, Taillevent. Et ne me parle pas de chaudumé de brochet[2], de flan vert ou de chapon à la jance[3], tout cela est très commun.

– Alors, je vous ferai du mouton ausoerre[4] ou ma sauce cameline de Tournai…

– Ah ! ça, c'est mieux, je ne connais pas. Tout à l'heure, tu parlais d'un potage jaunet… Dis-m'en plus.

Voyant qu'Isabelle commençait à mordre à l'hameçon, Constance fut prise d'une inspiration et déclara :

– Dame Isabelle, comprenez-moi, ce sont des secrets de famille. Je ne peux les dévoiler. Voilà ce que je vous propose : je reviens demain avec un potage jaunet et une pièce de mouton au sel menu. Vous jugerez vous-même.

– Voilà qui me semble bien. Je suis vraiment curieuse de voir ça. Viens dans l'après-midi. Il ne faudrait pas que Guillaume croie que je cherche à l'évincer. C'est un sale caractère. S'il te voyait avec tes plats, il serait capable de te jeter à la Seine.

Marion, qui était restée silencieuse jusqu'à présent, rajouta de son étrange ton sifflant :

– C'est vrai que c'est un colérique. Je l'ai vu casser un pot de terre sur la tête d'un de ses aides parce que celui-ci avait confondu persil et hysope. Le pauvre garçon en a gardé la figure toute de travers.

---

1. Sanglier sauce marinade.
2. Brochet grillé avec une sauce au verjus, vin blanc, gingembre et safran.
3. Recette p. 340.
4. Mouton bouilli avec une sauce au persil et aux épices.

Constance n'avait pas prévu cette épreuve supplémentaire : affronter un cuisinier hargneux qui, de plus, exerçait son art aux cuisines du roi. Elle n'aurait pas trop de vingt-quatre heures pour apprendre les ficelles du métier !

Elle prit congé d'Isabelle avec mille remerciements et ne put s'empêcher de lui dire qu'elle la trouvait fort belle. Isabelle était certainement la plus grande vaniteuse que la Terre ait portée, car elle se rengorgea une nouvelle fois, papillonna des yeux et alla s'étendre sur son lit avec une grâce étudiée.

Marion raccompagna Constance jusqu'à la porte et lui dit en guise d'adieu :

– C'est bien malheureux, cette histoire de loup. J'ai toujours pensé que les animaux étaient le diable incarné. On devrait tous les conduire au bûcher.

Constance eut une pensée pour Isobert qui n'avait de diabolique que sa passion inaltérable pour le jeu. Elle remercia Marion pour son aide et, une fois la porte refermée, poussa un immense soupir de soulagement. Elle était très fière d'avoir réussi à s'introduire dans cette maison, mais le plus dur restait à faire.

Le nombre de mensonges qu'elle avait dû débiter en moins d'une heure la terrifiait. Allait-elle perdre son âme dans cette aventure ? Elle se précipita dans la chapelle de l'hôpital Sainte-Catherine, tomba à genoux devant la statue de la Vierge et pria avec ardeur.

Revenue rue de la Bûcherie, elle fut frappée par le silence qui y régnait. Ses valets et chambrières étaient déjà partis rejoindre les domaines des champs. Isobert, qui avait dévalé l'escalier en l'entendant ouvrir la porte, bondissait autour d'elle. Elle s'agenouilla et, le caressant derrière les oreilles, lui murmura :

– Ne regrette pas de ne pouvoir me suivre. Là où je vais, on n'aime guère les animaux.

– Ainsi, vous l'avez fait ! dit Agnès la Dévote d'un ton chagrin.

Constance, tout à ses retrouvailles avec son chien, n'avait pas entendu arriver la vieille femme.

– Oui, Agnès. Cela va me coûter de quitter ma maison. Je ne sais pas trop à quoi je m'engage, mais j'irai jusqu'au bout. Vous resterez ici quelques jours supplémentaires. Je vais avoir besoin de votre aide.

Agnès hocha la tête d'un air dubitatif, soupira et suivit à regret sa jeune maîtresse qui se dirigeait vers la cuisine.

5

9 janvier

« Pour Saint-Cyrien, le froid nous revient. »

Constance avait passé l'après-midi du dimanche dans la cuisine, demandant à Agnès de lui nommer tous les ustensiles de cuisine et de lui en expliquer le maniement. Elles avaient plongé dans les réserves d'épices et de grains. D'une main fiévreuse, Constance en dressait la liste sur un morceau de papier. Elles avaient ensuite relu ensemble les recettes laissées par Jehan, Agnès lui indiquant celles qui lui semblaient les plus intéressantes.

La tête farcie de tous ces mots dont elle allait devoir user dorénavant : blanc-manger, chaudun, fromentée, dodine, coquemar, arboulastre, géline…, Constance passa une nuit agitée. Elle fit un affreux cauchemar où Jehan transformé en loup-garou la poursuivait à travers la campagne. Un gros chat roux, tapi dans les herbes, se précipitait sur elle, la faisant trébucher. Elle sentit le souffle chaud du loup-garou sur sa nuque. Elle se réveilla en hurlant et découvrit qu'Isobert était en train de lui lécher gentiment la joue. Elle repoussa le chien qui dégringola par terre, l'air ahuri. À peine s'était-elle rendormie qu'il avait repris sa place sur la courtepointe.

Elle se leva de très bonne heure. La journée allait être cruciale. Munie d'un grand panier, elle partit dans le froid glacial avec Agnès faire les achats nécessaires à la préparation des plats destinés à Isabelle.

Elles se dirigèrent vers le Grand Châtelet, où juste derrière se tenaient les étaux des bouchers. Il y avait foule à cette heure matinale et chacun proposait les bonnes affaires du jour. Agnès se rendit directement à l'étal de Marcy le Long en disant :

– C'est là que vous trouverez bonne viande de bœuf, de mouton, de chèvre et de porc. Ne faites pas attention à la balance, elle est juste là pour la décoration. Tout se vend au morceau et Marcy, lui, ne gonfle pas sa viande avec une paille comme le font certains margoulins.

– Avec une paille ? s'étonna Constance. C'est quoi cette histoire ?

– On appelle ça le soufflage des chairs. Ça permet aux bouchers de donner un air rebondi à des morceaux de second choix. Faites attention aussi aux viandes fardées et à celles éclairées à la chandelle pour leur donner meilleure mine.

À l'idée de devoir déjouer tous ces pièges, Constance ferma les yeux et regretta amèrement le temps où elle n'avait pas à se préoccuper de ces basses besognes. Elle resta en retrait tandis qu'Agnès négociait ses achats.

– Marcy, aurais-tu une belle épaule d'agneau ?

– Si fait. Vous avez de la chance : ce sont les premiers nouveau-nés. J'ai eu un arrivage cette nuit de Pontoise, des agneaux qui ont tout juste six semaines. Cela vous fera une belle viande bien tendre. Je vous la fais à dix deniers, ça vous va ?

– Alors, tu m'en mettras deux.

– À ce que je vois, vous allez faire bombance !

Constance, à ces mots, sentit sa gorge se serrer. L'agneau était la viande préférée de Jehan. Il ne serait pas là pour goûter au premier plat préparé par son épouse.

Le boucher fit quelques encoches sur le bâton de compte et, souhaitant à Agnès bonne continuation, suspendit la règle de bois derrière lui parmi celles des autres clientes.

Agnès revint vers Constance et l'interrogea :

– Et au sujet du bœuf, vous souvenez-vous de ce qu'a écrit votre époux ?

Constance, fronçant les sourcils dans son effort de mémoire, ânonna :

– Il dit que le gîte fait le meilleur bouillon après la joue, que le noyau qui se trouve après le col et les épaules est parfait pour rôtir.

– C'est bien. Les leçons d'hier commencent à porter leurs fruits, se réjouit Agnès.

Les deux femmes se rendirent ensuite en bord de Seine, à côté du Pont-au-Change où se tenaient les poissonniers de mer et les poissonniers d'eau douce. En se faufilant à travers les grands paniers garnis d'herbe où reposaient les poissons, Agnès expliqua à Constance que si elles ne trouvaient rien ici, elles pourraient aller voir ce que proposaient les pêcheurs de l'eau du roi, installés un peu plus loin. C'est eux qui avaient le monopole de la pêche sur la Seine et la Marne, entre la pointe de l'île Notre-Dame et Saint-Maur.

– Rappelez-vous que vous ne devez pas acheter anguilles, tanches et barbeaux à plus d'un denier les quatre. Méfiez-vous d'Arnaud Taillefer, il a souvent des poissons qu'il élève dans des bassins et qu'il n'a pas le droit de vendre. Surtout n'hésitez pas à aller voir un des quatre Gardes Jurés si vous voyez des poissons pas frais. S'ils sont encore mangeables, ils seront donnés aux prisonniers du Châtelet ou aux malades de l'Hôtel-Dieu, sinon ils seront jetés à la Seine.

Malgré l'heure matinale, il restait bien peu de poissons sur les étaux. L'un des marchands leur expliqua que par ce temps glacial, la pêche n'avait pas été bonne. En plus, les cuisiniers du roi venaient juste de passer, faisant main basse sur les poissons de mer arrivés au petit matin de Dieppe avec les chasse-marée.

Elles achetèrent un beau saumon après qu'Agnès se fut assurée qu'il avait l'œil vif et les ouïes bien rouges. Elle précisa :

– N'hésitez pas à bien visiter les poissons dessus, dessous avec la main. Pour la morue sèche, essayez-la à la dent, des fois que le poissonnier l'ait blanchie à la chaux. Et pour ce qui est du vin, de l'huile, goûtez, vous avez le droit. De toute manière, pour tout ce que vous achèterez, fiez-vous à votre nez et à vos yeux.

Elles poussèrent jusqu'aux Champeaux où étaient installées les Halles. Elles y achetèrent de belles bottes de persil, mais n'allèrent pas plus avant. Lourdement chargées, elles firent appel à un jeune garçon qui, contre quelques sous, chargea dans sa hotte leurs achats et les raccompagna rue de la Bûcherie.

Constance était silencieuse, elle tentait de se remémorer tous les ingrédients nécessaires à la réalisation des recettes.

Arrivée à la maison, elle se précipita dans sa chambre, redescendit quelques secondes plus tard avec le *Ménagier* en main, s'assit à la grande table de la cuisine et, se prenant la tête entre les mains, relut pour la vingtième fois la recette du potage jaunet.

Agnès la regardait en souriant. Elle avait réactivé le feu et de belles braises rougeoyaient dans la cheminée.

Sans dire un mot, Constance se saisit du saumon. Fermant les yeux, elle lui trancha la tête et le vida en faisant la grimace. Elle coupa quatre belles tranches, enleva la peau et les arêtes. Agnès avait installé une poêle sur un trépied au beau milieu des braises et y avait mis un gros morceau de beurre. Constance y jeta ses tranches de saumon et, avec une cuillère en bois, fit en sorte que le poisson cuise doucement. Elle l'émietta et le retira du feu. Elle prit deux poignées d'amandes qu'elle concassa dans un mortier. Elle fit de même avec un beau morceau de gingembre. Elle pila un clou de girofle et trois pincées de maniguette[1]. Agnès avait mis le poisson émietté dans un pot de terre. Constance y versa du vin blanc, du verjus, de l'eau. Elle rajouta les amandes et les épices pilées, du sel et pour finir une petite dizaine de filaments de safran. Le pot fut remis sur le feu et Constance remua le tout pendant un bon quart d'heure. Elle était très tendue, toujours silencieuse. Agnès lui fit signe d'arrêter, enleva le pot du feu, se saisit d'une louche et versa un peu du potage dans une écuelle. Elle goûta. Son visage s'illumina d'un grand sourire :

– C'est délicieux. Juste assez d'épices. Vous avez eu la main heureuse.

– Pour de vrai ? s'enquit Constance qui plongea sa cuillère dans le potage.

Elle poussa un cri de triomphe et s'exclama :

– C'est vrai. C'est magnifiquement bon. Jamais je n'aurais cru y arriver. Bon, maintenant, passons à l'épaule d'agneau au sel menu. Ça m'a l'air très simple. Voyons ce que dit Jehan : « Il faut mettre l'épaule à la broche et la tourner devant le feu jusqu'à ce que la graisse en soit partie. C'est ensuite seulement et pas avant qu'il faut la larder avec du persil ; si on le faisait plus tôt, le persil brûlerait avant que l'épaule soit rôtie. »

---

1. Ou graine de paradis, sorte de poivre.

Ce fut effectivement d'une simplicité angélique, et tout se passa bien, du moins au début… L'épaule fut mise à la broche et, quand elle fut presque cuite, Constance la retira de la cheminée, pratiqua une trentaine de petites incisions dans la peau, y inséra les feuilles de persil et remit le tout à la broche.

Une délicieuse odeur de viande rôtie régnait dans la cuisine. Sous l'œil vigilant d'Agnès, Constance prépara la jance, sauce avec laquelle elle servirait l'agneau. Elle disposerait également autour de la viande des coupelles avec du verjus et d'autres avec du sel menu. Pour la jance, elle broya deux gousses d'ail, une poignée d'amandes, un morceau de gingembre. Agnès avait fait tremper une épaisse tranche de pain blanc dans du vin blanc. Constance émietta le pain, ajouta les amandes, l'ail et le gingembre, versa du vin blanc, mit le tout dans un pot vernissé et porta sur le feu quelques minutes. Sa sauce était onctueuse à souhait et, quand elle la goûta, elle en fut complètement satisfaite.

Aurait-elle un don pour la cuisine ? Au moins, elle apprenait vite. L'épaule d'agneau avait été retirée du feu. Elle était magnifique à voir : dorée à souhait avec les petites feuilles de persil qui la faisaient ressembler à un joli jardin de printemps. Constance, très fière, la porta dans la réserve, petite pièce attenante à la cuisine.

Prise d'une véritable frénésie culinaire, elle décida de mettre en chantier une tarte blanche. Un exercice beaucoup plus périlleux, car il fallait mélanger du bon fromage gras avec des blancs d'œufs et du lait et puis le mettre en tourte.

La chose se présentait bien, quand, soudain, Constance s'arrêta, la cuillère à la main, et demanda d'une voix blanche à Agnès :

– Savez-vous où est passé Isobert ? Il y a un bout de temps que je ne l'ai pas vu.

Agnès regarda sous la table où le chien avait l'habitude de dormir et, ne le voyant pas, se précipita vers la réserve.

Les deux femmes le découvrirent, occupé à dévorer l'épaule d'agneau. Constance lui arracha de la gueule. Hélas, les dégâts étaient irrémédiables. Ce qui restait de la viande partait en lambeaux. Isobert, le ventre rond et l'œil rempli d'amour, vit sa maîtresse se précipiter sur lui, le traîner par son collier jusqu'à la porte d'entrée et le jeter dehors. Constance, folle de rage, hurlait : « Tu ne sais donc que manger et dormir, sale bête. Il va falloir que je recommence tout. » Elle s'écroula sur un des bancs de l'entrée et éclata en sanglots. Agnès la rejoignit avec, à la main, la deuxième épaule d'agneau.

– Allez, venez. Ce n'est rien. Cela vous aura fait un apprentissage.

Constance sécha ses larmes et, entendant le chiot gémir derrière la porte, la rouvrit. Isobert, la tête et la queue basses, fit son entrée et alla se terrer sous l'escalier.

La deuxième épaule fut encore plus réussie que la première. En tout début d'après-midi, Constance revêtit ses humbles vêtements de la veille et partit, un grand panier contenant ses trésors culinaires sous le bras.

Elle refit le chemin pour la rue Tirechappe, le ventre noué d'appréhension. Isabelle allait-elle être conquise ? Si oui, il lui faudrait investir au plus tôt la maison de la rue aux Oues. La solitude qui l'y attendait l'effrayait. Mais il était trop tard pour reculer.

Elle frappa à la porte des étuves et, comme elle s'y attendait, ce fut Marion la Dentue qui vint lui ouvrir. La chaleur était étouffante, preuve que les bains étaient en activité. Elle vit passer deux femmes en chemise qui se hâtaient et qui interpellèrent Marion :

– Messire Pierre réclame plus d'eau chaude. Fais-en porter vite. Ce gros cochon s'énerve et va se mettre à brailler.

– Jamais content, celui-là, maugréa Marion.

Elle regarda Constance et lui dit :

– Tu sais où est la cuisine. Va déposer ton panier. Ce serait bien si tu pouvais me donner un coup de main pour porter l'eau. Ce maudit Gauvard est encore parti en vadrouille.

Constance, désireuse de se faire une alliée de Marion, acquiesça, se débarrassa de ses effets et la rejoignit près des gros chaudrons où l'eau des bains était mise à chauffer. Elles remplirent chacune deux grands seaux et, pliant sous le poids, Constance suivit Marion dans une petite salle située à droite de l'entrée. Heureusement qu'il y avait de la buée, sinon le spectacle qui s'offrait à ses yeux l'aurait fait défaillir. Deux femmes nues dans un large cuveau tenaient compagnie à un homme gras et velu qui s'écria :

– Ah ! ce n'est pas trop tôt. J'ai cru mourir de froid. Approchez et versez-moi un peu de cette eau sur les épaules.

Il se leva et Constance se trouva nez à nez avec son sexe turgescent qui pointait sous les plis de graisse. Il le prit dans sa main et d'une voix grasseyante lui dit :

– Allez ma mignonne, occupe-toi de mon vit pendant que tes camarades me frottent le dos. Dis donc, tu es bien jolie. Je ne t'ai pas encore vue. Tu es nouvelle ?

Constance, éperdue de honte qu'on puisse ainsi la prendre pour une fille de joie, se tourna vers Marion et lui adressa un regard suppliant. Celle-ci, aussitôt, s'adressa à l'homme :

– Eh ! Messire Pierre, vous avez déjà deux belles garces à votre service. Celle-ci n'est pas comprise dans le prix. Ça vous fera quarante deniers de plus.

– Compris, fit le gros. Isabelle ne fait pas de cadeaux, même à un bon client comme moi. Marion, tu n'as pas tort. Je vais déjà m'occuper de ces deux-là. Mais toi, la petite, tu ne perds rien pour attendre.

Son gros rire fit s'enfuir Constance. Marion la retrouva, haletante, s'appuyant contre le mur du couloir.

– Il va falloir que tu t'y fasses. Pas question de jouer les mijaurées ici. Si tu prépares des repas, il faudra aussi que tu les serves et avec tous ces bourricots en rut, on ne sait jamais ce qui peut se passer.

Constance n'avait pas pensé à cet aspect des choses. L'idée de vivre entourée de fesses, de membres virils, de mamelles lui était insupportable. Peut-être devrait-elle prendre ses jambes à son cou et fuir ce lieu de perdition. Elle n'en eut pas le temps. Isabelle venait d'apparaître, somptueusement vêtue à la dernière mode d'une robe d'écarlate à amples manches qui traînaient presque à terre. Elle semblait de mauvaise humeur et accueillit Constance fraîchement.

– Ah, te voilà, toi ! J'ai réfléchi. Je crois que ce n'est pas une bonne idée. Guillaume serait fou de rage et je ne peux pas me passer de ses services.

– Je comprends que vous ne vouliez pas lâcher la proie pour l'ombre. Mais goûtez donc. Juste pour le plaisir. Ça ne vous engage à rien, lui déclara Constance d'une voix sucrée en soulevant légèrement le linge couvrant son panier.

Isabelle, dont la gourmandise n'avait d'égal que la vanité et l'amour de l'argent, se rapprocha, huma et déclara :

– Tu as raison. Je trempe juste mes lèvres, je coupe un petit morceau, je prends une petite cuillère et tu t'en vas.

Constance l'assura que c'était parfait ainsi. Elle lui demanda de la rejoindre dans un petit moment dans la cuisine, juste le temps qu'elle fasse réchauffer les mets.

Constance mit une jolie nappe blanche sur la table, posa une belle écuelle dans laquelle elle versa une louche de potage jaunet et appela Isabelle. La maquerelle émit un murmure de satisfaction en voyant la table mise, se saisit d'une cuillère, la plongea dans le potage, la porta à ses lèvres.

Constance retenait son souffle. Elle vit Isabelle replonger sa cuillère, puis recommencer et recommencer pour finir par tendre son écuelle en disant « encore » avec un sourire extatique. Constance s'empressa de la satisfaire. Isabelle mangea lentement, s'interrompant pour dire « c'est onctueux, c'est voluptueux », puis « c'est doux, mais c'est fort aussi », puis encore « c'est délicieux, c'est divin ». La dernière cuillère lui arracha un soupir déchirant.

Constance posa alors devant elle un tranchoir taillé dans un gros pain bis et présenta l'épaule d'agneau à Isabelle qui applaudit des deux mains en voyant les petits bouquets de persil parsemant la peau craquante. Constance découpa de fines tranches qu'elle déposa sur le tranchoir et suggéra à Isabelle de les parsemer de sel menu et de les accompagner de jance et de verjus. Isabelle obéit scrupuleusement. À la troisième bouchée, elle s'arrêta brutalement, regarda Constance droit dans les yeux et déclara : « C'est à pleurer tellement c'est bon. » Et elle avait effectivement des petites larmes qui perlaient dans ses grands yeux mordorés.

À ce moment, la porte de la cuisine s'ouvrit et apparut un homme d'une trentaine d'années à la belle prestance, grand, le cheveu blond, l'œil bleu. Il secoua sa pelisse où s'accrochaient des flocons de neige, plissa le nez, huma à plusieurs reprises, regarda Isabelle qui s'apprêtait à porter à sa bouche un morceau d'agneau et se mit à hurler :

– Qu'est-ce que c'est que ce bordel ? Vous faites la cuisine maintenant ? Je croyais que vous n'y entendiez rien et que j'étais le seul à vous fournir.

– Guillaume, calmez-vous. C'est juste une petite paysanne qui est venue me montrer ce qu'elle sait faire, balbutia Isabelle qui semblait perdre de sa superbe devant cet homme.

« Ainsi c'est lui, le queux du roi Charles. Pas aimable, pas facile, un caractère de dragon », se dit Constance, essayant de ne pas prêter attention aux regards meurtriers que l'homme lui lançait.

– Alors, mettez-la dehors, continua l'énergumène qui commençait à ramasser les reliefs d'agneau pour les jeter au feu.

Voyant cela, Isabelle recouvra ses esprits, s'interposa entre la cheminée et lui, saisit l'épaule d'agneau et la reposa avec force sur la table.

– Oh là, Guillaume, vous vous égarez. Je suis la maîtresse des lieux et vous n'avez pas à me dicter ma conduite. Vous êtes mon cuisinier en titre et vous le resterez. Mais Constance vous assistera…

– Hors de question, l'interrompit l'irascible personnage. Je n'ai nul besoin d'aide. Une femme qui plus est… Vous verrez, chaque mois, quand elle aura ses fleurs, elle fera tourner tous les plats. Et que peut-elle connaître à l'art de la cuisine ? Moi qui fais partie de la brigade du célèbre Taillevent qui concocte les mets les plus raffinés pour l'élite du royaume, je vous fais l'honneur d'une cuisine qu'aucun bourgeois ne peut s'offrir.

– Oui, Guillaume, lui coupa la parole Isabelle, nous savons tous que vous officiez aux cuisines du roi. Mais soit dit en passant, vous ne crachez pas sur les gages que je vous donne.

Les yeux du cuisinier lancèrent des éclairs.

– Que croyez-vous donc ? Je gagne trois sous et six deniers les jours où je travaille à l'hôtel Saint-Pol. J'ai droit à mon lot de chandelles et de vin. Quand je serai nommé queux, j'aurai encore plus d'avantages. Je deviendrai riche comme Taillevent qui vient de s'acheter une maison à plus de cent francs. Le roi lui offre sans arrêt des cadeaux. Ne vous méprenez pas, Isabelle, nous ne sommes plus au temps où le métier de cuisinier était considéré comme vil parce qu'il touchait au sang.

– Mon cher Guillaume, je me réjouis d'avoir un homme de l'art comme vous, mais Constance a du talent et disons qu'elle pourrait préparer certains repas, les jours où vos obligations vous retiennent au palais.

– S'il en est ainsi…, répondit Guillaume, l'air mortellement offensé. Je vois que vous tenez à votre petite paysanne. Vous allez vous en mordre les doigts quand elle vous servira des brouets brûlés, des tourtes pas cuites…

Constance ne put s'empêcher de penser qu'il n'avait peut-être pas complètement tort.

Isabelle, qui s'était levée, entraîna l'homme vers la cheminée et lui parla longuement à l'oreille. Cela sembla le calmer. Il prit congé sans un regard pour Constance. Isabelle sourit et s'approcha de la jeune femme : « Les hommes sont des gros ballots. Si on leur dit qu'ils sont les plus beaux et les plus forts, ils le croient. Constance, la vie pour toi ne va pas être facile. Guillaume est un teigneux et il va te faire la guerre, crois-moi. Mais, dorénavant, je ne peux pas imaginer une seule seconde me passer de tes services. Alors, dis-moi, qu'est-ce que tu nous prépares pour demain ? »

Constance, sa cuillère de bois à la main, poussa un soupir. Le défi lui semblait impossible à relever. Mais les dés étaient jetés. Elle devait à la mémoire de Jehan d'aller jusqu'au bout.

6

10 janvier
« Beau temps à la Saint-Guillaume
donne plus de blé que de chaume. »

Constance avait négligé de répondre aux trois messagers que Valentine avait envoyés. Il lui fallait maintenant affronter son amie et, sans aucun doute, sa désapprobation. Elle prit le chemin de l'Hôtel de Bohême. Le soleil brillait sur Paris et commençait à faire fondre la neige. Les rues étaient encore plus impraticables que d'habitude. À chaque passage de charroi, on recevait des jets de bouillasse brunâtre. Les enfants se livraient à des bagarres acharnées de boules de neige.

Arrivée à l'Hôtel de Bohême, elle n'eut guère à attendre. Valentine la reçut dans sa chambre et lui manifesta son inquiétude :

– Mais où étiez-vous donc passée ? J'ai cru que vous aviez fait quelque folie et je m'apprêtais à lancer mes hommes à votre recherche.

Constance lui fit le récit de sa tentative réussie de pénétrer dans l'étuve d'Isabelle la Maquerelle. Valentine poussa de hauts cris, lui disant que c'était folie. Elle manda aussitôt Eustache Deschamps qui arriva quelques minutes plus tard. Valentine le prit à témoin :

– Constance persiste dans cette folle aventure. Eustache, pour l'amour du ciel, dites-lui qu'elle doit y renoncer. Expliquez-lui à quel point ces truands sont dangereux et qu'ils n'hésiteront pas à l'éliminer comme ils ont fait pour ce pauvre Jehan.

Eustache, l'air soucieux, resta quelques instants silencieux avant de prendre la parole :

– Cette bande est effectivement bien organisée et sévit depuis plusieurs années sans qu'on puisse mettre fin à leurs agissements. Nous savons qu'ils ne se fournissent pas en fausse monnaie à Maastricht, en Limbourg, contrairement à la plupart de leurs semblables. Jehan s'en était assuré lors d'un de ses voyages. Ils ne font pas fabriquer de petites pièces de peu de valeur, mais des pièces d'or, beaucoup plus difficiles à réaliser et à écouler. Cela signifie aussi qu'ils bénéficient de complicités très haut placées, peut-être même au sein du Trésor royal. Ce que nous souhaitons découvrir, c'est, bien entendu, le lieu de fabrication de la monnaie mais aussi et surtout qui tire les ficelles.

Constance avait écouté avec beaucoup d'attention et déclara d'une voix grave :

– Je suis certainement la mieux placée pour vous aider. Personne ne se méfiera d'une petite paysanne de Guyenne qui ne s'intéresse qu'à réussir ses tourtes.

Eustache, se grattant le menton, regarda Valentine et déclara :

– Constance n'a pas tort. Jehan, et son allure de grand bourgeois, a dû éveiller leurs soupçons. Constance pourra aller et venir librement, observer les faits et gestes des uns et des autres, entrer dans leur intimité. Finalement, ce n'est pas une mauvaise idée…

Valentine l'interrompit d'un ton furieux :

– Son mari est mort au service du roi. Vous n'allez pas l'entraîner, elle aussi, vers une issue fatale ?

Constance lui prit la main et déclara d'une voix douce :

– Valentine, si je meurs en vengeant Jehan, je serai bien heureuse. Si j'en réchappe, je serai, de toute manière, morte au monde. Je vous l'ai dit, je rentrerai chez les sœurs clarisses pour le reste de mes jours.

Valentine soupira et, d'une voix où perçait l'inquiétude, continua :

– Vous êtes folle et, de surcroît, une tête de mule. Puisque c'est votre volonté, faites donc, mais, Eustache, j'exige que vous gardiez un œil sur Constance et que nous puissions l'assister en cas de danger.

– Cela va de soi, répondit Eustache. Nous conviendrons de rencontres secrètes. Constance pourra également, par un signal que nous serons seuls à connaître, nous faire savoir qu'il y a danger et nous agirons en conséquence. Car permettez-moi de dire :

« Ribauds sales et crasseux
Ruffians, meurtriers et larrons
Vous êtes connus pour voler
Ribaudes, putains, sorcières
Larronnesses de cul et de con
Maints hommes vous avez séduits
Mais prévôts et sergents vous cherchent
Et par la nuque vous serez pendus. »

La manie d'Eustache de conclure ses interventions par quelques vers surprenait toujours Constance. Mais savoir qu'un homme d'expérience comme lui était à ses côtés et qu'elle pouvait faire appel à Valentine la rassurait. Si elle ne le montrait pas, elle n'en menait pas large.

Valentine lui proposa de partager son dîner et lui dit en riant qu'elle pouvait même le préparer, maintenant qu'elle était cuisinière chevronnée. Deux valets vinrent dresser une table sur des tréteaux et y disposèrent une riche vaisselle ouvragée. À la vue d'un grand plat d'argent, Constance s'exclama :

– N'est-ce pas là un des présents qui vous ont été remis par les bourgeois de Paris lors de votre mariage ?

– Si fait, répondit Valentine, j'ai été couverte d'or et d'argent. Il y avait des drageoirs, des salières, des assiettes, des pots, des tasses, tous dans le métal le plus fin. On dit que tout cela a coûté plus de soixante mille couronnes d'or.

– C'est vrai. J'avais accompagné Jehan qui faisait partie de la délégation venue vous offrir ces présents, rappela Constance. C'était magnifique. Les deux porteurs de cadeaux étaient déguisés en Sarrasins, la tête enveloppée de voiles blancs. Et vous, vous étiez si belle dans votre robe de soie vermeille. Tout le monde s'est réjoui des jolies paroles que vous avez eues pour remercier les donateurs. La reine Isabeau, dont on fêtait l'entrée royale à Paris et qui avait reçu beaucoup plus que vous, n'a pas dit un mot. Jehan et les autres bourgeois en étaient fort marris.

Le visage de Valentine s'assombrit.

– Cette femme est un glaçon malfaisant. Elle n'est préoccupée que d'elle-même. J'ai bien peur qu'elle n'apporte le malheur.

Prenant la main de Constance, elle continua d'un ton redevenu joyeux :

– Souvenez-vous de notre rencontre, lors du banquet dans la grande salle du palais. Il y avait une telle presse qu'une des tables s'est écroulée, des femmes se sont évanouies…

– Il a fallu briser une verrière pour donner vent et air à la reine qui se sentait mal, continua Constance. Nous nous sommes retrouvées coincées contre un pilier. Je vous ai aidée à remettre votre voile qui avait glissé…

– Et nous avons passé l'après-midi à bavarder comme des pies, reprit Valentine. Nous nous sommes retrouvées le lendemain pour les joutes où nous, les dames, avons déclaré le roi vainqueur…

– Quant à moi, j'ai dû batailler pour obtenir de Jehan l'autorisation d'aller au grand bal qui se tenait le soir.

– Le roi avait fait dresser dans les jardins une salle couverte de draps écrus de Normandie. Il y avait des milliers de torches qui éclairaient la nuit. L'air était doux. Nous avons dansé toute la nuit…

– Et nous sommes devenues les meilleures amies du monde, conclut Constance.

L'évocation de ces souvenirs lui avait fait le plus grand bien. Les deux jeunes femmes dînèrent rapidement d'un lièvre rôti et d'une poulaille farcie. À la fin du repas, Valentine leur fit servir du gingembre et du fenouil confits, du nougat de pignon et de la pâte de coings qu'elles picorèrent en bavardant, comme aux temps insouciants de leur rencontre.

Constance prit congé de son amie en lui promettant de lui donner très vite des nouvelles de sa vie de cuisinière d'étuves.

*

Elle devait aller rue aux Oues, prendre possession de sa nouvelle demeure. Elle n'avait jamais mis les pieds dans ce quartier et redoutait le pire. Elle avait envoyé Agnès en éclaireuse, de manière à évaluer ce dont elle aurait besoin.

Ce n'était pas très loin de l'Hôtel de Bohême. Elle passa devant l'église Sainte-Agnès, prit la rue Montorgueil jusqu'à la rue Mauconseil qu'elle suivit jusqu'à Saint-Jacques-de-l'Hôpital. Elle découvrit la rue aux Oues, petite, bruyante, enfumée. C'était là que se tenaient la plupart des rôtisseurs d'oies et de volailles de Paris, et elle eut l'impression d'arriver dans les cuisines du diable. Des dizaines de volailles étaient embrochées, dégageant une forte odeur de graillon. C'est à peine si l'on pouvait voir à dix pas. Elle qui aimait tant les senteurs légères, qui s'entourait de fleurs coupées et de parfums, elle allait devoir vivre avec cette odeur qui déjà lui collait à la peau. Un rôtisseur l'interpella :

– Eh ma bonne dame ! Qu'est-ce qui vous ferait plaisir ? Une jolie géline de Touraine, un beau chapon bien gras… Régalez votre mari avec une bonne chair tendre.

Constance, la gorge nouée, le remercia d'un petit geste de la main. Pressant le pas, elle arriva devant sa future demeure, une toute petite maison de deux étages. La porte était entrouverte et elle s'y glissa rapidement. Agnès, armée d'un balai, faisait un grand ménage et l'accueillit avec un sourire triste :

– Ma petite, voilà qui va vous changer ! Cette maison est bien pauvre. Vous avez une chambre là-haut avec un mauvais lit et deux chaises. Et au-dessus c'est un galetas, juste bon pour les rats.

– Ça m'est égal, Agnès, j'ai connu pire dans mon enfance, lui répondit Constance en jetant un regard circulaire sur la pièce. D'après ce que je vois, c'est une vraie cuisine avec une belle cheminée, une pierre d'évier…

– Vous avez de la chance dans votre malheur, poursuivit Agnès. Le pauvre homme qui a légué cette maison à votre mari devait être de la partie, car il y a plein d'ustensiles de cuisine. Les marmites et chaudrons sont en bon état. Regardez, vous avez deux belles chaudières qui vous permettront de cuire les grosses pièces de viande. Il y a aussi une penderesse, mais en mauvais état, j'en mettrai une dans vos bagages.

– Et je fais quoi avec cet instrument ? demanda Constance, circonspecte.

– C'est parfait pour cuire les poissons et, quand vous n'en avez plus besoin, vous la pendez. Il y a aussi deux casses, ces poêles à bord relevé pour frire. Ça vous suffira. Pour les oules, il faudra que vous les achetiez. Prenez-en trois de différentes tailles en bonne terre cuite. C'est là qu'on fait les meilleurs potages, sauces et porées. La terre est bonne à la santé et donne une saveur douce et musquée. Pas besoin de mortiers, il y en a deux qui vous feront encore bon usage.

Prenant dans ses mains un pot avec deux anses du même côté, Constance demanda :

– À quoi cela peut-il bien servir ?

– À faire des hochepots. Vous agitez bien et, comme ça, vous n'avez pas besoin de remuer avec une cuillère. Reprenons : il vous faudra aussi quelques poêlons et une gratuise, pour râper le pain et le fromage. Vous prendrez, rue de la Bûcherie, de gros couteaux ainsi que de plus petits. Et par pitié, faites attention à vos doigts. Ne nous revenez pas estropiée ! J'ajouterai des cuillères, des écuelles et quelques brimborions dont vous aurez besoin.

Agnès avait lavé à grande eau les tomettes du sol, rendant le lieu presque hospitalier. Constance monta à l'étage, frissonna à cause du froid glacial qui y régnait, mais aussi à l'idée que pour la première fois de sa vie, elle allait devoir habiter seule. Les deux petites fenêtres n'étaient pas comme chez elle garnies de verre mais d'une méchante toile cirée qui laissait entrer l'air froid.

Elles passèrent les deux heures suivantes à récurer et laver. La nuit qui tombait si tôt en cette saison les chassa. Elles repartirent vers la maison de la rue de la Bûcherie, un véritable palais comparé à celle de la rue aux Oues.

Isobert, qui ne savait pas qu'il allait être, dès le lendemain, séparé de sa maîtresse, lui fit la fête. Constance lui avait pardonné la mise à mal de l'épaule d'agneau. Elle le prit par les pattes et lui fit faire quelques pas de danse : « Mon chien, dorénavant, ce sera Agnès qui prendra soin de toi. Essaye de ne pas la faire tourner en bourrique. »

À ces mots, Agnès essuya une larme furtive et déclara :

– Je vais vous préparer des draps et des courtepointes chaudes que vous emporterez.

– Je vous accompagne, lui répondit Constance. Ensuite, vous m'aiderez à faire les listes de tout ce à quoi je dois penser.

Plonger dans les réserves de beau linge que contenait le grand bahut décoré de scènes de la vie conjugale lui fit se souvenir de sa rencontre avec Jehan.

Il l'avait découverte à moitié morte de faim dans un petit manoir délabré des hauts plateaux de l'Aubrac. Jehan menait alors une mission pour le duc de Berry, oncle du roi Charles et gouverneur du Languedoc. Il se rendait à Montpellier et, sur le chemin, il fut pris dans une tourmente de neige comme seules ces terres désolées peuvent en connaître. Il croyait sa dernière heure arrivée quand un de ses valets aperçut une faible lueur au loin. Ils arrivèrent au pied d'une tour croulante. Il leur fallut frapper plusieurs minutes avant que l'huis ne s'ouvre sur une vieille femme édentée qui leur referma la porte au nez. Ils crièrent, appelèrent à la mansuétude, à l'amour de Dieu des occupants jusqu'à ce que la porte se rouvre sur une jeune fille d'une quinzaine d'années, en guenilles, pâle et décharnée. Constance, dans un silence total qui fit croire à Jehan qu'elle était muette, les fit entrer puis leur servit un pauvre bouillon où surnageaient quelques raves et un morceau de pain noir qui faillit avoir raison de leurs dents. Devant un feu anémique se tenaient la vieille édentée et un homme hébété qui était le seul valet, Jehan l'apprendrait le lendemain, dont la seigneurie de Payrolles pouvait s'enorgueillir.

Toujours en silence, Constance leur indiqua des paillasses où ils pourraient passer la nuit. La jeune fille disparut dans l'escalier, suivie par la vieille.

La tempête de neige dura trois jours qui parurent à Jehan les plus longs de sa vie. La solitude glacée des lieux, le mutisme et la misère de ses occupants le bouleversaient.

C'est grâce au livre d'heures qui l'accompagnait toujours qu'il réussit à nouer le dialogue avec Constance. Il avait bien remarqué qu'elle le regardait feuilleter l'ouvrage et qu'elle était passée à plusieurs reprises derrière lui avant d'aller s'asseoir devant la cheminée. Il alla déposer le livre sur ses genoux. Elle ne le repoussa pas. Il vit son visage s'éclairer à mesure qu'elle tournait les pages. Elle émit un petit rire et dit d'une voix chantante :

– Je ne savais pas que le monde était si plein de couleurs.

Au cours des heures qui suivirent, Jehan apprit que Constance était la seule survivante d'une fratrie de huit enfants. Sa mère, Flore, était morte en mettant au monde une petite fille qui n'avait pas survécu. Tous ses autres frères et sœurs étaient morts de maladie et de faim. Son père, Adhémar de Payrolles, était parti depuis trois ans. Violent et débauché, il avait dilapidé la petite fortune familiale. À court de ressources, il avait prêté allégeance à un seigneur qui combattait aux côtés des Anglais en Aquitaine. Constance, qui n'avait que douze ans à l'époque mais qui avait été nourrie par les récits chevaleresques que lui contait sa mère, avait été profondément révoltée par la trahison de son père. Elle avait refusé l'aide de lointains cousins qui s'étaient inquiétés d'elle, disant qu'elle préférait mourir plutôt que d'apparaître dans le monde avec le nom honni de Payrolles.

Jehan lui dit alors que c'était péché d'orgueil que de refuser le secours de ses semblables. Il ajouta qu'elle pouvait apporter aide et réconfort à ceux qui en avaient besoin. Ainsi, elle pouvait être sa bonne fée, lui qui vivait triste et solitaire sans épouse et sans enfants. Le lendemain, alors que le temps se levait et qu'il allait pouvoir repartir, il lui demanda de l'épouser. À sa grande surprise, elle accepta.

Quinze jours plus tard, il revint la chercher. Elle n'avait pour tout bagage qu'un petit fermoir en or ouvragé, seul souvenir de sa mère. Jehan donna une belle somme d'argent à la vieille et au valet. Constance ne se retourna pas sur ce qui avait été le théâtre de sa vie de malheur et de misère.

Les deux femmes préparèrent un gros ballot d'effets qui serait transporté le lendemain, rue aux Oues. Elles soupèrent rapidement d'un potage aux navets et d'une géline rôtie qu'Agnès avait eu la présence d'esprit d'acheter à un des futurs voisins de Constance. La volaille était excellente et Agnès fit remarquer que, décidément, les rôtisseurs parisiens connaissaient leur métier.

Elles s'installèrent ensuite dans la chambre brillamment éclairée par une dizaine de chandeliers. Constance s'assit à une petite table, se saisit d'une plume, de petits morceaux de papier de lin et du *Ménagier* de Jehan. Bien sûr, elle allait l'emporter avec elle. Il lui serait indispensable. Mais elle souhaitait qu'Agnès lui indique quels étaient les tours de main les plus importants afin qu'elle puisse les noter.

Ainsi, pour les huîtres, Jehan avait indiqué qu'elles devaient être lavées dans de l'eau chaude puis mises à bouillir afin que leur saveur reste dans le bouillon. Constance voulut savoir pourquoi on en trouvait tant en hiver et pas du tout en été. Agnès lui dit que ces animaux marins détestaient la chaleur et qu'en été, ils arrivaient tout bâillants et puants. Elle lui rappela que Jehan donnait une excellente recette de civet d'huîtres[1], facile à réaliser et qui plairait à ses futurs clients.

Constance nota qu'il y avait trois sortes de porée, la blanche faite avec des blancs de poireaux, la verte, avec des épinards ou des feuilles de blettes, la noire, réservée aux jours gras et préparée avec de la graisse de lardons.

Agnès rappela un des préceptes édictés par Jehan : ne jamais mettre les épices telles quelles dans le potage, mais les broyer et les ajouter le plus tard possible, sinon elles perdent leur saveur. Elles devaient être conservées dans des boîtes en bois d'if.

Elles s'amusèrent toutes les deux de la manière dont Jehan proposait de déguiser un morceau de gîte de bœuf en venaison d'ours : il suffisait de préparer une sauce

1. Recette p. 336.

noire avec du gingembre, du clou de girofle, du poivre long, de la graine de paradis. On mettait ensuite deux tranches de viande dans chaque écuelle, on nappait de sauce et le tour était joué : le bœuf avait la saveur de la viande d'ours ! Constance cocha avec intérêt les recettes pour faire de la gelée violette avec du tournesol et pour donner une belle couleur rouge au jus de poire en faisant infuser du foin.

Elle recopia soigneusement quelques exemples de dîners de fête dont elle pourrait s'inspirer.

Premier service : vin de grenache et tostes, pâté norois[1], lamproie à la sauge froide, brouet à la cannelle.

Deuxième service : civet de lièvre noir, soringue d'anguilles[2], tourte lombarde[3], fromentée[4], blanc-manger[5], marsouin en sauce.

Troisième service : chapon, conin[6], perdrix, pluviers, gravé d'alose[7], brochets et carpes.

Quatrième service : oiseaux de rivière à la dodine[8], riz au lait, lait lardé[9], rosé de lapereaux[10], darioles[11], petits pâtés de venaison, talemouses[12].

Cinquième service : poires et dragées, nèfles et noix pelées, gaufres.

---

1. Pâté de foies de morue avec gingembre, cannelle, maniguette et muscade.
2. Anguilles poêlées.
3. Pâté de volaille avec du verjus et des épices.
4. Bouillie de céréales (avoine, orge, millet).
5. Recette p. 342.
6. Lapin.
7. Alose avec une sauce au lait d'amandes et épices.
8. Sauce à l'oignon.
9. Plat à base de poulet et de lait d'amandes. Recette p. 336.
10. Civet de couleur rose due à l'ajout de cèdre vermeil.
11. Ancêtre de la quiche lorraine. Recette p. 344.
12. Flan au fromage blanc saupoudré de sucre.

Constance s'arrêta, la plume en l'air. Jehan avait cité tant et tant de mets que c'en était désespérant. Il lui faudrait des siècles pour apprendre tout ça, alors qu'elle n'avait que quelques jours pour faire ses preuves. Elle confia son découragement à Agnès qui soupira :

– Ce n'est pas faute de vous avoir dit que vous vous lanciez dans une folle aventure. Mais ne vous mettez pas martel en tête. Ce n'est pas si compliqué. Vous allez y arriver. Il vous faut avant tout acheter de bons produits et ne pas vous faire refiler n'importe quoi par ces roublards de marchands.

– Je n'en peux plus, lui répondit Constance. Il faut que je dorme quelques heures pour, demain, affronter ma nouvelle vie. Mais avant d'aller nous coucher, redites-moi, Agnès, ce que veut dire « boutonner », j'ai déjà oublié…

– C'est piquer de clous de girofle.

– Et parboulir ?

– C'est faire bouillir un court instant la viande avant de la rôtir. Elle est ainsi plus tendre.

– Et détremper, cela veut bien dire mouiller avec du vin ou du verjus ?

Agnès mit un doigt sur ses lèvres et déclara :

– C'est bien ça, mais maintenant vous allez vous taire et dormir du sommeil du juste.

– Encore un, Agnès. Dites-moi ce que signifie souffire.

– C'est faire cuire doucement dans de l'huile ou du saindoux. Mais cela suffit maintenant ! Allez vous reposer !

Elle secoua la tête et reprit :

– Ah si, un dernier conseil, qui, hélas, va certainement vous servir : si votre potage brûle, videz-le dans un autre pot où vous tremperez du levain enveloppé dans un linge…

Constance poussa un dernier gros soupir, embrassa Agnès et lui souhaita bonne nuit. La Dévote la serra un long moment dans ses bras et s'en alla. Constance souffla les chandelles et rejoignit son lit où Isobert ronflait depuis belle lurette. Elle n'eut pas le cœur de le chasser.

7

27 janvier

« Beau temps à la Saint-Julien
Promet abondance de biens. »

Les deux semaines qui suivirent son installation rue aux Oues furent pour Constance une cavalcade effrénée. Levée avant que les cloches de l'abbaye Saint-Magloire ne sonnent l'office de prime et couchée à pas d'heure, Constance n'eut guère le temps de réfléchir à sa nouvelle condition. Isabelle n'avait eu de cesse qu'elle refasse pour ses clients le fameux potage jaunet ainsi que l'épaule d'agneau. Constance s'en était tirée haut la main, même si, comme l'avait prévu Agnès, elle avait fait brûler la première fournée de potage. Elle s'était précipitée chez Gautier le poissonnier qui s'était réjoui d'avoir une si bonne cliente. En riant, il l'avait regardée partir, ployant sous le poids de quatre gros saumons, et lui avait lancé : « Si vous voulez, demain, je vous garde toute ma pêche ! »

Elle n'avait pas recroisé Guillaume, mais s'était aperçue, juste à temps, que sa réserve de graines de paradis qu'elle avait laissée dans la cuisine des étuves avait été mélangée avec des crottes de souris et que sa poudre de gingembre était pleine de cendres. Nul doute que c'était là le fait de cet infâme traître.

Elle passait ses journées à s'exercer à la fabrication de tourtes. Les premiers essais furent désastreux : pâte gluante ou s'émiettant comme du sable, herbes pas assez cuites, viandes calcinées. Elle gaspillait farine, œufs, lait et ne savait que faire des magmas de pâte et des liquides glaireux qu'elle ressortait de la cheminée. N'osant mettre ces détritus devant sa porte, elle partait de nuit et les déposait chaque fois dans un endroit différent : rue du Lion-d'Or, rue Quincampoix, rue du Cygne… Elle se disait que quelques malheureux y trouveraient peut-être leur compte. Elle avait dû faire appel trois fois au marchand de sable qui passait dans la rue avec son âne, pour remplacer celui qu'elle répandait sur le sol de la cuisine afin d'absorber les diverses graisses qu'elle ne manquait pas de faire tomber.

Elle avait appris à faire la différence entre la Grande Boucherie où on débitait bœufs, moutons et porcs et la Petite Boucherie où étaient vendues les viandes viles comme celle de la chèvre ou du bélier.

Un jour, elle avait cru faire une bonne affaire en achetant un morceau de porc salé à un prix défiant toute concurrence. Une bourgeoise qui l'avait vue faire s'approcha d'elle et lui dit :

– Vous savez que la viande que vous venez d'acheter est celle d'un porc lépreux ? Vous n'avez pas remarqué le fanion blanc accroché au poteau près de l'étal ?

Constance rapporta immédiatement sa tranche de porc salé au marchand qui la remboursa en lui disant :

– Il y en aura qui s'en contenteront.

Elle regretta de ne plus avoir Agnès auprès d'elle pour la mettre en garde. Un matin très tôt, elle décida de suivre la tournée d'inspection des maîtres jurés de la boucherie, chargés de détecter les fraudes et les malversations des commerçants. Ils commencèrent par inspecter les moutons pour voir s'ils n'avaient pas la picote[1]. Ils passèrent ensuite aux cochons qui allaient être abattus. Le langayeur qui les accompagnait ouvrait la gueule de chaque animal et passait les doigts sous sa langue pour détecter d'éventuelles petites pustules qui signifiaient que le cochon était lépreux[2]. Ce matin-là, il n'y en avait qu'un. Il fut aussitôt décidé que n'étant lépreux qu'au premier degré, sa chair pourrait être consommée à condition d'être mise au sel pendant quarante jours. Constance savait maintenant que cette chair se retrouverait sur un étal signalé par un fanion blanc ! S'il avait été plus gravement atteint, l'animal aurait été abattu et donné pour servir de nourriture aux pauvres de l'Hôtel-Dieu.

Constance comprenait maintenant pourquoi l'abattage se faisait en pleine ville. Avec des bêtes arrivant sur leurs pieds, on pouvait s'assurer qu'elles étaient saines. Les bouchers ne pouvaient se livrer à des manœuvres malhonnêtes comme d'apporter des animaux abattus alors qu'ils étaient malades. Tant pis pour les récriminations des riverains qui se plaignaient des embouteillages dus aux bestiaux qui encombraient les rues soir et matin. Sans compter la puanteur qui régnait dans le quartier, les horribles bruits qu'émettaient les animaux sentant la mort et le sang ruisselant dans les rues.

L'inspection s'était poursuivie auprès des étaux des bouchers. Les jurés firent jeter un gigot de mouton qui était aussi vert que l'herbe qu'il avait broutée. Le boucher fut mis à l'amende pour ne pas vendre « bonne et loyale chair ». Ce fut le cas aussi d'un poissonnier que les jurés de la pêche trouvèrent en train de rincer une morue sèche dans la rigole d'eau sale qui coulait à ses

1. Clavelée ou variole ovine.
2. Cysticercose porcine, affection parasitaire due à un ténia.

pieds. Peut-être espérait-il ainsi lui faire prendre un peu de poids ! Les jurés avaient l'œil aux aguets, les narines en alerte et percevaient les moindres défauts.

Elle les vit un jour confisquer une motte de beurre à la belle couleur jaune resplendissante que Constance aurait volontiers achetée. Ils ne tardèrent pas à faire avouer à la marchande que cette belle couleur était due à des fleurs de soucis qu'elle mélangeait au beurre.

Faire les courses n'était vraiment pas de tout repos ! Constance avait appris à éviter les tripières qui ne couvraient pas leur marchandise d'un linge blanc et net ainsi que les bouchers qui n'avaient pas les mains et le tablier propres.

Il lui fallait aussi s'habituer à l'ambiance agressive qui régnait à la Grande Boucherie et aux halles des Champeaux. Elle n'était pas très habile en marchandage, ce qui lui valait maints quolibets des marchands et des clients. Plusieurs fois, elle était rentrée en courant rue aux Oues et s'était effondrée en larmes au pied de la cheminée.

Dans sa rue, elle assistait régulièrement à des algarades entre rôtisseurs. Ils n'avaient pas le droit, sous peine d'amende, de chercher à détourner les chalands de l'étal du voisin, mais ils ne s'en privaient pas. Les jurés avaient fort à faire pour s'assurer que les marchands n'abattaient pas chez eux de bêtes, ce privilège étant réservé aux bouchers auprès desquels ils devaient se fournir. Il leur fallait également vérifier que les viandes cuites mises en vente n'avaient pas plus de trois jours. Les litiges se terminaient bien souvent en bagarre générale. Les agents du guet n'étaient jamais bien loin lors de ces tournées d'inspection. Tout le monde avait en mémoire la révolte des Maillotins en 1382. Tout avait commencé avec le geste malheureux d'un collecteur d'impôts qui avait voulu saisir la marchandise d'une vendeuse de cresson qui refusait de payer la taxe. Les Parisiens ayant la tête près du bonnet, marchands et chalands s'en prirent au percepteur et le massacrèrent. L'affaire n'en resta pas là. La populace se rendit à l'Hôtel de Ville et s'empara des maillets plombés destinés à la défense de Paris. Un immense pillage s'ensuivit. Depuis, le guet intervenait à la moindre alerte.

Petit à petit, Constance prit de l'assurance et réussit à maîtriser le maniement de la crémaillère qui lui permettait d'accrocher une marmite à bonne distance des flammes. Elle avait compris que si elle ne voulait pas tout faire brûler, elle devait entretenir un petit feu plutôt que de grandes flambées. Elle avait accroché, sous le manteau de la cheminée, les broches, le gril, la lèchefrite et elle acquit une certaine dextérité à manier ces instruments. Elle avait appris à calculer les temps de cuisson en s'aidant de son chapelet : deux *Pater Noster* pour un œuf sous la cendre, trois *Ave Maria* pour une poêlée de merlus.

*

Un soir, échevelée, les yeux rougis par la fumée, au bord des larmes, elle retira du feu une tourte qui avait belle allure. La pâte ne s'était pas affaissée, la croûte de fromage était bien dorée. Quand elle la coupa, elle la sentit moelleuse et elle découvrit le beau vert du mélange de blettes, persil, cerfeuil, fenouil et épinards. N'en croyant pas ses yeux, elle la goûta. Elle retrouva l'ardeur du gingembre et du mélange d'épices fines : cannelle, girofle, graine de paradis et sucre.

Tout à sa joie d'avoir réussi, elle en fit deux autres pour bien s'assurer que ce n'était pas un miracle. Le lendemain, elle arriva fièrement rue Tirechappe avec son trophée qui, à sa grande déception, laissa Isabelle totalement indifférente :

– Constance, si je veux une tourte, je vais chez Enguerrand le Gros, rue Béthisy. Si c'est tout ce que tu as à me proposer, tu peux retourner dans ta Guyenne. Il me faut des mets autrement plus distingués.

À ce moment, Guillaume fit son entrée.

Ignorant Constance, il s'adressa à Isabelle :

– Je vous ai apporté quelque chose dont vous me direz des nouvelles.

Il déposa sur la table une tourte qui ressemblait comme une sœur à celle de Constance.

Isabelle éclata de rire, ce qui n'eut pas l'heur de réjouir les deux cuisiniers qui se regardaient en chiens de faïence.

– Voilà qui est intéressant, leur dit-elle. Vous vous êtes donné le mot ! J'ai une idée : je vais goûter à l'une et à l'autre de vos tourtes et voir laquelle est la meilleure.

Chacun d'un côté de la table, Constance et Guillaume s'empressèrent de couper une part et, dans un geste similaire, la présentèrent à Isabelle qui riait de plus belle. Elle commença par celle de Guillaume, approuva silencieusement ; mordit dans celle de Constance, fit un signe d'acquiescement.

Les deux cuisiniers avaient les yeux fixés sur la mâchoire d'Isabelle et attendaient, le regard sombre, le verdict de la maquerelle. Celle-ci prit son temps. Elle demanda à Constance quels en étaient les ingrédients. Constance répondit qu'il y avait quatre poignées de blettes, deux poignées de persil, une poignée de cerfeuil, un brin de fenouil et deux poignées d'épinards. Elle ne voulut pas en dire plus, arguant que c'était un secret. Guillaume refusa mordicus de répondre.

Isabelle les regarda tous les deux, poussa un soupir et leur déclara :

– Ex æquo. Celle de Constance est plus moelleuse, celle de Guillaume plus épicée. Les deux sont parfaites et bien meilleures que celles d'Enguerrand le Gros.

Guillaume prit la mouche :

– Comment osez-vous comparer ma tourte avec celle d'un cuisinier de rue, moi qui sers chaque jour notre roi, qui suis sous les ordres du magnifique Taillevent ? Si je m'écoutais, je vous planterais là et vous laisserais avec cette paysanne.

« Si seulement c'était vrai, s'il pouvait débarrasser le plancher », pensait avec ferveur Constance.

Isabelle fit ses minauderies habituelles pour rassurer Guillaume sur ses immenses qualités et lança avec bonne humeur :

– Ce qui serait amusant, ce serait que vous vous affrontiez en une sorte de tournoi. Tous les jours, vous nous régaleriez de plats nouveaux et les clients décideraient de qui remporte la palme. C'est décidé, nous allons le faire. Aiguisez vos couteaux, nous commençons demain.

La fine mouche se disait que ce serait une excellente publicité pour sa maison, les jeux du sexe étant liés aux plaisirs de la bonne chair. Elle se doutait bien que Guillaume, vaniteux comme il l'était, serait ravi d'écraser la petite jeunette. Quant à cette dernière, elle n'avait pas le choix.

Constance resta muette pendant que Guillaume faisait le coq :

– Ah ! ça me fait bien rire. Comme si l'issue de cette joute faisait l'ombre d'un doute ! Vous allez voir ma petite, en deux jours vous crierez grâce et vous me remercierez des leçons que je vais vous donner.

Guillaume partit en sifflotant, Constance en soupirant. Isabelle s'empressa d'aller annoncer la nouvelle à ses clients.

Constance était furieuse. Guillaume, avec sa suffisance, l'exaspérait. Il se prenait pour qui, celui-là? Croyait-il qu'elle allait se laisser impressionner par ses propos belliqueux? Elle n'était pas comme Isabelle qui semblait sous le charme de cet homme. Pour sûr qu'elle devait lui trouver d'autres talents que celui de cuisinier. Constance avait bien vu que la maîtresse des étuves avait souvent l'œil attiré par la belle virilité que dessinaient les chausses moulantes de Guillaume. Et surtout, ce maudit concours allait l'enchaîner à sa cuisine, elle pourrait moins fureter dans les étuves.

Constance avait le plus grand mal à se faire à la luxure qui y régnait. Non pas que les mamelles à l'air et les fesses tressautantes des filles la dérangeaient. C'était là manière commune aux établissements de bains. Mais elle appréhendait toujours de pénétrer dans la pièce principale. Dans l'immense cuveau où pouvaient tenir douze personnes, il se passait des choses abominables. Hommes et femmes se livraient aux pires attouchements. Les horribles bruits de fornication qui provenaient des alcôves attenantes mettaient Constance au supplice.

Une dizaine de filles travaillaient régulièrement aux étuves. Isabelle la Maquerelle était très fière de son établissement et ne se sentait rien de commun avec les putains qui officiaient dans les bordels publics de la rue de Glatigny ou de la rue de Baillehoe. Comme elle était très à cheval sur certains principes, elle ne voulait pas de voleuses chez elle. Elle avait mis à la porte avec pertes et fracas Margot la Grosse qui se vantait de dépouiller ses clients et qui racontait à l'envi comment elle avait volé des chandeliers de bronze chez un prêtre et de la vaisselle d'argent chez des bourgeois. Isabelle disait que ribaude était un métier comme un autre, qu'il fallait l'exercer honnêtement. L'apothicaire vend des sirops, le mercier des rubans, le patenôtrier des chapelets et les filles du bon temps. Elle avait de la religion et vouait aux gémonies les filles qui racolaient dans les travées de Notre-Dame. Chaque année elle partait en pèlerinage à la Madeleine de Vézelay. Bonne âme, elle s'attristait du sort de celles qui vendaient leur corps sous les arches des ponts, dans les fossés ou dans ce cloaque de la rue du Caignard, près de l'Hôtel-Dieu. Elle n'était pas chiche avec ses filles qu'elle secourait quand elles étaient malades ou devenaient grosses.

Constance, qui réprouvait du plus profond de son âme le commerce auquel se livrait Isabelle, s'étonnait de ne pas la détester. La maquerelle était une vaniteuse, mais elle n'avait pas de méchanceté. Elle adorait les beaux vêtements et se préoccupait comme d'une guigne des édits du prévôt interdisant aux femmes dissolues d'orner leurs robes de broderies, perles, boutons dorés ou argentés et de porter des manteaux doublés de petit-gris, de vair ou d'écureuil. Quand Isabelle apparaissait, c'était une débauche de soies damassées, de ceintures brodées de fil d'or, de mantes aussi longues que des traînes. Constance ne pouvait s'empêcher de lui envier sa prestance et son insolente beauté.

Mais celle qu'elle préférait, c'était Marion la Dentue. Elle n'allait que peu avec les hommes et faisait surtout office de femme de peine. Peu gâtée par la nature, elle était dotée d'un cœur d'or. Elle amenait parfois, malgré l'interdiction d'Isabelle, sa fille Jacquette, une petite de cinq ans qui, Dieu merci, n'avait pas hérité de l'épouvantable dentition de sa mère. Elle aidait Marion à balayer et s'endormait parfois dans une alcôve. Cela faisait peine à Constance de voir la petite arrachée à ses rêves par une fille qui la chassait sans ménagement pour permettre à un gros pourceau d'assouvir ses plus bas instincts.

Un jour, Constance lui offrit une poupée de chiffon. L'enfant en resta pétrifiée, n'osant pas s'approcher de ce cadeau inespéré. Puis la poupée ne quitta plus Jacquette qui ne quitta plus Constance. La jeune femme lui réservait toujours une gaufre qu'elle saupoudrait de sucre ou une part de dariole. Isabelle râlait, disant qu'elle ne voulait pas que cela donne l'idée aux filles de rappliquer avec leurs marmots. Constance s'en moquait et profitait de ses rares moments de tranquillité, entre deux plats, pour jouer aux marionnettes avec la fillette. Elles se racontaient des histoires de beaux et preux chevaliers terrassant de méchants dragons pour sauver des princesses aux cheveux d'or. Marion en avait les larmes aux yeux de les voir jouer ainsi et, un jour, remercia Constance avec effusion :

– Ma Jacquette, c'est toute ma vie. Je croyais ne jamais enfanter. Cette enfant est un miracle que je dois au bon saint Jacques. Il faut qu'il soit bien généreux pour avoir pardonné toutes les truanderies qu'a pu faire le père de la petite, ce maudit Gauvard. À Compostelle, je l'ai obligé à s'agenouiller devant l'Apôtre et à se repentir. Pendant notre voyage de retour, j'ai été prise de malaises. J'ai dit à Gauvard que les sacoches qu'il nous faisait porter étaient trop lourdes. Bien sûr, il n'a rien voulu savoir. Il me disait que c'était le début de notre fortune. Tu parles, je n'ai rien vu venir, mais quelques mois plus tard, j'avais dans les bras le plus grand trésor du monde : ma Jacquette. Alors, son vaurien de père, il peut continuer ses larronneries, je m'en moque.

Constance avait essayé d'en savoir plus sur les méfaits de Gauvard, car s'il y avait quelqu'un capable de tremper dans un trafic, c'était bien lui. Marion s'était réfugiée dans un silence douloureux et Constance n'avait pas insisté.

Gauvard, petit homme malingre, était un fieffé soiffard. Il passait le plus clair de son temps aux *Deux Cerisiers* ou à *La Belle Jambière.* Dès qu'Isabelle avait besoin de lui, elle envoyait Marion l'arracher à son pichet de vin de Montmartre.

Rien qu'à voir ses compagnons de taverne, on pouvait imaginer qu'il ne se contentait pas de réparer les cuveaux défectueux ou de mettre à la porte les clients pris de boisson faisant scandale. Malgré la crainte qu'il lui inspirait, Constance faisait tout ce qu'elle pouvait pour entrer dans ses bonnes grâces. Comme il aimait bien manger, chaque jour elle lui mettait de côté quelques morceaux de choix. La tâche lui fut facilitée avec l'annonce des joutes culinaires. Gauvard accourut et lui déclara : « Constance, vous battrez à plate couture ce prétentieux de Guillaume. Si vous voulez bien, je goûterai au préalable vos plats et vous dirai ce que j'en pense… »

Constance éclata de rire : « Dites plutôt que vous êtes un goulu, mais n'ayez crainte, vous aurez votre part. »

*

Après l'annonce du tournoi de cuisine, elle rentra en toute hâte chez elle, s'y enferma, activa le feu, et se plongea dans le *Ménagier* pour préparer son plan d'attaque. Elle y passa la nuit, s'y creva les yeux, mais, au petit matin, elle n'était pas mécontente. Elle avait une liste de mets qui allaient produire leur effet, elle en était sûre. Il lui faudrait les expérimenter avant d'affronter Guillaume et donc faire double travail. Heureusement qu'elle avait une bourse bien garnie. Tous ces plats lui coûtaient une fortune et ce n'est pas avec les quelques deniers que lui donnait Isabelle qu'elle aurait pu s'en sortir.

Il lui fallait absolument un aide en cuisine. Au petit matin, elle s'habilla chaudement pour affronter les rigueurs d'un hiver qui ne désarmait pas. Elle se rendit, malgré sa répugnance pour le lieu, sous le mur d'enceinte du cimetière des Saints-Innocents. Elle espérait y trouver Mathias, un jeune garçon qui l'aidait régulièrement à porter ses achats contre quelques sous. Il était bien là avec d'autres galopins de son âge. Ils ne semblaient pas incommodés par les remugles de mort qui s'échappaient du cimetière. Ils jouaient aux marelles en attendant qu'un client fasse appel à eux. Au premier signe qu'elle lui fit, il quitta le jeu et accourut.

– Vous avez besoin de moi ? Je suis libre. Il fait tellement froid qu'il n'y a pas foule pour faire ses emplettes.

Son petit visage au nez pointu était tout blanc. Constance le voyait grelotter sous ses guenilles. Cela lui fit penser à ses années d'enfance dans les frimas de l'Aubrac. Elle, au moins, avait un toit sur la tête et quelques bûches dans la cheminée.

– Je vais avoir besoin de toi aujourd'hui et les autres jours. Il te faudra aller chercher l'eau et le bois, t'occuper du feu et m'aider à la cuisine. Tu logeras chez moi et tu peux me croire, il y aura assez à manger.

L'enfant resta bouche bée.

– Vous voulez dire que je vais habiter chez vous ?

Constance acquiesça.

– Je vous servirai fidèlement jour et nuit, soyez-en sûre, dit-il en esquissant une cabriole. Voulez-vous faire des achats maintenant ?

Devant l'enthousiasme de Mathias, Constance éclata de rire.

– Non, non, nous verrons cela plus tard. Rentrons rue aux Oues, que tu prennes possession de ton nouveau domaine.

Chemin faisant, Constance interrogea le jeune garçon sur sa vie. Il ne savait pas exactement quel âge il avait. Peut-être douze ou treize ans. Il était né à Lyon dans une famille de tisserands qui tirait le diable par la queue. Il était le troisième enfant d'une famille de cinq. Les commandes avaient commencé à se faire rares. Le propriétaire du galetas où ils vivaient, faute de paiements réguliers, les jeta à la rue.

Constance, plus émue qu'elle ne voulait le laisser paraître, lui demanda quand cela avait eu lieu.

– Il y a trois ans. Mes parents décidèrent de quitter Lyon pour Paris où on dit qu'il y a toujours du travail.

– Tes parents sont à Paris ? s'étonna Constance.

– Oh non ! Nous avons pris la route. Ma mère avait chargé mon petit frère dans une hotte accrochée à son dos. Nous, les grands, nous portions des baluchons comme notre père.

– Mais comment viviez-vous ? demanda Constance qui connaissait déjà la réponse.

– Des bonnes gens nous donnaient à manger, parfois un endroit où dormir. Mon père trouvait de temps en temps du travail dans une ferme. Sinon, nous étions obligés de mendier. Ma mère en était toute retournée. Elle pleurait sans arrêt, disant que c'était une honte d'être devenus des « demeurant partout » comme on dit.

Ils étaient arrivés devant l'église Saint-Leu-Saint-Gilles. Mathias se tut, ne semblant pas vouloir continuer son récit. Constance insista :

– Tu as fait des choses que tu regrettes ? Tu as volé ?

– Oh non ! Pas à ce moment-là. Plus tard, répondit-il ingénument.

– Mathias, n'aie pas peur. Les petits enfants qui sont obligés de voler font l'objet d'une grande clémence.

Le garçon la regarda avec un air dubitatif. Il continua son récit :

– C'est quand nous sommes arrivés à Dijon que ça s'est gâté. Mon père est tombé malade et n'a plus pu travailler. Ma mère était au désespoir. On a retrouvé une bande de mendiants avec qui on avait fait la route quelques jours auparavant. Un matin, mon père m'a dit que j'allais partir avec eux. Ma mère pleurait toutes les larmes de son corps. Ça m'a fait de la peine de les quitter, mais la vie était si dure que je me suis dit qu'elle serait peut-être meilleure ailleurs.

Sa voix se mit à trembler et lui, si petit déjà, sembla se recroqueviller.

– Nous étions du côté d'Auxerre quand j'ai surpris une dispute entre les deux plus vieux de la bande. L'un disait qu'il fallait me crever les yeux car ce sont les enfants aveugles qui rapportent le plus de sous. L'autre préférait qu'on me coupe les deux jambes. Je n'ai pas demandé mon reste et j'ai pris la route de Paris. J'ai marché même la nuit, tellement j'avais peur qu'ils me rattrapent.

Constance était horrifiée. Elle murmura :

– Ces monstres profitent des sentiments charitables des braves gens. La prière d'un enfant miséreux et mutilé est la plus douce aux oreilles de Dieu.

Elle entoura de son bras les épaules de Mathias. Elle sentit à quel point il était maigre. Elle poursuivit :

– Et comment as-tu vécu depuis ?

– Je me suis débrouillé, répondit laconiquement l'enfant.

Ils étaient arrivés rue aux Oues. Constance ouvrit la porte. Mathias, pour montrer son ardeur au travail, se précipita pour ranimer le feu. Constance en fut émue aux larmes. Elle repensait à Jehan qui l'avait sauvée de la misère. Elle fit asseoir le jeune garçon, installa un trépied sur la braise, y posa un pot contenant un potage épais.

– Pendant que ça chauffe, raconte-moi ta vie à Paris.

– J'ai rencontré un vieil aveugle. Son petit-fils qui le guidait venait de mourir. Je l'ai remplacé. Vous disiez tout à l'heure que les gens sont généreux avec les pauvres contrefaits. Sauf votre respect, ce n'est pas toujours vrai. Certains passants faisaient tomber exprès ma sébile ou y jetaient de la boue, des cailloux, bousculaient l'aveugle, lui faisaient des croche-pieds.

Constance avait coupé de larges tranches de pain et les avait offertes à l'enfant avec un bon morceau de fromage de Brie.

– Le vieil aveugle est mort à son tour. J'ai fait partie d'une bande d'enfants qui coupaient les bourses des bourgeois et qui pillaient les troncs d'église avec un bâton plein de glu. J'ai arrêté quand mon meilleur ami, Maxence, est mort. Il avait volé à l'étalage d'un marchand qui lui retourna une telle claque que sa tête explosa sur une borne de pierre.

Le potage était chaud. Constance le versa dans une écuelle qu'elle plaça devant Mathias. Pour la première fois, elle se réjouissait de faire la cuisine.

8

28 janvier
« Mieux vaut avoir chien enragé que chaud soleil en janvier. »

Mathias piaffait depuis une bonne demi-heure, attendant que Constance soit prête à partir pour les courses. La jeune femme le regardait du coin de l'œil faire des petits sauts sur place, sans doute pour éprouver la solidité de ses nouveaux souliers. Ils s'étaient rendus la veille chez le fripier pour lui choisir une nouvelle garde-robe. Mathias n'en revenait pas : des braies presque neuves, un peliçon à capuchon, une cape bien épaisse et surtout un bonnet doublé de fourrure qu'il gardait vissé sur la tête. Constance soupçonnait que l'impatience du petit garçon était due à son envie de montrer son nouvel équipement à ses anciens camarades d'infortune.

Chez Gautier, le poissonnier, Constance trouva des écrevisses, ce qui était exceptionnel pour la saison. Voilà un moyen de marquer un point sur Guillaume en ce premier jour de joute culinaire. Un gravé d'écrevisses ferait le meilleur effet.

Avisant un colporteur vendant des marmites, Constance s'en approcha et choisit l'une de celles qu'il avait posées à ses pieds. Une grande femme brune se précipita et la lui arracha des mains sans mot dire. Constance protesta avec indignation et essaya de reprendre la marmite. La femme la bouscula, lança quelques pièces au marchand et partit en courant, toujours sans dire un mot. Mathias tira Constance par la manche et lui fit signe qu'il était inutile d'insister. La jeune femme, toujours scandalisée, prit une autre marmite, la paya et partit en compagnie de Mathias qui lui dit :

– Ne vous inquiétez pas. C'est Pernelle Flamel. Elle est connue comme le loup blanc ici. Elle rafle toutes les marmites qu'elle voit.

– C'est une folle ? Elle a l'esprit dérangé ? Qu'est-ce qu'elle en fait ?

– Vous n'avez jamais entendu parler de son mari, Nicolas Flamel ?

– Pas le moins du monde. C'est un tripier ? Il fabrique du boudin pour avoir besoin de tant de marmites ?

Mathias éclata de rire.

– Mais voyons, dame Constance, c'est un grand alchimiste. On dit qu'il a réussi à fabriquer de l'or. Ils habitent près de chez vous, rue des Marivaux. Lui ne sort jamais. C'est Pernelle qu'on voit courir les rues à la recherche de marmites et de chaudrons dont son mari fait grand usage.

– Tu es sûr qu'il fabrique de l'or ?

– En tout cas ils sont riches. Ça se voit aux dons qu'ils font aux pauvres. Ce n'est pas son travail à l'Université qui lui rapporte autant d'argent. On dit que c'est elle qui a une grosse fortune. Il l'a épousée alors qu'elle était déjà très vieille et qu'elle avait hérité de feu son mari. Ce que je sais, c'est qu'ils possèdent plein de maisons qu'ils louent à prix d'or à de pauvres ouvriers et qu'ils ne sont pas tendres avec ceux qui ne payent pas.

Au cimetière des Saints-Innocents, j'ai entendu des changeurs qui y font leur commerce dire que le Flamel est un usurier[1].

– En tout cas, sa femme n'est guère aimable et je ne tiens pas à recroiser son chemin.

– Ne vous inquiétez pas. Dorénavant je vous protégerai contre quiconque voudra vous nuire, annonça Mathias d'un ton très sérieux.

Constance regarda avec une émotion amusée le petit bonhomme, gros comme une ablette, qui s'essayait à son nouveau rôle de preux chevalier.

Rentrés rue aux Oues, ils déversèrent la montagne d'écrevisses sur la table. Constance les fit bouillir, les décortiqua. Elle pela et broya des amandes, les délaya avec un bouillon de pois, les passa à l'étamine. Elle fit griller du pain, le broya, le mélangea avec du gingembre, de la cannelle, des clous de girofle. Elle mit le tout dans un pot avec du vinaigre et fit bouillir. Il ne lui resterait plus, rue Tirechappe, qu'à faire frire les écrevisses, à les placer dans les écuelles et à verser dessus le bouillon chaud.

Mathias l'avait regardée faire avec curiosité. Jamais il n'aurait pu imaginer qu'on puisse manger des choses aussi compliquées. Ils chargèrent deux grands paniers et prirent le chemin des étuves.

À la grande surprise de Constance, ce fut Gauvard qui vint ouvrir. Elle s'inquiéta aussitôt :

– Il est arrivé quelque chose à Marion, à Jacquette ?

– Non, pas du tout. Isabelle a été convoquée au Châtelet et Marion l'accompagne, lui répondit Gauvard, l'air sombre.

---

1. Une maison ayant appartenu à Pernelle et Nicolas Flamel existe toujours au 31, rue de Montmorency, 75003 Paris.

– Au Châtelet ! s'exclama Constance. Mais c'est grave. Il s'est passé quelque chose ?

– Pas le moins du monde. C'est au sujet d'une vieille histoire qui ne nous concerne en rien. Ces gens de la police sont si soupçonneux. Mais, ma chère Constance, ne restez pas sur le pas de la porte. Je sens de délicieux effluves monter de vos paniers. Qu'est-ce donc que vous nous avez préparé ?

– Mais y a-t-il des clients ? continua Constance qui n'entendait aucun bruit du côté des salles d'étuves.

– Isabelle a fermé la boutique jusqu'à son retour. Elle avait envoyé un messager vous prévenir ainsi que Guillaume. Il a dû traîner en route. Mais vous êtes la bienvenue. Je suis seul avec des amis et nous allons faire honneur à vos plats.

Constance n'était pas rassurée. Rester seule en compagnie de Gauvard et de ses amis de sac et de corde ne lui disait rien qui vaille.

D'autorité, Gauvard s'empara de son panier, la poussa vers la cuisine où elle découvrit trois hommes à la mine patibulaire, attablés devant une chopine. Le plus âgé, un grand escogriffe au teint pâle, plutôt bien habillé pour un truand, mais dont le manteau ouvert laissait voir deux dagues dans sa ceinture, s'écria :

– Qu'est-ce que cette femelle et ce gamin viennent faire ici, Gauvard ? Je croyais que c'était fermé.

– Ne t'inquiète pas, Martin, c'est la cuisinière, celle dont je t'ai parlé qui fait de si bonnes choses.

Cela n'amadoua pas l'escogriffe qui regarda Constance d'un sale œil.

– Nous sommes là pour parler et pas pour ripailler. Fais-la sortir.

Les deux autres approuvèrent d'un hochement de tête. Gauvard, très déçu de ne pas pouvoir goûter au plat de Constance, dit à ses compagnons :

– Voilà ce qu'on va faire : on va s'installer comme des princes dans une des chambres et la petite viendra nous servir. Laissons-lui la cuisine et allons discuter ailleurs.

Les trois autres maugréèrent, mais prirent leur verre et se dirigèrent vers la petite chambre à droite de l'entrée. En y pénétrant, Gauvard ricana :

– Ces gros malins du guet ne sauront jamais que c'est là que ça s'est passé.

Cette phrase alerta Constance. Les hommes se comportaient comme s'ils détenaient un secret. Peut-être cela avait-il à voir avec le meurtre de Jehan ? Elle laissa la porte de la cuisine entrouverte pour essayer de capter des bribes de leur conversation. Bien lui en prit, car quelques minutes plus tard elle entendit des éclats de voix. Les trois hommes se disputaient. Martin, l'escogriffe, disait :

– Il fallait le tuer plus tôt, je l'avais bien dit. Tu as trop traîné, Gauvard.

Elle ne put saisir la réponse de Gauvard, mais se dit avec horreur qu'elle était, peut-être, en train de préparer à manger aux assassins de son mari. Prenant son courage à deux mains, elle se dirigea vers la chambre et colla son oreille à la porte. Elle entendit distinctement les paroles de Martin :

– Je n'aime pas que le Châtelet s'intéresse à nous. Si ça continue, le prochain voyage à Saint-Jacques risque d'être compromis.

Ce à quoi Gauvard répondit :

– Tout le monde ignore ce que nous y faisons. Comme d'habitude, nous serons accompagnés de quelques âmes innocentes qui feront une partie du travail pour nous. Cette fois-ci, nous allons frapper un grand coup.

– Sauf que tu n'as encore trouvé personne. La livraison doit avoir lieu fin mai. Tu devrais déjà être parti. Tu connais mieux que moi les dangers du chemin, reprit Martin.

Constance était morte de peur. Si l'un des hommes décidait de sortir, c'en était fait d'elle. « Sainte Vierge, protégez-moi », répétait-elle fiévreusement. Le silence qui suivit la fit s'enfuir aussi rapidement que possible.

Elle venait juste de jeter fébrilement les écrevisses dans une poêle quand Gauvard apparut. Il souleva le couvercle d'un des pots qui mijotaient sur le feu, huma et dit à Constance, d'un ton nerveux :

– Allez, dépêche-toi. Sers-nous en vitesse. Mes amis attendent.

Constance s'empressa de préparer quatre écuelles, y versa le bouillon et y disposa les écrevisses dorées à souhait. Elle appela Mathias pour qu'il l'aide à servir et entra toute tremblante dans la chambre. En entendant Martin dire à Gauvard : « Débrouille-toi pour trouver des pigeons qui ramèneront la marchandise, sinon, notre commanditaire nous fera la peau », elle faillit lui renverser le plat fumant sur les genoux. L'homme la chassa d'un geste et lui dit d'un ton exaspéré : « Disparais. Et toi, Gauvard, ferme la porte derrière elle et tu ne la rouvriras que pour Isabelle. »

Constance ne demanda pas son reste, rassembla en toute hâte ses plats, les mit pêle-mêle dans son panier et poussa Mathias devant elle. Alors que la porte allait se refermer sur elle, elle dit à Gauvard :

– J'espère que mon gravé d'écrevisses vous plaira, à vous et à vos amis.

Gauvard lui répondit en grommelant :

– Sois sûre que je vais lui faire honneur. Allez, file chez toi.

Constance, malgré le froid glacial, était en nage. Elle marchait si vite que Mathias avait du mal à la suivre.

Voilà qui changeait tout. Elle devait immédiatement prévenir Valentine et Eustache. Les propos tenus par Martin étaient certes incomplets et sibyllins, mais peut-être y avait-il là une piste.

Aussitôt rentrée rue aux Oues, elle retroussa ses manches, demanda à Mathias de s'occuper du feu. Le garçon, étonné, lui demanda :

– Mais les étuves sont fermées. Vous vous remettez en cuisine ?

Constance ne répondit pas. Elle prit dix amandes qu'elle pila le plus fin possible. Elle leur ajouta un quart de livre de sucre, six œufs, une demi-feuillette de lait, deux bonnes cuillères de fromage de vache bien frais, de la cannelle, de l'eau de rose et un peu de sel. Elle beurra et farina un moule, y versa le mélange et mit à cuire à couvert.

Mathias la regardait faire et émit un long sifflement admiratif :

– Qu'est-ce que vous allez vite ! Je n'ai jamais vu faire la cuisine ainsi. On voit bien que cela fait des années que vous la faites.

Constance sourit et lui dit :

– Si tu savais ! Je vais avoir besoin de toi. Une fois que ce flan siennois[1] sera cuit, tu le porteras à l'adresse que je vais te donner.

Mathias bomba le torse et lui assura qu'elle ne pouvait trouver meilleur messager.

---

1. Recette p. 343.

Le flan siennois, entremets préféré de Valentine, avait été le signe de reconnaissance choisi en cas d'urgence. Un message écrit aurait pu être volé, un flan n'éveillerait pas les soupçons.

Constance trempa le moule dans de l'eau froide pour qu'il refroidisse, l'enveloppa dans un linge, et le confia à Mathias :

– Porte ça à l'Hôtel de Bohême. Dis bien au portier que c'est un flan siennois. Tu attendras qu'on te fasse savoir si cela a plu et tu reviendras aussitôt.

– Je comprends, s'exclama Mathias, ce sont de nouveaux clients. Vous avez raison, ces gens des étuves ne sont pas dignes de vous.

Et il partit en courant, son léger chargement à bout de bras.

Constance attendit avec impatience son retour. Ce fut long. Elle sortit à plusieurs reprises sur le pas de sa porte pour guetter la frêle silhouette dans la rue enfumée.

Pourvu que Valentine ne soit pas partie dans son domaine de Pierrefonds ou auprès du roi, à l'Hôtel Saint-Pol, se disait-elle. Cela prit plus de deux heures. Mathias revint enfin, l'air guilleret :

– Figurez-vous que c'est la demeure du frère du roi ! Voilà qui va faire bisquer ce bâtard de Guillaume si nous l'avons comme client.

– Tais-toi, pas un mot là-dessus, lui répondit Constance. Ni Guillaume ni quiconque ne doit savoir, tu comprends ? Rapporte-moi plutôt ce qu'on t'a dit.

– Quand je suis arrivé, le portier m'a dit de passer mon chemin, que je n'avais rien à faire dans cette noble maison. Quand je lui ai parlé de flan siennois, ce fut comme un sésame et il m'ouvrit grand la porte. Un valet fort bien habillé vint prendre mon paquet et me pria de m'asseoir dans l'antichambre où j'ai pu me réchauffer devant le feu. Si vous saviez comme c'est beau. Les fenêtres sont si hautes et si larges qu'on y voit comme en plein jour…

– S'il te plaît, Mathias, va au fait, le pressa Constance.

– Le valet est revenu et m'a dit qu'il en attendait un autre pour ce soir, à l'heure de complies.

Constance l'embrassa sur les deux joues, ce qui plongea le garçon dans la plus grande confusion. Il n'avait guère dû connaître de marques de tendresse dans sa courte vie. Bredouillant, il proposa à Constance :

– Voulez-vous que je concasse les amandes et que je pile le fromage ?

– Non, non, je le ferai à l'Hôtel de Bohême. La cuisine, c'est fini pour aujourd'hui. Tiens, prends ces quelques sous et va t'amuser. Tu l'as bien mérité.

Mathias n'en revenait pas, Constance lui avait mis dans la main deux deniers. De quoi passer le meilleur des après-midi dans Paris. Il se voyait déjà arriver aux Saint-Innocents, les bras chargés de gaufres, de fouaces, de beignets. Ses amis lui feraient une ovation. Puis il irait au gré des rues, les pieds au sec et la tête au chaud. Il y aurait bien quelque jongleur, funambule, montreur d'ours à regarder. La vie commençait à prendre les couleurs du bonheur. Il lança un regard plein d'adoration à sa bonne fée et partit en courant.

Constance, restée seule, s'assit devant la cheminée. Un peu de calme après tous ces événements lui ferait du bien. Elle se remémora tous les éléments dont elle disposait pour les exposer le plus clairement possible à Valentine. Puis elle se prépara, ferma soigneusement sa porte. Elle se rendit à l'église Sainte-Agnès et pria longuement.

Quand elle entendit sonner complies, elle quitta l'église et rejoignit l'Hôtel de Bohême, tout proche. Mathias avait raison, c'était une fort belle demeure. Le roi Charles l'avait acheté en 1388 à la famille d'Anjou pour en faire cadeau à son jeune frère, Louis, alors âgé de seize ans. Les bâtiments étaient en piteux état et Louis avait fait appel à Raymond du Temple pour y faire des embellissements. Il aimait les artistes tout autant que Valentine et leur demeure rivalisait avec l'Hôtel du roi ou l'Hôtel de Nesle du duc de Berry.

Constance gravit le magnifique escalier à vis sculpté de feuilles de chêne, de houblon et de fleurs d'aubépine qui reliait les appartements de Valentine à ceux de son époux. En passant devant une tapisserie où une dame et un écuyer cueillaient des cerises, elle comprit l'émerveillement de Mathias devant tant de raffinements. Constance n'eut pas longtemps à attendre. Valentine fit son entrée, accompagnée du fidèle Eustache Deschamps. Les deux femmes s'étreignirent longuement. Constance, pour la première fois depuis longtemps, pouvait se laisser aller à un peu de douceur et de réconfort. Eustache mit fin aux embrassades en déclarant :

– Nous nous réjouissons de vous voir en bonne santé. Ces trois semaines sans nouvelles de votre part ont été pesantes. Nous savions que rien de fâcheux ne vous était arrivé, mais c'est un réel soulagement de vous avoir avec nous. Ainsi, vous avez appris quelque chose…

Valentine l'interrompit :

– Attendez un peu, Eustache. Regardez comme Constance a maigri. Ma chère, dites-nous quelle est votre vie dans ces bas-fonds. Ne souffrez-vous pas trop ?

Constance la rassura, lui disant que ce n'était certes pas facile, mais que le jeu en valait la chandelle.

Ils s'installèrent tous les trois dans des chaises à haut dossier et Constance leur fit part de ses dernières découvertes.

Valentine s'exclama :

– Mais ça ne veut rien dire ! Cela pourrait concerner n'importe quel trafic. Je suis désolée, Constance, mais ces informations me semblent un peu sommaires.

– N'en croyez rien, l'interrompit Eustache. Ces bandits ne parleraient pas ainsi s'il s'agissait de marchandises de peu d'importance. Que Constance les ait entendus prononcer le nom de Saint-Jacques confirme quelques-uns de nos soupçons. Il ne peut s'agir que de Saint-Jacques-de-Compostelle…

– Mais c'est impossible, s'obstina Valentine. C'est au bout du monde, il faut des mois pour y aller. Ce ne serait guère rentable.

Eustache reprit d'un ton docte :

– Détrompez-vous. Il s'agit d'un trafic de fausses pièces d'or et non pas de menue monnaie. Cela rapporte mille fois plus pour un volume dix fois moindre. Saint-Jacques est un des rares lieux, en Espagne, où on peut officiellement battre monnaie. Cela signifie qu'il y a là-bas d'habiles professionnels. Par ailleurs, avec les milliers de pèlerins qui arrivent de l'Europe entière, il y a abondance d'or et d'argent, ainsi que de truands qui sont certainement de mèche avec notre bande parisienne.

– Je commence à comprendre, opina Valentine. Et rien n'est plus facile que de confier à de faux pèlerins le soin de rapporter le butin.

– D'autant que Gauvard enrôle des gens qui ne sont pas au courant du trafic, précisa Constance.

– C'est encore mieux, déclara Eustache. Les pèlerins n'attirent pas l'attention et sont protégés tout le long du chemin. Une bande de truands se ferait repérer aussitôt. Je crois que Constance a découvert quelque chose de première importance. Il va vous falloir redoubler de prudence.

Constance se réjouissait de voir que ses efforts étaient en train de payer, mais elle ne perdait pas de vue son objectif : venger son mari. D'une voix forte, elle déclara :

– Que dois-je faire maintenant ? Je veux voir les assassins de Jehan pendus sur la place de Grève.

Eustache la regarda avec gravité :

– Constance, vous avez mis les pieds dans un nid de frelons. S'ils s'aperçoivent que vous savez quelque chose, vous subirez le même sort que Jehan. Nous ne pouvons vous laisser continuer.

– Si fait, déclara-t-elle d'une voix pleine de colère. J'ai commencé et j'irai jusqu'au bout. Je ne suis pour eux qu'une petite paysanne le nez dans ses marmites. Personne ne se méfie de moi. Je peux en apprendre beaucoup plus. Je vous assure que je parviendrai à savoir qui est ce fameux commanditaire.

– Constance, lui répondit Eustache, laissez-moi un peu de temps. Les enjeux dépassent largement mes modestes fonctions.

– Eustache, vous exagérez, intervint Valentine. Quand vous êtes entré à mon service en tant qu'écuyer, peu après mon mariage, vous aviez déjà une expérience de plus de vingt ans au service du roi.

Eustache secoua sa crinière blanche et se redressa avec fierté.

– Madame, vous avez mille fois raison. Je fus d'abord huissier d'armes auprès du défunt roi Charles, puis je continuai mon service auprès de ses fils Charles et Louis. J'ai connu les champs de bataille, mais aussi les lourdes charges de l'administration royale. Si votre époux, Louis, m'a confié la charge de conseiller et maître de son hôtel, c'est bien qu'il m'accorde sa confiance. Mais nous touchons là au cœur des finances du royaume. Il me faut consulter un dignitaire du Trésor royal.

Constance, qui redoutait qu'Eustache ne se mette à déclamer un de ses sempiternels poèmes, demanda d'un ton impatient :

– Quand ? Décidez-vous vite. Eux ne vont pas attendre.

Valentine la regarda avec tendresse et une pointe d'admiration. Elle se leva, alla se placer devant Eustache et déclara :

– Vous n'arriverez pas à convaincre cette petite qui est obstinée comme une chèvre. Pourquoi ne pas parler dès ce soir à Jean de Montaigu, maître des finances royales ? Il sera au bal en l'honneur du mariage de Madame de Hainceville.

– C'est une excellente idée. J'emmènerai Constance, ainsi Montaigu aura les informations de première main. Et laissez-moi vous dire :

« Le bien commun doit tout homme garder
Et le préférer à tous les autres biens
Qu'est-ce le bien commun ?
Ce qui est au profit de tous, jeunes et vieux
Défendre la loi, son pays et les siens. »

Constance le laissa finir et se récria :

– Vous n'y pensez pas ! Je ne peux pas aller à un bal. Je suis en plein deuil. Ce serait tout à fait inconvenant.

Valentine la rassura :

– Il ne s'agit pas d'aller danser et vous amuser. Vous ne resterez que quelques instants. Venez, je vais vous trouver des vêtements qui vous conviendront.

Les deux femmes quittèrent la pièce. Eustache s'approcha d'un pupitre, saisit une plume, la trempa dans l'encre, se gratta vigoureusement la tête et se laissa aller à son inspiration. La plume se mit à crisser fiévreusement sur le papier.

9

Le Bal des Ardents

Constance fut surprise d'apprendre que la fête n'avait pas lieu à l'Hôtel Saint-Pol mais en l'Hôtel de la Reine Blanche, situé bien loin du centre, dans la campagne du faubourg Saint-Marcel. Dans la voiture qui les emmenait, Eustache lui confia que ce lieu servait pour des fêtes dont on savait qu'il y aurait des débordements. L'Hôtel Saint-Pol était au cœur d'un quartier populaire et les ébats royaux provoquaient de vives critiques. Eustache, qui semblait en veine de confidences, vitupérait contre les excès de la cour et de ceux qui venaient se faire nourrir par le roi :

– L'un remue les lèvres comme une truie, l'autre manie les dents comme une scie, l'autre fait des grimaces comme une guenon, l'un mâche gros, l'autre fait la souris, mais tous engloutissent ce qu'il y a sur la table.

Constance ne put s'empêcher de sourire à ces évocations et répliqua :

– Vous ne les portez pas dans votre cœur, tous ces gens !

– Certes non, reprit Eustache. Et je ne suis pas le seul. Je suis bien d'accord avec l'ancien précepteur de notre roi, Philippe de Mézières, qui pense que sa nature gloutonne et luxurieuse lui porte tort. Charles le cinquième, son père, était sobre et avait une vie réglée. Pouvez-vous imaginer que le roi ne se lève pas avant midi, qu'il dîne à cinq heures et qu'il soupe à minuit ? Comment voulez-vous que cela ne lui tourne pas le sang ? Non, décidément, tout cela ne me plaît guère, peut-être suis-je trop vieux.

Constance lui tapota la main et rajouta :

– Jehan avait le même âge que vous et il déplorait que les amusements passent avant la prière et le travail. Il disait que ceux qui s'adonnent à la dépravation tombent tout droit au fond de la poêle dans laquelle le diable fait les fritures d'enfer.

Encouragé par ces propos, Eustache continua à pérorer.

– C'est hélas ce que nous pouvons redouter. L'entourage du roi est pour beaucoup dans ces débordements. Je regrette que son frère Louis auquel je suis profondément attaché se conduise si mal. Ses frasques sont connues dans tout Paris.

– Notre pauvre Valentine est bien courageuse de supporter tout ça, souligna Constance.

– À qui le dites-vous ! Je passe mon temps à essayer de lui cacher les esclandres que provoque son mari en jouant aux dés dans des tavernes ou en courant les filles. Valentine en souffre mais fait preuve d'une loyauté à toute épreuve envers lui.

– Ne dit-on pas que Louis a connu intimement Marguerite de Bavière, la jeune épouse de Jean, le fils du duc de Bourgogne, Philippe le Hardi ?

– S'il n'y avait que ça ! se désola Eustache. Les fêtes de mai qui eurent lieu à Saint-Denis, il y a de ça quatre ans, se sont terminées par des scènes de débauche inimaginables. Ont-ils couché ensemble ? Je n'en sais rien. Ce qui est avéré, c'est la haine féroce que Jean a pour son cousin Louis. Cela vient s'ajouter à leurs dissensions politiques. J'ai très peur que tout cela ne se termine dans un bain de sang. Mais il y a pire : le bruit court que Louis aurait également approché de trop près la reine Isabeau.

Constance poussa un petit cri de surprise indignée.

– Comment cela est-il possible ? Je croyais la reine et le roi sincèrement épris. On dit que le roi visite très souvent sa couche. N'ont-ils pas déjà eu cinq enfants en huit ans de mariage ?

– C'est vrai qu'ils ont le goût l'un de l'autre. Dès qu'il l'a vue, Charles n'a eu de cesse de la mettre dans son lit. Il a fallu les marier sur place à Amiens et non à Arras comme c'était prévu, tellement le roi avait les sens en feu. Hélas, ça ne les a pas empêchés, l'un et l'autre, d'aller voir ailleurs.

Constance soupira et confia :

– Depuis que je travaille aux étuves, je vois que bien peu d'hommes et bien peu de femmes se conduisent avec honnêteté. Dieu merci, je n'ai pas eu à supporter cela de Jehan.

Eustache la regarda d'un air songeur.

– Ma chère Constance, vous allez, hélas, assister ce soir à une de ces fêtes qui sont l'incarnation des turpitudes de ce temps. Elle est donnée à l'occasion du troisième mariage de Catherine de Hainceville, la grande amie de la reine Isabeau, une Allemande comme elle. La reine ne refuse rien à son entourage. Elle aime dépenser…

– Cela se sait dans le peuple et on en parle avec colère et indignation. Le temps où Paris l'a accueillie avec faste est bien fini.

– Souhaitons qu'elle retrouve le sens de la mesure, mais j'ai bien peur que la maladie du roi ne fasse qu'aggraver les choses.

Ils étaient arrivés à l'Hôtel de la Reine Blanche, illuminé de mille feux. Une foule compacte se pressait dans les pièces du bas où allait se dérouler le bal. Les parures des femmes comme celles des hommes étaient somptueuses : les plus belles étoffes de velours et de soie rivalisaient avec les draps brodés d'or et d'argent. La plupart des femmes portaient ces coiffures extravagantes qui étaient à la mode : les escoffions à cornes, échafaudage de bourrelets de soie sertis de pierreries et de faux cheveux d'où s'échappaient des bouillonnements de voile de gaze.

Eustache poussa du coude Constance et lui montra Violante de Vitry qui devait se présenter de profil pour passer une porte, tant sa coiffure en forme de corne d'abondance était encombrante.

– Regardez cet étrange habillement. Elle est attifée comme un cabas. Elle pourrait dans sa coiffure loger toute une famille de rats.

Constance suivit Eustache qui se frayait un chemin à travers la foule bigarrée. Les musiciens n'étaient pas encore en place, mais le bal n'allait pas tarder à commencer.

Ils s'arrêtèrent auprès d'un groupe d'hommes dont l'âge tranchait avec la jeunesse environnante. Vêtus de la traditionnelle robe longue et étroite, ils parlaient à voix basse. Eustache les salua et entraîna l'un deux à l'écart. Il lui parla longuement, montrant du regard Constance qui s'était adossée à un mur. La jeune femme était anxieuse. Elle détestait cette ambiance de fête. Elle aurait voulu être à mille lieues de ce palais, chez elle, rue de la Bûcherie, Isobert à ses pieds, Agnès occupée à ses travaux d'aiguille.

Eustache la rejoignit et lui dit :

– Constance, Messire de Montaigu souhaite vous parler.

Le haut personnage s'adressa à la jeune femme d'un ton affable, l'assurant que son mari avait été un serviteur du roi, fidèle et loyal. Il continua en baissant la voix :

– Nous vous sommes reconnaissants de votre action, mais sachez que si cela tourne mal, nous ne pourrons pas faire grand-chose pour vous tirer de là.

Constance acquiesça d'un signe de tête.

– Ce qu'il nous faut découvrir, c'est le nom du commanditaire de ce trafic et le lieu précis de fabrication de la fausse monnaie. Je crains que cela ne soit une mission trop dangereuse pour une jeune femme.

Constance sentait la moutarde lui monter au nez. Que faisaient-ils donc, eux, ces hommes forts et puissants, à part lui dire qu'ils la lâcheraient au premier danger venu ? Elle respira profondément et dit d'un ton très froid :

– C'est bien ce que Messire Deschamps m'a répété à plusieurs reprises. Je crois pouvoir gagner la confiance de quelques-uns de ces bandits et leur tirer les vers du nez. Je fais tout cela de mon plein gré et j'en assume toutes les conséquences.

– Vous êtes courageuse, lui répondit Jean de Montaigu. Votre mari aurait été fier de vous. Deschamps me tiendra au courant des événements. Mais je crois que le bal va commencer, je vous laisse. Que Dieu vous garde !

À ce moment, les premières notes de musique retentirent. Dans la loggia, les joueurs de luth et de rebec, flûtes et chalumeaux entamèrent un air de carole et tout le monde se précipita pour danser. Une ronde se forma, jeunes gens et jeunes femmes se tenant par la main.

Par curiosité, Constance s'approcha de l'embrasure de la porte pour regarder. Elle se retrouva auprès d'un porteur de torche qui était collé contre le mur. Elle lui demanda pourquoi il se tenait ainsi.

– Ordre du roi, lui répondit-il. Il va y avoir un événement spécial. Nous devons rester en retrait et en aucun cas nous approcher des danseurs.

C'est alors que se fit un grand raffut et qu'apparut une bande d'hommes sauvages bondissant et hurlant comme des loups. Ils étaient six, le corps couvert d'étoupe des pieds à la tête et le visage caché par un masque velu, ce qui leur donnait un air effrayant. Ils avançaient à la queue leu leu reliés par des rubans. Les danseurs, surpris, s'approchèrent d'eux et commencèrent à rire de leur accoutrement. L'un des monstres faisait mine de tenir son sexe comme un gourdin, un autre de porter ses couilles comme si elles étaient de la taille d'une citrouille. Ils lancèrent des paroles obscènes et se mirent à pourchasser des jeunes femmes qui poussaient des petits cris faussement effarouchés.

Eustache Deschamps était de nouveau à côté de Constance et lui glissa dans le creux de l'oreille :

– Vous voyez ce que je vous disais. Et il paraît que le roi est parmi eux. Si ce n'est pas malheureux !

La sarabande continuait. Un des personnages avait renversé une jeune femme par terre et mimait un viol pendant que ses compagnons l'encourageaient : « Mets-lui ton vit dans le con et vas-y fort. » Ils relevèrent la jeune femme tout échevelée et rouge de honte et s'apprêtaient à continuer sur une autre, quand, soudain, apparurent Louis d'Orléans et sa suite.

Derrière lui, Constance aperçut Valentine qui se dirigeait vers un groupe de femmes et voulut la rejoindre.

Louis avait saisi une torche des mains d'un de ses valets et s'approcha d'un homme sauvage en lui demandant, intrigué et amusé :

– Qui êtes-vous ?

L'homme esquissa un geste et, tout d'un coup, l'étoupe qui lui recouvrait le corps s'embrasa. En quelques secondes, son corps ne fut que hautes flammes. Le feu se propagea à son compagnon le plus proche. Leurs hurlements de douleur se confondirent avec les cris de frayeur des danseurs. Personne n'osait les approcher. La poix dont ils étaient enduits ruisselait et pénétrait leur chair. Les flammes dévorantes montaient jusqu'au plafond.

Constance vit la jeune duchesse de Berry enrouler prestement sa longue traîne autour d'un des hommes que le feu venait juste d'atteindre.

« Le roi, où est le roi ? » clamait-on de toutes parts.

L'odeur de chair brûlée était insoutenable. Une fumée noire envahissait la salle. L'une des victimes, Yvain de Foix, tenta d'atteindre la porte où l'attendaient deux valets avec des draps mouillés. Il s'écroula, mort, avant d'y parvenir. On arracha les tentures et on en couvrit les trois corps en flammes qui se tordaient de douleur sur le sol. Le comte de Joigny ne survécut que quelques minutes. Les deux autres, Hugonin de Guisay et Emery de Poitiers, gravement brûlés, furent immédiatement transportés en leur hôtel.

Le roi était sauf. Le geste de la duchesse de Berry l'avait sauvé. Il fut aussitôt conduit auprès de la reine Isabeau qui s'était enfuie aux premiers cris. Louis d'Orléans, qui avait provoqué le drame, était prostré. Valentine à ses genoux tentait de le réconforter.

L'assistance était horrifiée. Des morceaux d'étoupe calcinée jonchaient le sol, des traces noires maculaient les dalles de pierre. Tous commentaient le drame.

– Imaginez : l'étoupe était collée avec de la poix sur un vêtement de lin qu'on avait cousu directement sur eux !

– Avec ça, ils ne pouvaient que s'embraser comme un feu de la Saint-Jean !

– Qui a donc pu avoir cette idée ?

– Hugonin de Guisay, évidemment. Il est toujours des mauvais coups, ce débauché !

– Qui sont les autres ?

– Le comte de Joigny et Yvain de Foix qui sont morts, Emery de Poitiers et Nantouillet.

– Ils vont survivre ?

– Nantouillet, c'est sûr. Il a eu la présence d'esprit de se précipiter à l'office et de plonger dans une cuve où un valet lavait les verres. Les autres certainement pas.

– Et Messire Louis, savait-il que son frère était parmi eux ?

– Vous n'y pensez pas ! Il n'aurait jamais pris un tel risque.

– C'est à voir. On le dit jaloux de son frère et qu'il se verrait bien roi à sa place.

– Taisez-vous ! C'est une pensée impie.

– Et la reine, on dit qu'elle s'est évanouie en apprenant la nouvelle ?

– Oui, et qu'elle a pleuré de bonheur en le retrouvant vivant.

Constance s'était mêlée à la foule, écoutant les uns et les autres. Ce drame lui semblait de bien mauvais augure. Elle ne put parler à Valentine. Son mari était en train d'implorer le pardon du roi, son frère.

Elle chercha longtemps Eustache Deschamps. Elle le retrouva, blanc comme un linge, encore plus voûté que d'habitude.

– Nous n'avons plus rien à faire ici. Je vous raccompagne à Paris, lui dit-il.

Au grand soulagement de Constance, il ne se lança pas dans une de ses sempiternelles tirades en vers.

10

29 janvier
« S'il gèle à la Saint-Sulpice
Le printemps sera propice. »

Le lendemain, le drame était sur toutes les lèvres. On parlait du « Bal des Ardents » dans les rues, les boutiques, les tavernes. La colère commençait à gronder. Si le roi était mort, disaient certains, il n'y aurait plus ni prince ni chevalier vivant à Paris. C'en était assez de ces indignités qui mettaient le souverain en danger. Si l'entourage de Charles ne pouvait le protéger, le peuple s'en chargerait.

Le duc de Bourgogne et le duc de Berry, qui, vu leur âge, s'étaient sagement couchés la veille sans participer à la fête, se précipitèrent à l'Hôtel Saint-Pol au petit matin. Ils trouvèrent le roi bouleversé par la mort de ses amis, encore effrayé mais soulagé d'avoir échappé à un si grand péril. Son frère Louis, à ses côtés, battait sa coulpe d'avoir failli causer sa mort. Les oncles ne furent pas tendres envers les deux jeunes gens. Ils leur firent maintes remontrances sur leur conduite irresponsable. Mais il fallait surtout agir pour que les Parisiens, si prompts à l'émeute, ne se montent le bourrichon.

Dès neuf heures, ils étaient à cheval, le roi en tête suivi par Louis et les oncles. Ils se rendirent à la porte Montmartre. Seul le roi ne descendit pas de sa monture, les autres continuèrent à pied le long des rues où s'était massée une foule houleuse. Ils allèrent jusqu'à Notre-Dame où une messe d'actions de grâces fut célébrée.

Le peuple s'inquiétait sincèrement pour le roi. Sa maladie, cette folie qui l'avait terrassé l'été dernier, allait-elle réapparaître ? On vilipendait son frère Louis à qui l'on reprochait la joyeuse vie qu'il menait. On ne se préoccupait guère du sort des jeunes gens en train d'agoniser. On attendait même avec impatience la mort de l'un d'entre eux, Hugonin de Guisay, connu pour sa cruauté. On disait qu'il n'hésitait pas à jeter par terre un valet dont il était mécontent. Il le chevauchait et donnait des éperons dans les flancs du malheureux, disant que les gueux méritaient d'être traités comme des bêtes.

*

Constance ne vit rien de tout cela. Elle ne sortit pas de sa cuisine, tout à la préparation de son premier duel culinaire avec Guillaume. Elle était profondément choquée par les événements qu'elle avait vécus la veille. Mathias s'inquiétait, sans rien oser demander, des yeux cernés et de la triste mine de sa patronne. Constance avait prévu un civet d'huîtres et un brouet de poulet à la cannelle[1]. Elle redoutait un mauvais coup de Guillaume, aussi recommanda-t-elle à Mathias de ne pas quitter les plats des yeux lorsqu'ils seraient aux étuves. Que ce maudit chien n'aille pas y verser de la pisse, ou pire encore…

1. Recettes p. 336 et 338.

Les deux combattants se retrouvèrent dans la cuisine des étuves, chacun se toisant du regard sans s'adresser la parole. Isabelle papillonnait, humait, soulevait les couvercles. Elle était aux anges. L'annonce du tournoi de cuisine avait fait affluer une clientèle de choix et le grand cuveau de douze personnes était plein. L'excitation était à son comble.

Elle rassembla Constance, Guillaume, Mathias et Marion, et leur fit part de ses instructions :

– Vous allez m'apporter tout ça avec le plus grand soin et vous resterez présents. Mathias et toi, Marion, vous veillerez à ce que les verres soient toujours pleins. Bon, alors, dites-moi ce que je dois annoncer. Guillaume, quels sont tes plats ?

Du bout des lèvres, Guillaume énonça :

– Menus oiseaux à la broche, œufs à la moutarde, pâté de veau, taillis aux fruits secs[1], purée de féveroles.

Constance, manquant s'étrangler de colère, s'exclama :

– On avait dit deux plats et vous, vous en faites cinq ! Vous ne respectez pas les règles. C'est de la traîtrise !

– Vous ne croyez tout de même pas, lui répondit Guillaume en ricanant, que j'allais accepter de me mesurer à vous. Vous avez ainsi la preuve que je vous vaux cinq fois.

Mathias, voyant le désarroi de Constance, était prêt à se jeter sur Guillaume. Elle l'arrêta d'un geste et lui dit :

– Laisse faire ce félon. Il s'en repentira.

Dans un silence glacial, chacun prit ses plats et se dirigea vers la grande salle. Ils furent accueillis par

1. Flan épais au lait d'amandes et aux fruits secs.

des cris de joie. Ils disposèrent les mets sur la tablette qui courait au milieu du cuveau, repartirent en cuisine chercher les autres. Les convives attaquèrent à belles dents ce qu'ils avaient devant eux. Les paroles étaient grivoises, les gestes lestes. Constance était trop préoccupée pour s'en offusquer. Elle fut tout de même saisie de honte quand elle vit un des hommes barbouiller le sein de sa voisine avec la sauce de son brouet à la cannelle et le lécher avec avidité. D'autres en firent autant. Un grand gaillard au visage rubicond déclara que c'était ainsi qu'il fallait apprécier les sauces. Un convive, aux prises avec les cailles à la broche de Guillaume, cria à la cantonade : « Quelle est celle qui veut goûter au jus de mon oiseau ? » Un autre lança : « Et ma grosse saucisse, qui en veut ? » Tous s'esclaffèrent. Constance avait hâte que cela finisse. Il était clair que Guillaume, grâce à son coup bas, allait être déclaré vainqueur du premier tournoi. Déjà, il se rengorgeait, affichait une mine satisfaite de chat tombé dans un pot de crème. Il répondait aimablement aux questions que lui posaient certains convives et lançait de temps en temps des regards victorieux à Constance qui restait impassible. Marion et Mathias ne cessaient de servir à boire, faisant attention à ne pas glisser sur les os que les mangeurs jetaient à terre. Isabelle participait à la liesse générale en lançant quelques plaisanteries obscènes. Pour l'occasion elle portait une de ses plus belles robes : le corset très échancré découvrait ses seins blancs comme fleur de farine, une large ceinture verte brodée d'or soulignait sa taille fine et son ample jupe d'un rose changeant était fendue sur le côté. À son grand sourire, on voyait qu'elle comptait déjà les beaux deniers que ce repas allait lui rapporter.

Comme prévu, Guillaume fut déclaré vainqueur et chacun souhaita recommencer au plus tôt. Des couples enlacés s'embrassaient bec à bec. Des mains couraient sur les corps dénudés, les filles poussaient des petits cris et bientôt tous sortirent du bain. Ils se retirèrent dans les alcôves qui jouxtaient la salle. Ce ne fut alors plus que soupirs et grognements de plaisir qui firent fuir Constance vers la cuisine. Elle y retrouva un Mathias désolé qui lui déclara :

– Ce fourbe, je vais lui arracher les ongles. Il veut votre peau, dame Constance.

– Je le sais, Mathias, répondit-elle, mais tu verras que la prochaine fois, je lui ferai ravaler sa superbe.

– Bien parlé, dit alors Gauvard que Constance n'avait pas vu arriver. Je n'ai jamais aimé ce bellâtre qui se pousse du col.

Il s'installa devant les reliefs des plats, plongea un doigt dans le brouet de cannelle et déclara :

– J'apprécie vraiment votre cuisine. Il y a un petit quelque chose qu'on ne retrouve pas dans celle des autres. Si vous voulez jouer quelque tour pendable à Guillaume, dites-le-moi, je vous y aiderai.

– Je vous remercie, Gauvard, lui répondit-elle. Je ne mange pas de ce pain-là. Je me battrai avec mes propres armes.

Prise d'une inspiration subite, elle s'assit à côté de lui, se prit la tête entre les mains, n'eut aucun mal à faire perler quelques larmes dans ses yeux et, d'un ton plaintif, déclara :

– Je dois absolument gagner ce tournoi et le prix qui va avec. Il me faut cet argent pour sauver l'âme de mon vaurien de mari.

– Isabelle m'a confié que votre mari faisait partie d'une bande de soldats écumant la Guyenne. Vous ne pouvez pas grand-chose pour lui, ma petite. S'il réchappe aux combats, la justice s'occupera de lui et il sera pendu haut et court.

– Je peux au moins faire en sorte de racheter une partie de ses péchés. J'ai le projet de partir en pèlerinage pour expier à sa place. J'ai déjà un petit pécule, mais le chemin est long et il me faut cet argent.

– S'il fallait attendre d'être riche pour partir en pèlerinage, bien peu y arriveraient, répliqua Gauvard. Vous savez, Constance, que le gîte et le couvert sont offerts dans les hôpitaux qui jalonnent les routes. D'accord, ça grouille de punaises et de poux, mais on survit.

– Ce n'est pas ça qui me retient. Je me moque de dormir sur un bat-flanc et de ne manger que du pain sec. J'ai l'intention de faire une très belle offrande à mon arrivée et il me faut beaucoup d'argent.

Constance sentit qu'elle avait capté l'attention de Gauvard. Elle renifla bruyamment, se tamponna les yeux et reprit :

– Cela me prendra le temps qu'il faudra, mais je suis bien déterminée à y aller.

– Et où donc souhaitez-vous partir en pèlerinage ? Jérusalem, Rome ? demanda Gauvard qui nettoyait consciencieusement une cuisse de poulet.

– Oh non ! Saint-Jacques-de-Compostelle me paraît le plus indiqué. Ne dit-on pas que le chemin des étoiles mène à la rédemption ? À mon retour, je me retirerai sans doute dans un couvent.

– Pas question ! s'exclama Gauvard. Vous n'allez pas nous priver de vos petits plats ! Oubliez votre mari, il aura le sort qu'il mérite.

Sur ce, il repoussa son écuelle, se leva, rota, se tapota le ventre et sortit en lui disant :

– Il faut que je retourne faire chauffer de l'eau. Continuez à nous faire une aussi bonne cuisine et vous verrez que tout s'arrangera.

Constance, dépitée, le remercia. Elle avait cru que Gauvard allait mordre à l'hameçon et lui parler de Saint-Jacques-de-Compostelle. Mais peut-être s'était-elle trompée. Peut-être n'était-il qu'un vaurien sans aucun lien avec l'affaire qui l'occupait.

Elle rassembla ses affaires. Elle ne tenta pas de prendre congé d'Isabelle qui avait entraîné Guillaume dans sa chambre pour se livrer à des ébats qu'elle ne voulait surtout pas imaginer. En plus d'être sournois et colérique, cet homme était un luxurieux. Il ne valait vraiment pas la corde pour le pendre.

Elle alla embrasser Marion qui nettoyait la salle des étuves et qui se lamentait :

– Tous des porcs ! Regarde le nombre de serviettes souillées et toute cette vaisselle. J'en ai jusqu'au petit matin. En plus, il y a ce maudit chat roux qui vient encore de m'échapper. Il est parti avec une caille qui n'avait pas été mangée. Si tu le vois, tords-lui le cou.

Constance l'assura que si elle mettait la main dessus, elle en ferait un pâté qu'elle offrirait à Guillaume.

À côté, les ébats allaient leur train et la jeune femme s'en fut, plus découragée que jamais.

Rentrée rue aux Oues, elle donna congé à Mathias qui partit retrouver ses amis aux Saints-Innocents. Elle se plongea dans le *Ménagier* et choisit pour le surlendemain les plats avec lesquels elle allait battre Guillaume à plate couture. Pâté de poussins à la lombarde, malard[1] au verjus, hardouil[2] de chapon, houssebarré[3] de poisson et pipefarces[4]. Voilà qui allait clouer le bec à cette grande gueule de maître-queux. En outre, elle pré-

1. Canard.
2. Hochepot.
3. Poisson avec une sauce aux œufs et au vin blanc.
4. Beignets au fromage.

voyait des darioles en quantité et peut-être ferait-elle des gaufres et des cédrats confits. Puisque Guillaume voulait la guerre, il l'aurait.

Elle en était à dresser la liste des achats qu'elle devrait faire le lendemain quand elle entendit frapper à la porte. Elle n'attendait personne. Elle cacha précipitamment le manuscrit de Jehan dans le coffre sous la fenêtre et alla ouvrir. Sur le pas de la porte se tenait Gauvard, la mine engageante.

– Je suis venu voir si vous n'aviez besoin de rien. Je vous ai trouvé l'air bien triste tout à l'heure. Me laisserez-vous entrer ?

– Bien volontiers, Gauvard, répondit-elle en esquissant une petite révérence. Voici mon modeste logis. Je vous en prie, prenez place. Je vais vous servir un verre de vin clairet.

– Pas de refus, répondit Gauvard dont le regard faisait le tour des lieux. Vous voilà bien équipée. On m'avait dit que le vieux Marceau le Court qui occupait les lieux avait pour héritier un très lointain cousin, un bourgeois de Paris.

– On vous a raconté des balivernes, dit Constance dont le sang s'était glacé. C'est mon oncle Pierre qui en a hérité et je peux vous assurer que le pauvre homme n'était pas un bourgeois. À sa mort, il y a quelques mois, il m'a laissé ce bien. Vous savez, dans la famille, on est tous nés une poêle à la main.

– Pour notre plus grand plaisir, ma chère Constance. Mais ce n'est pas de cuisine dont je veux vous entretenir. Je vais peut-être pouvoir vous aider à réaliser votre rêve d'aller à Saint-Jacques-de-Compostelle.

– Dieu du ciel, est-ce possible ? Comment ? demanda Constance qui n'eut aucun mal à mettre une dose d'enthousiasme dans sa voix.

– Eh bien, je suis moi-même déjà allé deux fois à Saint-Jacques et je dois y retourner prochainement.

– Oh mon Dieu ! Mais quels crimes avez-vous donc à expier pour y être déjà allé et devoir y retourner? l'interrompit Constance.

Gauvard éclata de rire :

– J'ai ma part de péchés, mais rien qui ne puisse se régler en allant me confesser à l'église Sainte-Agnès où le curé est très compréhensif. Non, disons que je suis en affaire avec des compagnons qui résident à Saint-Jacques. Et comme il est plus agréable et plus sûr de faire le chemin à plusieurs, je me disais que vous pourriez m'accompagner.

– Mais je vous ai dit que je n'avais pas encore assez d'argent, gémit Constance.

– Vous n'en auriez pas besoin. Dites-vous que votre présence paierait votre voyage.

– Ah non ! se récria-t-elle. Ne vous méprenez pas. Je suis une femme honnête, pas une de ces filles publiques que vous avez l'habitude de côtoyer.

Gauvard la calma d'un geste et poursuivit :

– Constance, je ne vous ferai pas cette injure. J'ai parlé de vous aux gens avec qui je travaille. Ils ont été émus par votre quête et ils veulent vous venir en aide.

Constance prit un air ébahi.

– Gauvard, ne m'en veuillez pas pour ce que je vais vous dire, mais jamais je n'aurais pensé que vous étiez sensible au malheur des autres.

Gauvard joignit les mains et d'un ton patelin continua :

– Hélas, on se méprend souvent sur mon compte. J'ai peut-être l'air d'un pilier de taverne, mais au fond de moi brûle un feu. Mes amis et moi sommes une sorte de confrérie pour qui Saint-Jacques-de-Compostelle est l'assurance du bien et du bonheur éternel. Nous sommes très liés entre nous et quand nous le pouvons, nous aimons que d'autres se joignent à nous. Vous n'aurez donc qu'à nous suivre et prier pour notre salut à tous.

– Voilà qui est extraordinaire ! Je ne m'attendais pas à une offre aussi généreuse. Mais c'est impossible. Je ne puis, sans rien vous donner en retour, bénéficier d'une telle largesse.

– Si vous y tenez vraiment, vous pourrez vous charger de quelques précieux objets que nous avons coutume de rapporter à ceux qui ne peuvent entreprendre ce périple.

– Voilà qui est mieux, applaudit Constance. S'il le fallait, je reviendrais en portant la croix du Christ sur mes épaules, ou le tombeau de saint Jacques, ou…

– Ce sera beaucoup plus léger, l'interrompit Gauvard. Il s'agit juste de ne pas se faire dérober ces objets sacrés. Vous savez à quel point les chemins sont dangereux, mais, Dieu merci, personne n'osera s'attaquer à une jeune et jolie pèlerine comme vous.

– Et quand partons-nous ? dit Constance, feignant la plus grande impatience.

– Bientôt, très bientôt. Nous devons juste attendre que cesse le mauvais temps. La neige rend les routes impraticables, mais dans quelques semaines, nous devrions pouvoir prendre notre bâton de pèlerin.

– Et quelle route suivrons-nous, celle de Vézelay, celle de Tours ?

– Je vois, ma belle Constance, que vous vous y croyez déjà. Sachez, tout d'abord, que nous partirons à cheval pour arriver plus vite, mais nous reviendrons à pied.

« Voilà une manière peu commune de faire le pèlerinage », se dit Constance. Le vrai pèlerin chemine à pied à l'aller comme au retour pour offrir sa peine et sa souffrance à Dieu. Gauvard et ses comparses se moquaient bien de rédemption. Chargés de pièces d'or, ils espéraient juste se fondre dans la foule des marcheurs. C'était le meilleur moyen pour ne pas attirer l'attention et bénéficier de la protection accordée aux jacquaires, comme on appelait ceux qui partaient sur le chemin de Compostelle.

– Et que devons-nous emporter ? Quels vêtements choisir ?

Gauvard fit un geste vague de la main, lassé, semblait-il, par les questions de Constance.

– Tu prends de solides chaussures, une bonne cape bien épaisse et le tour est joué. Arrivés à Saint-Jacques, nous ferons comme les autres : nous laisserons nos vêtements sur la « Croix des Guenilles », située sur le toit de la cathédrale. Pour le retour, nous avons un ami tailleur qui nous confectionnera de bons vêtements bien amples.

« Afin de dissimuler les pièces d'or ! » pensa Constance.

Gauvard fit mine de se lever pour prendre congé. La jeune femme lui dit précipitamment :

– Ne partez pas déjà. J'allais mettre en route un flan dont vous me direz des nouvelles. Il n'y en a pas pour longtemps.

Maintenant qu'elle tenait un fil de l'écheveau, Constance entendait bien le dérouler pour en apprendre davantage. Il ne lui restait plus grand-chose comme provisions, sauf les ingrédients nécessaires pour un flan siennois. Quelques minutes plus tard la préparation était sur le feu. Elle avait laissé le pichet de vin clairet devant Gauvard qui n'arrêtait pas de se servir.

La voix un peu pâteuse, il reprit :

– Tu me demandais quelle route nous allons prendre. La plus courte est celle qui part de Tours, mais elle passe par Bordeaux. Avec ces maudits Anglais qui tiennent l'Aquitaine, nous n'allons pas nous y risquer. Nous traverserons l'Auvergne pour rejoindre la route du Puy.

– Ainsi nous pourrons nous arrêter à Conques. J'ai toujours rêvé de me recueillir devant sainte Foy, s'exclama Constance.

– Eh bien, ne rêve pas trop, ma petite. On ne va pas s'arrêter à chaque sanctuaire pour que tu fasses tes petites prières.

Constance nota que Gauvard s'était mis à la tutoyer et que son ton avait changé. Signe qu'il la considérait comme faisant partie de la bande et qu'elle allait devoir, dorénavant, lui obéir. Ce qui n'était pas la perspective la plus réjouissante.

Quelques minutes plus tard, elle démoula le flan. Trop chaud et pas assez cuit, il s'écroula dans le plat. Gauvard s'y attaqua à grands coups de cuillère. Constance, maintenant, n'avait plus qu'une hâte : qu'il s'en aille. Elle retira le plat, lui versa un dernier verre de vin et dit :

– C'est magnifique ! Remerciez vos amis pour la chance qu'ils me donnent. D'ici notre départ, je vais tout faire pour gagner le tournoi contre Guillaume. Je partirai ainsi l'âme en paix.

Gauvard se leva et lui dit d'un ton où perçait une légère menace :

– C'est bien, ma belle, continue. Une dernière recommandation : ne parle de notre projet à quiconque. Si cela se savait, trop de gens voudraient profiter de nos largesses et nous serions obligés de ne pas donner suite.

Constance lui fit un grand sourire et jura :

– Je serai muette comme une tombe. Comptez sur moi, Gauvard.

Une fois la porte refermée sur lui, elle poussa un énorme soupir de soulagement et alla se verser un verre de vin. Elle s'en voulait de débiter sans cesse de si gros mensonges et de devoir faire des simagrées à ce bandit de grand chemin. Elle se promit que si elle ressortait vivante de cette aventure, elle le ferait ce pèlerinage à Saint-Jacques-de-Compostelle. À pied, comme il se doit, à l'aller comme au retour.

Elle se remémora ces silhouettes brunes que la bise des hauts plateaux d'Aubrac courbait en deux. Appuyés sur leurs bâtons, ils cheminaient péniblement pour arriver, transis et épuisés, à « Notre-Dame-des-Pauvres », cet hôpital créé par Adalard, un noble chevalier de Flandre. Les religieux et religieuses avaient pour mission de recevoir et conforter les faibles, les boiteux, les aveugles et tous les pèlerins de Saint-Jacques. Il en mourait beaucoup et le cimetière attenant à la grande église à la tour carrée ne cessait de s'agrandir. Petite fille, elle avait aidé les sœurs à laver les pieds meurtris et douloureux des marcheurs de Dieu. Elle leur avait servi la soupe épaisse et le morceau de pain qui leur permettraient de reprendre la route le lendemain.

*

Quand Mathias fut de retour et qu'elle lui donna le reste du flan siennois à apporter à l'Hôtel de Bohême, le jeune garçon s'étonna de son aspect :

– Dame Constance, vous êtes sûre qu'un petit flan tout écroulé va faire bon effet sur vos clients de si haut rang ?

– Ne t'inquiète pas, ils s'en contenteront.

Il partit en courant. En deux jours, il avait repris quelques couleurs, mais n'avait toujours pas enlevé son bonnet fourré. Constance remercia le ciel d'avoir placé ce gamin sur son chemin.

11

30 janvier
« Prends garde à la Sainte-Martine,
Car souvent l'hiver se mutine. »

Mathias ne revint qu'au petit matin. Il avait dû attendre de longues heures, luttant contre le sommeil, le retour de Valentine. Appelée au chevet du roi, à l'Hôtel Saint-Pol, elle y avait passé la nuit. Le jeune garçon était porteur d'un message laconique : « Venez ce jour à midi. »

Constance mit à profit la matinée pour faire ses achats, suivie d'un Mathias qui se traînait lamentablement. Une fois rentrés rue aux Oues, elle l'envoya se coucher. Le jeune garçon, étouffant un bâillement, jura qu'il n'était pas fatigué et qu'il était hors de question de la laisser toute seule avec ce monceau de victuailles.

– Mathias, je te l'ordonne. Cet après-midi, je serai absente. Tu auras tout loisir de plumer les poussins et découper les chapons.

Mathias acquiesça et s'en fut vers sa soupente.

Peu avant midi, Constance s'enroula dans des châles noirs qui lui cachaient le visage. Ce n'était pas le moment d'être reconnue.

Arrivée à l'Hôtel de Bohême, elle attendit le réveil de Valentine qui, elle aussi, avait passé une nuit blanche. Constance la trouva bien pâle et s'en inquiéta :

– Mon Dieu, vous avez l'air épuisé. Le roi s'est-il remis du drame de l'autre nuit ?

– Hélas, il est fort abattu. Des médecins sont auprès de lui, mais il ne veut prendre aucune potion. Il m'a fait mander, arguant qu'il ne voulait parler qu'à moi.

– Croyez-vous que ce soit le retour de sa maladie de cerveau ?

– Tout le monde le redoute. On m'a dit qu'il avait eu une terrible crise dans l'après-midi, ne reconnaissant plus personne, brisant des hanaps, jetant des coussins au feu, hurlant comme s'il était piqué de mille pointes de fer. Je suis restée auprès de lui toute la nuit au grand dam de l'entourage de la reine. On va encore dire que je suis une intrigante alors que je ne fais que répondre aux souhaits du roi, soupira Valentine.

Constance savait à quel point les relations entre les deux femmes étaient tendues. Il faut dire que le père de Valentine, Jean-Galéas Visconti, duc de Milan, avait fait assassiner son oncle Barnabo qui n'était autre que le grand-père d'Isabeau. Le mariage de Valentine avec Louis, le frère du roi, avait rendu Isabeau folle de rage et elle ne cessait de dire pis que pendre de sa belle-sœur.

Valentine continua le récit de sa nuit au chevet du roi :

– Nous avons joué aux échecs. Il était peu attentif, aussi j'ai gagné toutes les parties. Cela l'a fait rire, ce dont je me réjouis. Puis il s'est réfugié dans des songeries confuses dont je n'ai pu le tirer. Le plus inquiétant, c'est qu'il refuse de s'alimenter. Il a jeté à ses lévriers un plat de venaison, disant que la viande rôtie lui faisait horreur.

– Cela n'a rien d'étonnant après ce qu'il a vécu, répliqua Constance. Il lui faut des nourritures légères. Ses médecins doivent lui avoir prescrit un régime qui convient à son état.

– Certes, mais je les ai entendus se disputer à ce sujet. Les médecins, ne connaissant pas l'origine de son mal, n'arrivent pas à se mettre d'accord sur des prescriptions.

– Alors, prenez les choses en main, lui suggéra Constance. Le roi a confiance en vous, il vous écoutera. Prenez langue avec son maître-queux.

– Aller voir Taillevent directement ? Ce n'est pas une mauvaise idée. Constance, voudriez-vous me rendre un grand service ? Je n'y connais rien. Vous pourriez m'accompagner dans cette démarche.

Constance sourit à l'idée qu'en si peu de temps, elle était devenue une sommité en matière de cuisine.

– Mon savoir est bien mince à côté de celui d'un maître tel que Taillevent.

– Peut-être, lui répondit Valentine, mais vous avez du bon sens, ce qui manque parfois à ces hommes pour qui la cuisine est devenue une affaire de prestige. Je vous en prie, accompagnez-moi.

– C'est impossible, hélas, soupira Constance. Guillaume, le queux qui travaille avec moi aux étuves, fait partie des cuisines de l'Hôtel Saint-Pol. Je ne peux pas prendre le risque d'y aller et de me faire voir en votre compagnie. Notre plan tomberait à l'eau. Je ne crois pas qu'il fasse partie des bandits, mais il me déteste tellement qu'il irait hurler sur les toits je ne sais quelle histoire.

Valentine la regarda avec gravité :

– Constance, je suis tellement bouleversée par ce qui arrive au roi que je ne vous ai pas demandé la raison de votre présence. Y a-t-il du nouveau ?

Constance lui expliqua que Gauvard l'avait enrôlée pour un faux pèlerinage à Saint-Jacques-de-Compostelle. La piste se révélait bonne. Elle voulait en informer Eustache Deschamps.

Valentine s'inquiéta de la tournure que prenait cette affaire :

– Vous n'allez pas partir en compagnie de ces abominables bandits ?

– Je compte bien découvrir le pot aux roses avant le départ qui est prévu dans un mois. Les événements risquent de se précipiter, aussi je n'aurai peut-être plus l'occasion de venir vous voir. Je voulais proposer à Messire Eustache que dorénavant, les informations lui soient données par un jeune garçon qui travaille avec moi et en qui j'ai toute confiance : Mathias.

– Je l'ai rencontré ce matin. Cet enfant m'a l'air singulièrement attaché à vous. Vous avez raison : il ne faut surtout pas qu'on vous voie par ici. Vous allez me manquer, Constance. Je vous en prie, avant que nous nous quittions, accompagnez-moi chez Taillevent.

Constance était partagée entre l'envie de rendre service à son amie et la crainte de se voir découverte par son ennemi. Elle resta silencieuse un long moment et déclara :

– Si nous y allons dès maintenant, ce doit être possible. Guillaume est de service ce soir aux étuves. Il doit être en pleine préparation de son repas et donc loin de l'Hôtel Saint-Pol.

– Vous êtes un ange, Constance. Je préviens mes gens qu'ils apprêtent une voiture et nous partons sur-le-champ.

*

Constance n'avait jamais mis les pieds à l'Hôtel Saint-Pol qui s'étendait entre la rue Saint-Paul à l'ouest et la rue de la Pute-y-Musse[1] à l'est.

Couronné de tourelles et flanqué d'échauguettes, le palais était une petite ville en soi. Plusieurs corps de logis étaient reliés entre eux par des galeries et des treilles. Des jardins potagers descendant jusqu'à la Seine, des poulaillers, des colombiers, des écuries, des volières, un chenil complétaient le lieu. Constance avait entendu dire qu'il y avait tant d'oiseaux qu'il avait fallu tendre des treillis devant les fenêtres pour qu'ils ne pénètrent pas dans les appartements du roi. Peut-être étaient-ils attirés par les centaines de cerisiers, pruniers, pommiers que Charles avait fait planter.

En d'autres temps, Constance aurait demandé à Valentine de lui montrer la ménagerie qui abritait de nombreux lions, des gros et des petits. Il y avait aussi des cerfs, des sangliers, des ours et même un loup. Elle avait reçu à dîner, du vivant de Jehan, l'autruchier du roi. Il lui avait dit nourrir ses volatiles avec des potées composées de son et de chou.

La cuisine était située au rez-de-chaussée d'un bâtiment accolé au logis du roi. Les deux jeunes femmes traversèrent d'abord une vaste salle aux poutres et solives ornées de fleurs de lys en étain doré et aux vitraux représentant des scènes de chasse. Puis elles pénétrèrent dans l'univers grouillant et enfumé des cuisines. Constance regardait autour d'elle, redoutant de tomber sur Guillaume. Elles n'eurent aucun mal à repérer Taillevent qui trônait sur une chaise haute et donnait des ordres d'une voix puissante tout en agitant une longue cuillère en bois. Jamais Constance ne l'aurait cru aussi vieux. La peau de son visage ressem-

1. Actuelle rue du Petit-Musc, 75004 Paris.

blait à celle d'une volaille rôtie. Les rides étaient si profondes qu'on aurait pu les croire gravées au burin.

Le maître-queux accueillit Valentine avec déférence.

– Madame la Duchesse, quel honneur de vous voir dans mon antre.

– Maître Taillevent, vous savez comme le sort du roi me tient à cœur. Je souhaiterais m'entretenir avec vous des mets les plus adaptés à son état.

– Décidément, tout le monde s'est donné le mot. J'attends un médecin envoyé par votre époux.

– Je l'ignorais, dit Valentine. Nous pourrons ainsi bénéficier de son savoir.

– Je dois vous avouer que je ne sais plus à quel saint me vouer. Toute la cour m'abreuve de conseils. Excusez-moi un instant, j'en vois un qui fait n'importe quoi.

Taillevent sauta au bas de sa chaise avec une agilité surprenante pour un homme de son âge. Il se précipita vers un hasteur qui tournait une broche dans la grande cheminée de droite. Il se mit à hurler :

– Tu ne vois pas que tu es en train de carboniser ton canard ?

L'homme répondit :

– Ce n'est pas ma faute. C'est ce maudit souffleur qui m'a fait un feu d'enfer.

Le maître-queux haussa les épaules, revint vers les deux femmes en soupirant :

– Il faut avoir l'œil à tout. Non seulement je dois choisir les viandes et les poissons, mais je dois m'assurer que les fruitiers ont bien lavé les fruits, que les bûchiers ont livré du bois en quantité suffisante, que les sauciers font goûter les sauces avant de les servir au roi… Nous sommes soixante-douze en cuisine, sans compter les vingt de la paneterie, les trente de l'échansonnerie et les quinze de la fruiterie.

Il s'interrompit, partit en courant vers un enfant de cuisine qui venait de renverser un seau rempli de carpes. Les poissons avaient glissé sous une table en bois et le galopin essayait de les rattraper. Taillevent le frappa avec sa grande cuillère et lui ordonna de disparaître avec ses poissons. Il s'arrêta près d'une autre cheminée où mijotaient des potages. Il goûta l'un d'eux, fit un signe d'approbation et revint à son poste d'observation.

Constance était effarée par l'agitation qui régnait dans cette cuisine. De jeunes garçons couraient dans tous les sens, portant des volailles, du pain, des fromages... Les cuisiniers aboyaient leurs ordres. Les broyeurs s'acharnaient sur leurs mortiers. Dans un coin de l'immense pièce, un homme de peine avait soulevé un couvercle de bois et jetait des ordures dans un trou. Dans une petite pièce attenante, Constance voyait les valets de chaudière faire la vaisselle. Dans une autre, des échansons s'activaient autour de tonneaux et versaient du vin dans des aiguières.

Le médecin envoyé par Louis d'Orléans fit son entrée, aisément reconnaissable à sa robe noire et à son bonnet carré. Il se présenta : Jacques Deshaies, docteur de l'université de Paris, auteur d'un *Régime de santé* et spécialiste de la doctrine diététique de l'école de Salerne.

Sa maigreur et la pâleur de son teint ne plaidaient pas en sa faveur. Valentine et Constance se regardèrent d'un air alarmé. Ses conseils allaient-ils être pertinents ? Taillevent lui fit bon accueil. On sentait que le maître-queux était sincèrement inquiet pour le roi et souhaitait faire au mieux pour qu'il se rétablisse.

– Que devons-nous faire ? demanda-t-il abruptement.

Le médecin, surpris d'une question aussi directe, le regarda en fronçant les sourcils, hocha la tête plusieurs fois, prit une grande inspiration et déclara :

– Vous savez que chaque être, qu'il soit homme, animal ou plante, a une nature particulière qui correspond à chacun des éléments. Il peut être chaud comme le feu, froid comme l'air, sec comme la terre ou humide comme l'eau. Les aliments aident à maintenir l'équilibre, à faire en sorte qu'un élément ne prenne pas le dessus.

– Mais comment choisir ceux qui conviennent ? demanda Valentine, redoutant, comme Taillevent, que le médecin ne se perde dans de fumeux discours.

Le médecin continua doctement :

– On peut comparer l'estomac à une marmite. Il transforme ce que nous mangeons en quatre humeurs : le flegme qui est une matière froide et humide ; la bile jaune, sèche et chaude ; le sang, chaud et humide ; la bile noire, froide et sèche.

Valentine l'interrompit :

– Dans le cas du roi, est-ce le flegme ou bien la bile noire qui sont en cause ?

Le médecin esquissa un geste vague.

– Nous ne sommes sûrs de rien, mais il semblerait que ce soit un épanchement de bile noire qu'on appelle aussi mélancolie. C'est bien le pire ! Les humeurs augmentent ou diminuent selon l'âge et les saisons. Si par malheur l'une devient trop abondante ou trop épaisse, c'est la catastrophe. Elle s'amasse, pourrit et produit des vapeurs nocives qui se transforment en maladie.

Taillevent, qui avait lâché sa cuillère en bois, intervint timidement :

– Hier, j'ai servi au roi un rôti de cerf. Il n'a même pas voulu y goûter.

Le médecin leva les yeux au ciel et dit d'un ton exaspéré :

– La chair de cerf engendre sang grossier et mélancolique. C'est criminel d'avoir préparé un tel mets.

– Mais ce n'est pas pire que la viande de bœuf, déclara Constance, voulant venir en aide au vieux cuisinier qui avait pris un air tout penaud.

Le médecin avait enlevé son bonnet et faisait mine de s'arracher les quelques cheveux qui lui restaient sur le crâne.

– Ne parlez pas de malheur ! Il n'y a pas plus froid et sec que le bœuf. C'est une matière lourde, dense, très difficile à digérer. On peut éventuellement en faire du bouillon et laisser la viande aux domestiques.

– Vous êtes sûr ? demanda Constance, j'en prépare beaucoup et mes convives ne s'en plaignent pas.

Le médecin la toisa et dit d'une voix doucereuse :

– Peut-être ne sont-ils pas des gens d'études ou de naissance aristocratique.

– C'est exact, répondit Constance, songeant à Marion la Dentue et au petit Mathias.

– L'homme qui pense, et le roi est de ceux-là, est l'être qui digère le plus mal, continua le médecin avec componction. Le cerveau pompe toute la chaleur vitale, il faut donc diminuer le travail de la digestion. L'homme de rang élevé doit se nourrir de pain de froment, de vin blanc, de blancs de poulet et de volailles.

– Ce qui signifie que les autres peuvent se nourrir comme ils l'entendent ? demanda Constance.

– Certainement pas ! Disons que les rustiques, les gens lourds, ceux qui effectuent des travaux pénibles peuvent tout avaler sans que cela nuise à leur santé. Leur estomac brûle mieux les aliments. Les grosses viandes leur sont familières. Ils peuvent avaler abats, tripailles, tendons, os et nerfs et boire du vin rouge.

Quant aux pauvres, on peut leur donner sans souci du vin aigre, des fruits pourris et de vieux fromages. Mais nous nous éloignons de notre sujet.

Constance acquiesça, mais cette conception du rôle des aliments l'intriguait. Comme tout un chacun, elle en connaissait les principes de base, mais elle souhaitait en savoir plus. Elle demanda :

– Est-ce bien là une conséquence de la fameuse grande chaîne de l'être qui veut que selon l'endroit où vit l'animal ou pousse la plante, on le réserve à une catégorie de la population ?

Le médecin, visiblement flatté qu'on fasse appel à ses connaissances, s'empressa de répondre :

– Tout à fait. Il faut savoir que la terre est l'élément le plus vil et que tout ce qui y pousse est à rejeter pour les personnes de haut rang. Il est clair qu'oignons, ail, échalotes, navets et poireaux ne peuvent être mangés que par ceux de petite condition. Puis vient l'eau dont il faut aussi se méfier. Les baleines qui nagent à la surface de l'eau sont meilleures que les crabes qui rampent dans les profondeurs sous-marines. L'air, par contre, est doté de toutes les vertus. Tout ce qui y vit est réservé aux nobles et aux oisifs. Mais n'oubliez pas que l'aigle est préférable au canard parce que l'un vole au plus haut du ciel et que l'autre patauge dans des mares.

– Mais il faut aussi tenir compte de l'âge et de la saison pour bien se nourrir, n'est-ce pas ? ajouta Constance.

– Bien entendu. En hiver, vous allez faire des sauces au vin, à l'ail, à la roquette, à la moutarde, alors qu'en été vous les préférerez au jus de citron ou de grenade. Votre brouet d'Angleterre, vous le réchaufferez de persil sauge et hysope en hiver ; en été vous vous contenterez de verjus et de safran.

– C'est vrai. Mon mari m'a enseigné qu'en hiver, la sauce cameline se fait avec du vin et en été avec du verjus. Alors, justement, parlons des épices, s'enflamma Constance qui trouvait cette conversation de plus en plus passionnante. Sont-elles des médicaments ?

– Ce sont elles qui permettent de corriger le caractère malfaisant de certains aliments. Toutes sont chaudes et sèches. Mais attention, elles sont là pour préserver la santé. Les malades doivent éviter d'en consommer, surtout ceux qui souffrent de fièvre.

– Mais, l'interrompit Constance, nos aromates comme le persil, le cerfeuil, la menthe ne sont-ils pas, eux aussi, chauds et secs ?

– C'est exact, mais les épices d'Orient sont plus puissantes et plus subtiles. Aldebrandin de Sienne, le célèbre médecin qui a écrit, il y a plus d'un siècle, le *Régime du corps*, dit que la cannelle conforte le foie et l'estomac, que le gingembre fait bien cuire les viandes et que les clous de girofle détruisent la ventosité et les mauvaises humeurs. N'oublions pas que les épices flattent le goût et comme l'a écrit le grand maître Maginus de Milan : « Ce qui est plus délectable est meilleur à la digestion. »

Ils furent interrompus par un hurlement de Taillevent qui se précipita, la cuillère brandie, vers un cuisinier qui venait de laisser tomber une assiette de blanc-manger.

– Et qu'en est-il des aliments crus ? On dit que c'est très mauvais. Pourtant j'aime beaucoup les salades, intervint Valentine qui trouvait qu'en France on en mangeait bien peu, contrairement à son Italie natale.

– Les aliments crus sont dangereux et les salades peu recommandées, surtout la laitue. Ne les mangez qu'avec du sel et de l'huile qui vont les assécher et les réchauffer. Et surtout n'oubliez pas de boire avec un bon verre de vin très fort.

– Et les huîtres ? demanda Constance.

– Elles peuvent être mangées crues à condition de les arroser de poivre qui est l'épice la plus brûlante. Mais il vaut encore mieux les mettre à la poêle pour qu'elles perdent leur froideur et leur humidité.

– Tout ceci est bien compliqué, soupira Constance.

Le médecin la regarda avec un air de supériorité.

– C'est bien pour cela que nous, médecins, édictons des règles et écrivons des régimes de santé. Tout le monde sait qu'on creuse sa tombe avec ses dents.

Taillevent le regarda d'un air désespéré et déclara :

– Quand je pense que je fais la cuisine depuis plus de cinquante ans. J'ai commencé comme enfant de cuisine de Jeanne d'Évreux, la femme de Charles le Bel. Je suis devenu queux de Philippe VI de Valois, puis du dauphin Charles que j'ai suivi quand il est devenu roi en 1364. Cela me fend le cœur d'échouer à bien nourrir son fils, notre roi, qui m'a nommé au grade suprême : écuyer de cuisine.

Le vieil homme avait les larmes aux yeux.

Le médecin lui tapota l'épaule et déclara :

– On peut au moins être sûr d'une chose : il faut éviter tout aliment noir et sec, âcre et brûlé. Par contre, vous devez privilégier tous les aliments blancs : laitages et fromages frais, volailles, œufs frais, amandes douces.

– Alors, je peux lui préparer du blanc-manger[1] ? s'enquit avec enthousiasme Taillevent. J'ai une excellente recette : je fais bouillir une poule dont je ne garde que les blancs. Je les broie ainsi que des amandes à foison. Je mélange avec le bouillon et je fais épaissir sur le feu jusqu'à ce que le mélange soit bien liant. Je fais frioler une demi-douzaine d'amandes à la poêle

1. Recette p. 342.

que je mets sur le blanc-manger ainsi que des grains de pomme de Grenade et je sucre abondamment dessus.

– C'est parfait, lui répondit le médecin. Il réfléchit un instant et ajouta : Si j'étais vous, je mettrais plus d'amandes. Le grand médecin Arnaud de Villeneuve la recommande pour sa couleur, synonyme de pureté et donc de vertus. L'amande éclaircit les humeurs. Et vous savez, mesdames, dit-il en se tournant vers Valentine et Constance, qu'elle rend la peau blanche.

– Ah ! ça, je ne vais pas m'en priver ! s'exclama Taillevent. Les amandes sont partout ! J'en fais du lait qui me sert à cuire gentiment de belles viandes, mais aussi à lier les sauces et faire les porées. Entières, elles accompagnent le fromage. Broyées, je fais mascarons, sacristains, riz engoulé…

– C'est bien, c'est bien, dit le médecin d'un ton qui laissait comprendre que l'entretien était terminé.

Il remit à Taillevent une liste de mets qui devraient permettre d'améliorer la santé du roi et prit congé. Le grand sourire qui avait éclairé le visage du cuisinier disparut et il poussa un soupir de découragement en découvrant la complexité des prescriptions.

Valentine remercia vivement le vieil homme de son aide, prit Constance par la main et l'entraîna à l'extérieur des cuisines. Les deux jeunes femmes ne remarquèrent pas un homme caché derrière un pilier qui les observait, un air de profonde surprise sur le visage. Guillaume, car c'était bien lui, n'en revenait pas de voir Constance s'entretenir avec Taillevent. Que cherchait-elle ? Était-ce pour lui nuire ? Sans aucun doute. Que diable faisait-elle en compagnie de Valentine Visconti, la belle-sœur du roi ? Quelle chance qu'il ait eu besoin de repasser par les cuisines de l'Hôtel Saint-Pol ! Il s'était toujours douté que cette petite lui causerait des ennuis. Ses grands airs l'exaspéraient. Elle n'était pas déplaisante à regarder avec sa taille fine et ses petits seins haut perchés, mais il y avait dans ses yeux verts une froideur qui le mettait mal à l'aise. Il avait maintenant la preuve que Constance jouait un double jeu. Elle n'était pas, comme elle le prétendait, une paysanne de Guyenne venue à Paris gagner sa vie. Elle était à sa merci. Il allait lui montrer de quel bois il se chauffait. Il aurait sa peau. Sifflotant un air guilleret, il sortit de l'Hôtel royal et se mêla à la foule de la rue Saint-Antoine.

12

2 février

« Rosée à la Chandeleur, hiver à sa dernière heure. »

Le deuxième duel qui opposa Constance et Guillaume fut gagné haut la main par la jeune femme. Les convives adorèrent les poussins à la lombarde, le malard au verjus, le hardouil de chapon, le houssebarré de poisson. Guillaume qui se croyait déjà débarrassé de Constance n'avait préparé qu'un brouet houssé[1], un chaudeau flamand[2] et un gruau d'orge. Il fut quasiment hué et il fallut toute la persuasion d'Isabelle pour qu'il accepte de faire les crêpes qui concluaient le repas.

En ce jour de la Chandeleur, la maîtresse des étuves s'était rendue à Sainte-Agnès pour la messe célébrant la purification de la Vierge et la présentation de Jésus au Temple. Elle avait participé à la procession de centaines de croyants portant des cierges allumés. Les cierges, une fois bénis par le curé, avaient été ramenés à la maison et seraient précieusement gardés jusqu'à l'année prochaine.

Guillaume ne se déridait pas. Isabelle finit par lui dire :

1. Ragoût de viande au persil.
2. Ancêtre du sabayon : crème au vin.

– Tu connais le dicton : il faut faire des crêpes, si tu ne veux pas pisser toute l'année. Cela va t'apporter chance et richesse.

Guillaume grommela que certains allaient avoir, plus que lui, besoin de chance.

Constance n'était pas mécontente d'avoir réussi à clouer le bec au cuisinier présomptueux. Elle lui adressa son plus charmant sourire quand elle le vit quitter les lieux. Il ne put s'empêcher de brandir le poing en guise de menace.

Constance, épuisée par sa journée passée en cuisine, s'installa sur le banc auprès de Gauvard, qui à son habitude finissait les plats et semblait se délecter. Elle lui demanda ce qu'il avait préféré.

– Ah ! voilà une question bien difficile. Le malard au verjus était divin et le pâté de poussins dépassait de loin tout ce que j'ai mangé jusqu'ici. Tu es vraiment une cuisinière hors pair.

Constance, profitant de l'excellente humeur de Gauvard, lui demanda :

– Pourriez-vous me dire ce que nous allons trouver à Saint-Jacques, vous qui connaissez bien cette ville ?

– Alors là, tu vas être épatée. C'est une ville d'une richesse inouïe. Tu peux acheter ce que tu veux. Par exemple, il y a au moins une centaine d'échoppes qui vendent les coquilles qui sont les insignes des pèlerins.

– Mais je croyais qu'il fallait aller les chercher sur les grèves de sable, à côté de Compostelle, s'étonna Constance.

– Si tu y tiens vraiment, tu peux aller patauger à Padron, au bord de l'océan. Mais pourquoi se fatiguer inutilement ? Il y en a en pagaille en ville.

Constance, à vrai dire, n'avait que faire des coquilles. Elle essaya d'aiguiller Gauvard sur un sujet plus proche de ses préoccupations :

– Il doit bien y avoir des objets précieux. On dit que Saint-Jacques en regorge.

– Tu veux parler du jais ? Cet ambre noir dont on dit qu'il fait fuir les serpents, annonce la présence des démons et permet aux jouvencelles de retrouver leur virginité ? Tu trouveras tous les marchands qu'on appelle *azabacheros* près de la cathédrale.

– On dit aussi que la cathédrale est remplie d'or et de statues couvertes de pierreries qu'on peut toucher.

– Ce que font tous les pèlerins, c'est mettre les doigts de la main droite dans cinq cavités d'une colonnette de marbre. Si tu dis cinq *Pater*, tu obtiendras cinq grâces. Ce n'est pas mal payé !

Gauvard essuya ses lèvres grasses d'un revers de main et continua :

– Juste en dessous, il y a deux monstres en pierre, la gueule ouverte. Les pèlerins y glissent une obole qui atterrit dans la crypte. J'aimerais bien être en dessous, pour récupérer tout cet argent. De toute manière, ça pue tellement là-dedans avec ces milliers de gens qui ne se sont pas lavés depuis des mois que tu n'as qu'une seule envie : en sortir. À moins que tu n'arrives à l'heure où on agite le botafumeiro, un énorme encensoir qui nécessite six hommes pour le mettre en branle. Ça aide à respirer.

Constance se moquait bien de la puanteur des pèlerins. Elle tenta une nouvelle approche :

– Avec ces gens de tous pays, il doit y avoir pléthore de monnaies différentes. Comment fait-on pour payer ses achats ?

Le visage de Gauvard se ferma. Il lui répondit d'un ton sec :

– Tu verras bien sur place. Des changeurs, il y en a tout le long de la rue de France par laquelle on arrive.

Constance s'empourpra et tenta de continuer :

– Je voulais simplement savoir comment se comporter quand on est pèlerin. Quelles sont les règles à observer ?

Gauvard repoussa son assiette, se leva et lui lança en partant :

– Pour ça, va voir ton curé et ne me pose plus de questions.

Constance s'en voulut amèrement de sa maladresse. Cela n'allait pas être facile d'en savoir plus sur l'organisation du trafic et sur ceux qui y participaient. À chaque fois qu'elle croyait franchir une étape, elle se retrouvait devant une nouvelle difficulté.

Marion la trouva en larmes, affalée sur la table. Elle lui entoura les épaules d'un bras protecteur et lui murmura :

– Garde courage. Isabelle t'aime bien. Tu vas réussir. Que dirais-tu d'un bon bain ? Je te vois toute pauvrette. Cela te ferait du bien.

Constance releva la tête, sourit à Marion et lui dit :

– Je ne pourrai me mêler à tous ces gens. Pourtant, j'aimerais bien pouvoir me laver de tous mes soucis.

– Viens, ma belle. Je vais prendre soin de toi. Nous irons dans la petite chambre où il n'y a personne. Celui qui devait l'occuper est parti rejoindre un couple dans une alcôve. Tu n'auras pas à craindre de mauvaise rencontre.

Constance se laissa faire et suivit Marion. Elle se déshabilla, enroula ses cheveux dans un linge blanc et se glissa avec plaisir dans le cuveau. C'était un vrai bonheur. Marion s'était assise sur un haut tabouret et chantonnait tout en versant de l'eau bien chaude sur ses épaules. Constance retrouvait la douce ambiance qu'elle avait connue dans les étuves de la rue du Chat-qui-Pêche. Ses pensées dérivèrent vers ce passé si proche. Une fois de plus, Agnès lui manquait. Elle aurait tant aimé se retrouver dans les bras de la vieille femme et pleurer tout son soûl. Isobert, ses frasques, son regard doré lui manquaient aussi cruellement. Les retrouverait-elle un jour ?

Elle se détendit en sentant les mains de Marion lui masser légèrement la nuque.

– La vie n'est vraiment pas facile, dit-elle avec son ton sifflant. Je passe tellement de temps à travailler que je peux à peine m'occuper de Jacquette. Si seulement j'étais plus belle, je gagnerais plus d'argent en allant avec des hommes.

– La beauté physique n'est pas la chose la plus importante, lui répondit avec douceur Constance. Celle de l'âme compte plus que tout. Et tu es une belle et bonne personne, Marion.

– C'est drôle que tu me dises ça. Un homme me l'a dit récemment et c'était la première fois qu'on me parlait ainsi.

– Tu vois bien, continua Constance qui, sous l'effet du massage, sentait la paix revenir en elle. Et il te le redira, sans nul doute.

– C'est impossible, reprit Marion. Il est mort. Ici même. C'était un vrai cauchemar. Pauvre Messire Jehan.

Constance sentit son sang se glacer. Se pourrait-il que Marion parle de son mari ? Elle ferma les yeux et d'une voix tremblante poursuivit :

– Tu as assisté à la mort de cet homme ? Ce doit être terrible.

– C'est mon pire souvenir, dit Marion en pleurant. Je n'ai rien pu faire. Je l'ai découvert la gorge tranchée, perdant tout son sang.

C'était bien Jehan. Constance dut faire appel à tout son courage pour continuer à parler.

– Quelle horreur, ma pauvre Marion ! Tu lui avais préparé son bain, à cet homme ?

– À vrai dire, un peu plus… Au début, il ne voulait qu'un bain, mais tu sais comment sont les hommes…

En entendant ces mots, Constance s'était raidie et sentait monter en elle un torrent de larmes. Elle ne put s'empêcher de demander :

– Tu as couché avec lui ?

– Ça ne m'arrive pas très souvent. Il y a tellement de jolies filles ici… Mais cet homme-là m'avait prise en amitié. Il s'intéressait à ma vie et même à celle de ce vaurien de Gauvard. C'est pour dire !

– Tu as couché avec lui ?

Marion, étonnée de l'insistance de Constance, la regarda et se méprit sur la colère qu'elle vit dans les yeux de la jeune femme.

– Je sais que tu n'apprécies guère les filles publiques. Tu es une femme honnête. Mais tu sais, souvent les épouses de ces bourgeois ne donnent pas à leur mari les plaisirs qu'ils souhaitent.

– Et quels plaisirs souhaitait celui-là ? demanda Constance d'une voix rauque.

– Oh, ce n'était pas un de ces vicieux qui vous monte comme un chien prend une chienne. Non, pas du tout. Il m'a même dit qu'il était très heureux avec sa dame et qu'il l'aimait tendrement. Mais peut-être sa dame ne pratiquait-elle pas certaines caresses…

– De quelles caresses veux-tu parler, Marion ? insista Constance, au supplice mais souhaitant tout savoir de la trahison de Jehan.

– Oh, tu sais bien… Comme de prendre son vit dans sa bouche et bien le sucer comme on ferait avec un bâton de sucre.

Constance frémit. Avant d'arriver aux étuves de la rue Tirechappe, elle ne savait pas que de telles pratiques existaient. Imaginer que Jehan s'y était livré était une torture. Qui plus est avec Marion, son amie. Constance ne savait que faire : maudire Marion, maudire son défunt mari ? Son combat pour le venger lui parut alors vain, ridicule. Elle se sentit soudain très lasse.

Marion s'était arrêtée de parler et la regardait avec inquiétude :

– Aurais-tu un malaise ? L'eau est-elle trop froide ? Sors vite que je te réchauffe avec ces serviettes.

Constance obéit et se retrouva dans les bras de Marion qui la frottait énergiquement. Toute colère à l'égard de cette pauvre femme l'abandonna. Elle la voyait depuis plusieurs semaines travailler comme une damnée, être humiliée en permanence. Elle ne pouvait lui en vouloir. Seul Jehan, qui n'avait pas su résister à ses instincts animaux, était coupable. Il l'avait trahie de la plus vile manière.

Elle se rhabilla en silence. Marion, troublée par le changement d'attitude de Constance, s'agitait autour d'elle.

– Je n'aurais jamais dû te parler de ça. D'ailleurs, Gauvard et Isabelle m'avaient strictement interdit de le faire. Décidément, je ne suis bonne à rien.

– Tais-toi, Marion. Je suis juste très fatiguée. Je vais rentrer chez moi me reposer. Ne pense plus à tout cela.

Constance quitta les étuves le cœur en miettes. Toutes les belles maximes sur la vertu que son mari lui avait enseignées, toutes les histoires édifiantes qu'il lui racontait et qu'elle écoutait avec ravissement lui laissaient un goût de cendres dans la bouche. Jamais elle n'aurait pu imaginer qu'il se conduise ainsi. Combien de fois l'avait-il mise en garde contre le péché d'adultère, lorsqu'un homme ou une femme brisent la foi qu'ils doivent se garder l'un à l'autre comme ils se l'étaient promis. Et c'était lui qui le commettait. Combien de fois lui avait-il répété : « Aimez beaucoup votre mari : il est bien vrai que chaque homme doit aimer et chérir sa femme et que chaque femme doit aimer et chérir son mari, car l'homme est à l'origine de sa vie. »

Cette vie, elle l'avait en horreur. Cette sotte aventure dans laquelle elle s'était lancée, tête baissée, la laissait brisée. Elle n'avait plus qu'à disparaître dans les profondeurs d'un couvent et attendre que la mort vienne la délivrer de cette mascarade.

Elle se frayait un passage dans les rues encombrées, sourde aux cris et aux rires. Arrivée rue aux Oues, elle aperçut un attroupement devant sa maison. À la porte se tenait Mathias, gesticulant. Elle pressa le pas et dès qu'il la vit, le jeune garçon se précipita vers elle.

– Dame Constance, c'est terrible. Nous avons été attaqués. La maison est sens dessus dessous.

Constance écarta les curieux, prit par le bras Mathias qui se mit à gémir :

– Aïe, aïe, ils m'ont frappé, je suis tout cassé.

Constance referma la porte, vit qu'il avait une énorme bosse sur la tête et qu'il tremblait de tous ses membres. Elle enjamba les meubles cassés qui jonchaient la pièce, alla vers la réserve d'eau, y trempa un linge qu'elle posa sur la tête du garçon. Elle le fit asseoir sur une marche de l'escalier.

– Calme-toi, Mathias. C'est fini, je suis là. Reprends ton souffle et tu me raconteras.

Le chaos qui régnait dans la pièce était indescriptible. Tous les pots avaient été cassés. Les précieuses épices étaient répandues au sol. Des immondices avaient été déposées au centre de la pièce. Un bâton y était planté. On y avait accroché un morceau de papier. Constance s'en saisit et lut ces quelques mots : « Je sais qui tu es. Disparais. »

Constance soupira. Ce jour d'épouvante ne finirait-il donc jamais ? Qui avait pu agir ainsi ? Gauvard ? Il n'y avait aucun intérêt. Qui avait pu découvrir qui elle était ? De toute manière, cette menace ne la concernait plus. Oui, elle allait disparaître.

D'une toute petite voix, Mathias s'adressa à elle :

– Je suis désolé. Je ne sais pas ce qui s'est passé. J'étais tranquillement devant la cheminée après avoir tout rangé. La porte s'est ouverte avec fracas, trois hommes encagoulés sont rentrés. Ils m'ont violemment frappé et je me suis évanoui. Quand je suis revenu à moi, j'ai découvert le désastre. J'ai voulu savoir si les voisins avaient reconnu ceux qui ont fait le coup, mais comme toujours, personne n'a rien vu, rien entendu. J'aurais dû me battre.

– Ne t'en fais pas, l'interrompit Constance. Tu n'aurais rien pu faire. Je suis bien heureuse que tu sois vivant.

– Sur ce papier, qu'est-ce qu'il y a ? demanda timidement le jeune garçon.

– Des menaces comme il se doit. Mais nous n'allons pas leur donner l'opportunité de les mettre à exécution. Je vais tout arrêter, Mathias, et fermer cette maison.

– Oh non ! s'exclama-t-il. Ce n'est pas possible. J'étais si bien avec vous. C'était trop beau pour durer. Qui sont ces monstres qui vous en veulent tant ?

– Mathias, je ne sais pas qui ils sont, mais ils sont très dangereux, ça, j'en suis sûre. Rassure-toi : je ne vais pas t'abandonner, même si nos chemins se séparent.

Le garçon pleurait à chaudes larmes. Constance le prit dans ses bras, ce qui eut pour effet de redoubler son chagrin. Constance en fut fortement émue et se jura de tout faire pour que ce jeune garçon connaisse un avenir meilleur. Ils restèrent longtemps étroitement enlacés, chacun essayant de transmettre un peu de force à l'autre. Puis Constance se releva et conduisit Mathias jusqu'à sa chambre :

– Tu vas dormir dans mon lit. Je ne serai pas là cette nuit, ni la suivante. Tu fermeras à double tour. Si on me demande, tu répondras que je suis partie, que j'ai quitté Paris. Je repasserai juste pour te donner des instructions.

– Vous allez à l'Hôtel de Bohême ?

Constance mit un doigt sur ses lèvres et lui dit : « N'en parle à personne pour mon bien et le tien. »

– Vous ne faites pas de flan siennois ? C'est parce que je ne suis pas en état de le porter ? demanda le jeune garçon, prenant un air coupable.

Pour la première fois depuis des heures, Constance sourit et lui répondit :

– Non, Mathias, pas de flan siennois ce soir. Ce n'est plus nécessaire. Repose-toi et n'ouvre à personne.

Constance installa le jeune garçon dans le lit, le recouvrit avec les épaisses couvertures. Malgré son chagrin et sa douleur, il lui souriait béatement.

Ce sourire donna à Constance le courage de repartir dans la nuit et le froid. Elle devait aller annoncer à Valentine et Eustache Deschamps la fin de sa mission.

L'Hôtel de Bohême était brillamment éclairé. Comment Louis d'Orléans osait-il donner une fête alors que le drame du Bal des Ardents était présent dans tous les esprits ? Encore un scandale en perspective ! Il n'en avait cure. Sans doute avait-il réuni ses cousins, le comte d'Ostrevant et le comte de Clermont, son ami le comte de Cornouailles pour fêter une victoire au jeu de paume ou se livrer à des jeux de dés. Il pouvait perdre jusqu'à trois cents écus par jour. Quand ses amis criaient grâce, il faisait appel à son écuyer tranchant, son panetier, son échanson, n'importe qui acceptant de mettre quelques deniers sur la table.

Ces soirées se tenaient bien évidemment en compagnie de ribaudes. On disait de lui qu'il hennissait comme un étalon après presque toutes les belles femmes.

Constance avait toujours plaint son amie Valentine de devoir supporter les frasques de cet époux joueur et volage. Elle comprenait maintenant à quel point il était douloureux de se savoir trahie.

Les débordements de Louis étaient tels que, six mois auparavant, les conseillers du roi avaient envoyé un des leurs, Jean Jouvenel, faire la morale au jeune prince.

Il lui avait reproché sa vie dissolue, et l'avait aussi mis en garde sur la rumeur qui courait sur ses penchants pour la sorcellerie. On avait remarqué qu'il portait, comme bien d'autres jeunes seigneurs, un petit sachet autour du cou dont on disait qu'il renfermait des ossements de pendu. Il était question aussi d'une bague qu'on aurait laissée quelques heures dans la bouche d'un supplicié. Ces objets étaient destinés à obtenir la soumission des femmes qu'on souhaitait mettre dans son lit. Il se serait, pour cela, assuré les services de sorciers qui allaient traîner, les nuits de lune descendante, du côté du gibet de Montfaucon.

Louis accepta sans broncher les remontrances, mais continua à n'en faire qu'à sa tête.

Valentine, en épouse loyale, prenait sa défense et ne manquait pas de rappeler qu'il était épris de belles-lettres et qu'à ce titre il protégeait des écrivains comme Eustache Deschamps, Jean Froissart et Christine de Pizan. C'est vrai qu'il avait hérité de son père, le roi Charles, l'amour des livres et qu'il en faisait acheter beaucoup par Gilles de Malet, garde de sa librairie.

Valentine soulignait qu'il s'entourait de conseillers et secrétaires formés aux nouvelles méthodes italiennes qui rompaient avec la pesante rhétorique traditionnelle. Cela leur permettait de s'exprimer différemment, avec efficacité, de se servir de l'éloquence comme arme politique. Christine de Pizan n'avait-elle pas dit que sa « merveilleuse élocution le distinguait parmi tous les seigneurs de son temps » ?

Valentine ajoutait qu'il était très pieux, qu'il allait chaque jour écouter la messe aux Célestins, qu'il visitait les pauvres malades de l'Hôtel-Dieu.

Rien de tout cela ne convainquait les détracteurs du jeune prince.

*

Quand Constance pénétra dans la chambre de Valentine, elle n'en crut pas ses yeux : Eustache le sévère, Eustache l'austère, Eustache le bougon était à quatre pattes sur le tapis, nez à nez avec un bambin de deux ans aux longs cheveux blonds. Charles, le fils de Valentine et Louis, gazouillait et Eustache applaudissait en disant :

– C'est incroyable. Cet enfant est un poète-né. Savez-vous ce qu'il vient de dire ?

Valentine sourit à l'enfant et fit un signe à Eustache qu'elle l'écoutait. Le vieil homme se mit à déclamer de sa voix puissante :

« Quand n'ont assez fait dodo
Ces petits enfançonnets
Ils portent sous leur bonnet
Visages pleins de bobo
C'est pitié s'ils font jojo
Car ils sont tout poupinés
Hélas ! c'est gnogno ! gnogno !
Quand n'ont assez fait dodo. »

Puis il se précipita vers son écritoire en disant :

– Il faut absolument que je note ça. Dans quelques années, si Dieu me prête vie, je pourrai montrer au jeune prince son premier poème[1].

Valentine, qui avait pris Charles dans ses bras, avisa la présence de Constance. Voyant son air défait, elle donna l'enfant à sa nourrice et entraîna la jeune femme derrière les courtines de son lit. Le récit de Constance lui arracha des exclamations de surprise et de compassion.

Écartant le lourd velours cramoisi, Valentine rejoignit Eustache et lui dit à voix basse :

– Constance met fin à sa mission. Les conditions sont devenues trop difficiles.

Eustache leva les yeux de sa feuille de papier, ne parut guère surpris et acquiesça.

– C'est bien dommage, mais il ne faut pas tenter le diable. Constance a fait ce qu'elle a pu.

Valentine retourna près de son amie, lui tenant gentiment la main. La chaleur engourdissait Constance. Elle s'endormit en entendant Eustache chantonner :

« C'est pitié s'ils font jojo
Car ils sont tout poupinés
Hélas ! c'est gnogno ! gnogno !
Quand n'ont assez fait dodo. »

1. Charles d'Orléans devint un poète célèbre.

13

4 février

« À la Sainte-Véronique,
les marchands de marrons plient boutique. »

Constance sombra dans un état de faiblesse, où accès de fièvre et cauchemars se succédèrent pendant près de deux jours.

Quand elle reprit pleinement conscience, sa décision d'entrer au couvent était irrévocable. Il lui faudrait, au plus vite, faire don de tous ses biens, se séparer de ses gens et leur trouver un nouvel établissement. Dans un premier temps, elle aurait à s'occuper du sort de Mathias et à fermer la maison de la rue aux Oues.

Pâle et affaiblie, elle s'habilla avec l'aide de la servante qui, sur ordre de Valentine, n'avait pas quitté son chevet. Elle s'apprêtait à prendre congé quand arriva Eustache Deschamps, l'air très soucieux.

– Un messager vient d'arriver de l'Hôtel Saint-Pol : le roi est au plus mal. Il est tombé en hébétude et ne veut plus se lever. Il vous réclame.

– J'y vais immédiatement, déclara Valentine, se levant avec précipitation.

Eustache la retint d'un geste et déclara d'une voix sourde :

– Je ne vous le conseille pas. Le bruit court que vous pourriez être la cause de cette aggravation.

– Mais cela n'a pas de sens. Je ferais tout pour que le roi aille mieux.

– C'est bien le problème. On a su que vous aviez rencontré Taillevent et que vous lui aviez conseillé un certain nombre de mets à servir au roi.

– Je n'étais pas seule, il y avait un médecin qui…

– Envoyé par votre époux, l'interrompit Eustache.

– Pour le bien du roi, répliqua Valentine.

– Ce n'est pas ce que pense l'entourage de Charles. On dit que vous cherchez à l'empoisonner. Je vous laisse deviner d'où viennent ces clabaudages.

– Isabeau…, soupira Valentine qui se laissa choir sur une chaise.

Eustache s'assit en face d'elle et continua sur un ton de colère contenue :

– Elle clame partout que votre père vous a enseigné l'art de faire mourir les gens. Son médecin, qui a étudié la liste des plats, dit que c'est folie de vouloir faire manger au roi des poires et des lentilles qui sont sèches et froides, des anguilles et des épinards qui sont humides et froids alors que son état exige des nourritures chaudes et sèches.

– Mais pourtant, gémit Valentine, on m'avait fait savoir que le roi avait recommencé à s'alimenter grâce à ce régime.

– Les médecins d'Isabeau affirment que c'est le conduire à la mort. La reine a ajouté que c'était une manière habile d'empoisonner le roi et qu'elle était bien heureuse d'avoir découvert vos manigances.

Eustache secoua la tête en signe d'une profonde indignation.

– Et que dit le roi ? s'enquit Valentine.

– Hélas, il a sombré dans un profond mutisme.

– Je vais le voir. À moi, il parlera, insista-t-elle.

– C'est fort possible et c'est bien ça qui dérange la reine. Elle ne vous laissera pas l'approcher, soyez-en sûre.

Valentine soupira, baissa les yeux et, après un long silence, déclara :

– C'est un bien grand malheur de ne pouvoir venir en aide au roi et de le laisser entre les mains de cette femme fourbe et méchante. Quelle famille ! Qui se repaît de haines et de vengeances ! Isabeau reproche à mon père d'avoir fait assassiner son grand-père Bernabo. C'est peut-être vrai, mais c'était un tyran qui semait la terreur à Crémone, Bergame, Brescia… Je sais que mon père n'est pas exempt de reproches. Il est perpétuellement en train de chercher les moyens d'accroître son pouvoir sur la Lombardie.

Valentine parlait d'une voix où perçait une vive douleur.

– Pour lui, nous ne sommes que des pions qu'on déplace au gré des alliances. J'étais promise à Louis d'Anjou, le fils du duc de Berry. Quand mon père, après la mort de Bernabo, s'est rendu maître de la Lombardie, je suis devenue un parti intéressant. On m'a aussitôt fiancée à Louis, le frère du roi. Encore n'ai-je pas eu à subir l'humiliation qu'a connue ma mère, Isabelle. Elle a été vendue par son père, Jean, roi de France, contre six cent mille écus. Cet argent lui était nécessaire pour payer la rançon qu'il devait aux Anglais après la défaite de Poitiers.

Valentine se tut. Ses yeux exprimaient une grande lassitude. Eustache Deschamps s'approcha d'elle, s'inclina et murmura :

– Je crois que vous devriez quitter Paris quelque temps, de manière à ce que les esprits s'apaisent et qu'on ne puisse vous attribuer les maux de Charles.

– Hélas, vous avez raison, Eustache. J'irai à Briis, chez mon cousin Olivier de Montmort. Il m'accueillera volontiers et je ne serai qu'à quelques lieues de Paris.

Constance avait assisté à cet échange le cœur serré. Elle connaissait l'attachement de Valentine pour le roi et souffrait de voir sa loyauté mise en doute. La jeune duchesse allait devoir affronter seule cette nouvelle épreuve. Décidément, le malheur continuait à frapper ceux que Constance aimait. Elle voulut savoir si Taillevent avait été inquiété. Eustache la rassura : le maître-queux n'avait subi aucun reproche, ce qui prouvait bien que l'attaque était dirigée contre la duchesse d'Orléans.

Valentine se tourna vers son amie et lui dit d'un ton suppliant :

– Constance, viendriez-vous avec moi ? Je sais que vos projets sont autres, mais ne pourriez-vous y surseoir ? Je vais avoir besoin d'une amie auprès de moi. Eustache doit rester à Paris. Je vous en prie, venez passer quelques jours à Briis avec moi.

Constance était émue par la confiance que lui témoignait Valentine. Sa propre vie était en lambeaux. Celle de son amie n'était guère plus brillante. Le peu qu'elle pourrait faire pour Valentine, elle le ferait. Aussi lui dit-elle :

– Je viens avec vous. Il me faut juste passer rue aux Oues prendre des mesures en faveur de Mathias que je ne peux renvoyer dans la rue.

– Emmenons-le avec nous. Olivier lui trouvera des tâches à accomplir dans sa maison. Allez, Constance, et revenez vite. Je vais donner des ordres pour notre départ, conclut Valentine d'une voix qui avait retrouvé toute sa fermeté.

*

Il faisait déjà sombre quand Constance arriva rue aux Oues, toujours aussi bruyante et enfumée. Personne ne lui prêta attention. Elle ouvrit la porte, prenant bien soin de claironner :

– C'est moi, Mathias, ne t'inquiète pas.

Le jeune garçon, qui était assis devant la cheminée sans feu, bondit sur ses pieds et se précipita vers elle :

– J'ai cru que vous n'alliez jamais revenir. Je m'apprêtais à partir à votre recherche.

– Laisse-moi te regarder. Ton œil est tout noir et ta bosse sur le front a la taille d'un œuf, mais tu as l'air d'aller bien, Dieu merci.

Regardant autour d'elle, elle vit que le jeune garçon avait tout nettoyé. Il n'y avait plus trace de désordre. Il n'y avait plus, non plus, de meubles ni de pots. Aucune importance, elle ne risquait pas de faire la cuisine de sitôt.

Mathias, qui tournait autour de la jeune femme comme l'aurait fait Isobert, semblait très anxieux.

– Dame Constance, Marion est venue six fois, envoyée par Isabelle qui est furieuse de votre disparition. Les clients s'impatientent, vous réclament à cor et à cri. Marion a dit que si vous n'étiez pas là ce soir, elle vous écorcherait vive et vous arracherait les yeux.

Constance imaginait très bien l'état de rage dans lequel devait être Isabelle. Tant pis, il faudrait bien qu'elle se passe de ses services.

À ce moment, la porte s'ouvrit avec fracas et Gauvard fit son apparition.

– Ah ! Ah ! Constance est de retour. Tu te fais désirer, ma belle, dit-il d'un ton grinçant. Qu'est-ce qui te prend de disparaître ainsi ? As-tu oublié notre accord ?

Constance prit l'air le plus contrit possible et répondit :

– Mais vous m'aviez dit que nous ne partions pas avant un mois. Je ne croyais pas mal faire en m'absentant deux petites journées. Une amie malade me réclamait.

– Tsst tsst, siffla entre ses dents Gauvard. Pas question de nous faire faux bond. Tu fais partie de la confrérie. Dorénavant, nous ne te lâcherons pas d'une semelle.

Constance gémit intérieurement. Elle était prise à son propre piège.

– Si tu cherches à nous fausser compagnie, sache que nous te retrouverons où que tu sois, reprit-il d'un ton menaçant. Tu vas filer doux et retourner à tes marmites jusqu'à notre départ. Isabelle n'a pas apprécié que tu la laisses tomber ainsi. Il n'y a que cet imbécile de Guillaume pour se réjouir de ton départ. Il va en faire une tête quand il saura qu'il va de nouveau avoir à t'affronter !

Pour faire bonne mesure, Gauvard s'était emparé de Mathias et le tenait serré devant lui. Avec ses grosses mains, il faisait mine de l'étrangler.

– Au premier faux pas de ta part, c'est lui qui paiera. Tu retrouveras ton galopin pendu aux solives de la cuisine. Compris, ma belle ? Allez, je te laisse. Il paraît qu'il y a eu de la casse chez toi. Je parierais que ton ami Guillaume y est pour quelque chose. Comme je suis bon prince, je vais dire à Isabelle que tu ne reprendras ton service que demain. Le temps pour toi de nous mitonner quelques jolies surprises.

Il partit, laissant Constance complètement désemparée. Mathias s'approcha d'elle :

– Dame Constance, je vais m'occuper de tout, je vais aller acheter de nouveaux pots et remplacer ce qui a été cassé. Si vous en avez le courage, allez chez l'apothicaire et l'épicier faire provision d'épices.

Constance lui donna de l'argent et le gamin partit faire les achats. L'idée de se remettre en cuisine lui faisait horreur. Comment allait-elle pouvoir feuilleter le *Ménagier* à la recherche de nouvelles recettes ? Elle s'était dit que la première chose qu'elle ferait en revenant rue aux Oues, ce serait de le jeter au feu et voilà qu'elle se trouvait de nouveau enchaînée à lui.

Et comment allait-elle faire pour prévenir Valentine qu'elle ne l'accompagnerait pas à Briis ? En jetant un œil par la petite fenêtre, elle avait vu un compagnon de Gauvard posté en face de chez elle. Ses mouvements étaient surveillés. Ceux de Mathias le seraient également.

Prise d'un immense découragement, elle se laissa tomber devant la cheminée. À ce moment, de violents coups retentirent à la porte. Quoi encore ? Isabelle ? Gauvard ? Les ennuis n'allaient-ils donc jamais cesser ? Elle alla ouvrir et vit s'engouffrer un Guillaume furibond qui la prit par les épaules et commença à la secouer comme un prunier :

– Êtes-vous le diable ? rugit-il. N'avez-vous pas compris que je sais qui vous êtes et que je vais vous dénoncer ? La mise à sac de votre maison ne vous a pas suffi ? Vous voulez vraiment que l'on sache que vous fricotez avec la cour du roi ?

C'en était trop pour Constance. Elle en avait assez que tout le monde lui crie dessus, la menace, elle et Mathias, des pires avanies. Elle se mit à hurler :

– C'est vous qui pouvez aller au diable. J'en ai assez des assassinats, des fausses pièces d'or, des empoisonnements. Vous pouvez me traîner par les cheveux, je n'irai pas à Saint-Jacques-de-Compostelle.

– Mais qu'est-ce que vous racontez ? hurla à son tour Guillaume. Je vous parle de cuisine. Je vous ai vue en train de parler à Taillevent l'autre jour. Vous lui parliez de moi, c'est ça ? Vous vouliez me faire renvoyer ?

– Pauvre fou, vous vous croyez si important ! Vous pouvez cuire autant de chapons que vous voulez, peu me chaut. Je hais la cuisine. Je déteste les brouets, les blancs-mangers, les darioles, les pâtés. Restez dans vos eaux de vaisselle et vos vapeurs grasses. Tout ça me dégoûte.

Guillaume, l'air ébahi, relâcha sa pression sur Constance qui pleurait à chaudes larmes.

– Je ne comprends rien à ce que vous dites. Si cela vous dégoûte tant, pourquoi êtes-vous venue faire la cuisine aux étuves ? Et pourquoi ne partez-vous pas ?

– Je ne peux pas, ils vont me tuer.

– Vous êtes complètement folle. Qui va vous tuer ?

– Gauvard et sa bande de faux-monnayeurs, pardi. Comme si vous ne le saviez pas !

Constance avait l'air si pitoyable, si effrayé, que Guillaume la fit asseoir sur le banc de pierre à côté de la cheminée.

– Non, je ne sais pas, dit-il d'un ton radouci. Si vous m'en disiez plus ?

– C'est ça, pour que vous alliez leur raconter sitôt sorti d'ici.

– Constance, je vous jure que j'ignore tout des manigances de Gauvard. Je me doute bien qu'il n'est pas blanc comme neige, mais…

– Et vous ne saviez pas qu'il a assassiné mon mari ?

– Votre mari, mais il est en Guyenne…

– Que nenni, il est mort égorgé il y a tout juste un mois aux étuves d'Isabelle la Maquerelle.

– Ça alors ! Le bourgeois assassiné, c'était votre mari ?

Guillaume, de plus en plus interloqué, s'était assis à côté de Constance. La jeune femme tremblait de tous ses membres. Elle lui parut si fragile qu'il n'osa plus faire un geste.

– Mais alors, pourquoi êtes-vous venue aux étuves ? Ce n'était pas pour faire la cuisine ?

– Bien sûr que non ! Ou plutôt si. Comment voulez-vous qu'une femme comme moi pénètre dans ce lieu de perdition ? Puisque vous voulez savoir, je vais tout vous dire. Je n'ai plus rien à perdre. Vous pourrez aller tout raconter à qui vous voudrez. Plus vite on viendra me tuer et mieux ce sera. Mais je vous en supplie, épargnez Mathias. Cet enfant n'y est pour rien.

Troublé par le désespoir de la jeune femme, Guillaume sentit une partie de sa colère s'évanouir. Il la pria de commencer son récit.

Constance d'une voix blanche lui narra le drame qui s'était noué le 6 janvier, sa volonté de venger son époux, la mise en œuvre de son stratagème, ses liens avec Valentine Visconti, la découverte du réseau de trafiquants, l'aveu involontaire de Marion sur l'infidélité de Jehan et l'obligation dans laquelle elle était maintenant de jouer le jeu des bandits.

– Voilà, vous savez tout, conclut-elle.

– Ainsi vous n'avez jamais voulu me concurrencer ? demanda Guillaume d'un air songeur.

– Bien sûr que non ! Je ne connaissais rien à la cuisine, comment voulez-vous que j'aie voulu affronter un cuisinier tel que vous ? répondit-elle d'un ton las.

– Alors, si c'est le cas, vous êtes très douée, lui assura-t-il d'un ton où perçait l'admiration.

Le courage, la volonté, l'imagination de la jeune femme l'étonnaient. L'annonce du trafic mené par Gauvard l'inquiétait. Si cela venait à être découvert, tous les proches des étuves seraient suspectés, lui y compris. Il pourrait dire adieu à sa place de queux à l'Hôtel Saint-Pol. En outre, il était très attaché au roi Charles qu'il avait eu l'occasion de côtoyer à maintes reprises. Que l'on complote contre lui, alors qu'il était faible et malade, l'indignait.

Sa décision fut prise en un instant : il viendrait en aide à Constance. La jeune femme était à bout de nerfs. Il ne donnait pas cher de sa peau si elle continuait à affronter seule ces bandits sans foi ni loi. Il lui annonça tout de go :

– Croyez-moi, Constance, je ne suis pas mêlé à ce trafic. Je le réprouve grandement. Je ne crois pas qu'Isabelle soit complice de Gauvard, même si elle est capable de tout dès qu'elle sent les effluves de beaux deniers sonnants et trébuchants. Nous allons nous employer à démasquer les coupables.

– Nous ? Vous avez dit nous ? demanda Constance qui essuyait ses yeux rougis de larmes avec une serviette de lin qui avait échappé à la mise à sac de sa maison. N'est-ce pas vous qui avez tout cassé chez moi ?

– Je le regrette. J'étais persuadé que vous cherchiez à m'évincer. Je vais réparer mes torts et vous aider à tout remettre en ordre.

– Voilà une proposition d'aide bien surprenante et un revirement qui l'est encore plus, lui dit Constance qui n'en croyait pas ses oreilles.

– Faites-moi confiance. Je ne vous trahirai pas. Et je crois même avoir une petite idée pour vous tirer des griffes de ces bandits.

Constance resta silencieuse. Guillaume avait l'air sincère. Elle était convaincue qu'il ne faisait pas partie de la bande de malfaiteurs. Elle sentait confusément que sous ses dehors querelleurs et brutaux, il pouvait faire preuve de droiture. De toute manière, elle n'avait guère le choix.

– Comment voyez-vous les choses ? Quelle ruse pourrait amener Gauvard à dévoiler qui sont les faux-monnayeurs à Saint-Jacques-de-Compostelle et comment découvrir l'identité du commanditaire du trafic ?

– Voilà à quoi je pense : vous avez remarqué que Gauvard adore manger et qu'il apprécie particulièrement votre cuisine. Il faut que nous le saoulions de nourriture afin qu'il livre ses secrets. Nous allons continuer nos duels culinaires et vous le ferez parler. Il faut qu'il ne puisse plus se passer de nos petits plats, que chaque jour il les attende avec frénésie.

– C'est une bonne idée, répondit Constance. Mais n'oubliez pas que le départ est prévu pour dans un mois. Aurons-nous le temps ?

– Tout dépendra de ce que nous lui servirons. Tant pis pour vous, Constance, il va vous falloir retourner derrière les fourneaux.

La jeune femme soupira et esquissa un petit sourire.

– Je fais le serment que si je sors vivante de cette histoire, je ne veux plus jamais entendre parler de recettes de cuisine.

– Pas de souci, vous me prendrez comme maître-queux, répliqua Guillaume. En attendant, il nous faut préparer le repas de demain.

C'est alors que Mathias fit son entrée, chargé de marmites et de cuillères, suivi d'un portefaix lui aussi chargé d'ustensiles de cuisine. La vision de Constance et Guillaume devisant calmement lui fit échapper son barda. Les deux ennemis de la veille étaient en train de discuter des mérites comparés d'un poulet limonia[1] et d'une froide sauge[2].

---

1. Poulet au citron.
2. Recette p. 339.

Voyant son étonnement, Constance lui dit :
– Guillaume nous offre son aide, nous allons travailler ensemble.

Mathias fit une petite moue. Il n'avait aucune envie de partager Constance, surtout avec un homme qui n'avait su, jusque-là, que la faire pleurer.

– Je vais vous faire porter toutes les nourritures et épices dont vous aurez besoin. C'est bien le moins que je puisse faire pour être pardonné, annonça Guillaume.

– Attendez. Au préalable, je vais vous charger d'une mission. Ni moi ni Mathias ne pouvons nous rendre auprès de Valentine Visconti. C'est vous qui irez. Le message que vous aurez à transmettre est simple. Vous direz que je dois aller jusqu'au bout de ma mission.

*

Mathias reparti pour de nouveaux achats, et Guillaume en route pour l'Hôtel de Bohême, Constance s'assit au coin de la cheminée, la tête entre les mains. Tout cela était fou. Le revirement de Guillaume la laissait pantoise. Pouvait-elle vraiment compter sur lui ? Il semblait sincèrement ému par son histoire. Pourtant, elle ne pouvait oublier ce qu'il lui avait fait subir. N'allait-il pas la trahir en cas de danger ?

Rompue par les épreuves de la journée, elle se réfugia dans sa chambre glaciale et se coucha tout habillée. Elle regrettait l'absence d'Isobert qui serait venu se coucher à ses pieds. Elle s'endormit en pensant au pelage soyeux du chiot.

14

5 février

« Pour la Sainte-Agathe, sème ton oignon.
Fût-il dans la glace, il deviendra bon. »

Quand Constance se leva, un feu crépitait dans la cheminée et une bonne odeur d'herbes s'échappait de la marmite posée sur un trépied. Mathias, tout sourires, mit une écuelle sur la table et déclara, pas peu fier :

– J'ai travaillé toute la nuit pour remettre la cuisine en état. Messire Guillaume a fait livrer des monceaux de victuailles. On peut commencer quand vous voulez.

Constance regardait d'un air ébahi la petite pièce qui avait retrouvé des allures de vraie cuisine. Mathias tournicotait, une cuillère en bois à la main. Elle le prit par les épaules et lui dit :

– Mathias, je ne sais pas ce que je ferais sans toi. Tu as raison, il n'y a pas de temps à perdre. On va faire des étincelles, tous les deux.

Mathias se rengorgea. Il avait tellement eu peur, ces deux derniers jours, d'avoir à retourner à son ancienne vie de misère, qu'il était prêt à décrocher la lune et les étoiles pour Constance.

D'une petite voix, il reprit :

– Messire Guillaume m'a dit de vous dire qu'il allait préparer une froide sauge, un potage zanzarelli[1], des champignons sautés aux épices, un brouet de chapon et une tourte de Hongrie[2].

– Eh bien, répondit Constance, le sourire aux lèvres, nous allons riposter avec des huîtres à la braise, un brochet au romarin, un poulet limonia, un bourbelier de sanglier et une mousse de pommes. Le maître-queux du roi n'a qu'à bien se tenir !

– Sauf votre respect, dame Constance, vous ne pensez pas qu'il dit ça pour vous fourvoyer ? Il n'a guère été aimable avec vous, jusqu'à présent.

– Il a reconnu ses erreurs, Mathias. Il s'en est excusé auprès de moi.

Le jeune garçon fit une petite moue et murmura :

– Dieu vous entende !

La journée se passa en préparatifs culinaires. Constance avait envoyé Mathias acheter un panier d'huîtres tout juste arrivées par les chasse-marée, ces attelages à deux roues qui apportaient le poisson en une nuit de Dieppe. Elle n'aurait, le moment venu, qu'à les poser sur une plaque au-dessus des braises, les laisser s'ouvrir à la chaleur et les servir aussitôt. Les Parisiens adoraient les huîtres et elle avait bien vu comme son civet d'huîtres avait été apprécié.

Quant au brochet, elle le ferait rôtir, bardé de lard, une fois qu'elle serait aux étuves. Au dernier moment, elle y ajouterait la sauce qu'elle était en train de préparer : du vin rouge, du verjus, du gingembre et du romarin.

Constance se surprit à sourire en pensant que Guillaume devait être en train de se livrer aux mêmes

1. Potage aux œufs.
2. Ancêtre de la pastilla : tourte feuilletée à la volaille et aux épices.

exercices qu'elle. Peut-être, après tout, pouvait-elle se fier à lui. Ce serait un grand soulagement de pouvoir s'appuyer sur quelqu'un, de partager craintes et espoirs.

Mathias, de son côté, s'appliquait à suivre les indications de Constance. Il prenait goût à la cuisine. Il se voyait déjà devenir le queux préféré du vieux Taillevent et damer le pion à ce satané Guillaume. Tout en vidant le brochet, il racontait comment il avait vu la mer pour la première fois, deux ans auparavant :

– Après la mort du vieil aveugle, j'étais bien démuni. J'ai entendu dire qu'il y avait une bande d'enfants en partance pour le mont Saint-Michel. Je me suis joint à eux.

– J'en ai entendu parler. On l'a appelé la marche des pastoureaux, dit Constance. Il paraît que vous étiez plus de mille.

– Je ne sais pas. En tout cas nous étions nombreux. Des grands de quinze ans, des petits de neuf ans.

– Mais il y avait bien des adultes avec vous ?

– Non, pas du tout. Des enfants disaient qu'ils avaient entendu une voix céleste leur dire de rejoindre l'Archange. Ils ont quitté leurs troupeaux, n'ont dit adieu à personne et se sont mis en marche. À chaque village, d'autres enfants se joignaient à eux. Je suis allé jusqu'à Pontoise pour les retrouver.

– C'est incroyable, s'exclama Constance. Aucun prêtre n'était là pour vous accompagner ?

– Oh ! non. Nous avions de belles bannières et nous marchions derrière. Dans une ville appelée Laval, il y a bien eu un curé qui nous a dit d'attendre pour mieux préparer ce pèlerinage. Nous l'avons laissé s'égosiller.

– Pourquoi faisiez-vous cela ?

– Aucune idée. Nous étions bien ensemble, on chantait sur les places, les gens nous donnaient à manger.

Nous sommes arrivés au Mont entouré par les eaux. Nous avons fait don de nos étendards à l'archange saint Michel.

– Et vous vous êtes séparés ?

– Oui, chacun est reparti vers sa vie d'avant. Mais vous verrez, il y en aura d'autres de ces pèlerinages. Les jeunes aiment bien se retrouver ensemble. Ne dit-on pas : « Les petits gueux vont au mont Saint-Michel, les grands à Saint-Jacques-de-Compostelle » ?

Cela ramena Constance au cœur de ses préoccupations. Le stratagème de Guillaume lui semblait astucieux. Gauvard était si glouton qu'il pouvait se laisser prendre au piège. Elle mit encore plus de soin à la préparation du poulet limonia. Elle fit revenir des morceaux de lard dans une grande poêle, y ajouta beaucoup d'oignons coupés en fines lamelles puis les morceaux de poulet. Un peu avant la fin de la cuisson, elle rajouta plusieurs jus de citron. Juste avant de servir, elle ferait griller des amandes qu'elle mettrait sur les morceaux de viande.

Mathias, qui broyait du sucre pour la mousse de pommes, chantonnait un air à la mode :

« Quand je vois l'aube du jour venir
nulle chose ne dois-je tant haïr
car elle fait de moi partir
mon ami, que j'aime d'amour,
Or je ne hais rien autant que le jour,
mon ami, qui me sépare de vous ! »

Constance soupira, l'amour était une bien étrange chose. Certes, elle avait aimé Jehan, mais d'un amour respectueux, comme il le lui avait enseigné. Elle ne connaissait pas et ne connaîtrait pas cet appel des sens qui rend les femmes folles de leur corps. Elle avait parmi ses amies, rue de la Bûcherie, de joyeuses luronnes qui en parlaient à mots couverts. Elles célébraient le vit de leur mari qui les emportait, disaient-elles, au septième ciel et n'avaient de cesse qu'il leur fît noces plusieurs fois la nuit. Jamais elle ne saurait ce qui peut inspirer une telle ardeur.

L'amour charnel ne lui était pas désagréable, mais elle concevait fort bien s'en passer dans sa future vie de nonne. Elle repensait à ce que lui avait dit Marion de ses ébats avec Jehan, des caresses indécentes qu'elle lui avait prodiguées. Sa colère revint, mais doublée d'un étrange sentiment de curiosité qu'elle chassa aussitôt de son esprit. « Qu'est-ce qui me prend ? songeait-elle. Est-ce de côtoyer toutes ces putains, de voir ces hommes et leurs verges dressées, d'entendre ces râles de plaisir ? Que peuvent-ils bien trouver dans ces ébats ? » Quand Jehan la besognait, elle avait parfois ressenti des petits frémissements agréables, mais pas de quoi en faire une histoire. Et quand cela se produisait, son mari ne tardait pas à en avoir fini et à lui souhaiter une belle et bonne nuit. Peut-être si elle avait connu ces fameuses caresses que lui avait décrites Marion… Mais non, c'était impossible. Il n'y avait que les putains pour faire de telles choses. Constance, plongée dans ses pensées, s'était arrêtée de couper les oignons. Elle pleurait à chaudes larmes. Inquiet, Mathias lui tendit un chiffon et crut bon lui dire : « Courage, dame Constance, nous allons nous tirer de ce mauvais pas. »

Constance, épouvantée du cours qu'avaient pris ses pensées, se remit à ses oignons.

*

En début d'après-midi, Constance et Mathias se préparèrent un dîner tardif avec les restes de leurs préparations.

Le jeune garçon chargea les plats et les sauces sur un petit chariot, une civière rouleressc, comme on l'appelait, qu'il s'était fait prêter par Pierre le Gascon, le rôtisseur d'à côté. Quand ils sortirent, Constance remarqua l'homme toujours en faction de l'autre côté de la rue.

Arrivés aux étuves, ils furent accueillis par une Isabelle déchaînée qui lui dit pis que pendre sur son absence, ce que ça lui avait coûté et la colère des clients. Voyant Mathias décharger les plats, elle se calma :

– Tu as vraiment de la chance que je te reprenne. Allez, entre et montre-moi ce que tu apportes.

Isabelle devint douce comme une agnelle quand elle huma le poulet limonia et se mit à roucouler en découvrant la sauce du brochet.

Elle annonça qu'elle allait préparer la grande salle des étuves pour l'arrivée des convives et disparut, les yeux brillants à l'idée des gains de la soirée.

Guillaume était déjà sur place avec ses plats. Il fit un petit signe de connivence à Constance quand elle entra, houspillée par Isabelle. Il s'apprêtait à lui parler quand arriva Gauvard, un sourire moqueur aux lèvres.

– Alors, il paraît que vous avez enterré la hache de guerre ? dit-il en se servant un verre de vin. On m'a dit que Guillaume avait réparé les dégâts qu'il avait faits chez vous, Constance.

– Oui, répondit-elle d'un ton pincé, mais ce n'est pas pour ça que je lui pardonne son attitude.

– Ouh là ! reprit Gauvard, mon pauvre Guillaume, c'est que la jeune lionne vous mangerait tout cru. Il va falloir que vous fassiez le beau si vous voulez l'apprivoiser.

– Hors de question, rétorqua Guillaume. Je me suis excusé auprès d'elle. Ça suffit. On reprend le duel.

Gauvard fit mine d'applaudir et continua :

– Voilà qui est bien ! Cela nous promet de bons repas. Si vous étiez devenus cul et chemise, ç'aurait été moins drôle. Alors qu'est-ce que vous proposez aujourd'hui ?

Gauvard fit mine de s'approcher des plats que Guillaume avait disposés sur la table.

– Halte-là ! rugit ce dernier. Pas touche !

– Oh là ! Méchant avec ça ! Et la jeune poulette, elle est aussi farouche ?

Constance se fendit de son plus charmant sourire et lui susurra :

– Que nenni. Laissez cet ours mal léché, Gauvard. Je vous accorde bien volontiers le privilège de goûter autant qu'il vous plaira.

– Voilà qui est bien parlé. Je vais aider Isabelle à tout mettre en place et je reviens.

Sur ces paroles, Gauvard sortit. Constance et Guillaume se regardèrent et éclatèrent de rire.

– Guillaume, vous excellez dans votre rôle de pisse-vinaigre, déclara Constance.

– Et vous, ma chère Constance, je vois que vous êtes toujours aussi fourbe. Il est essentiel que nous continuions à souffler le chaud et le froid. Gauvard aime attiser les conflits. Laissons-le ronger l'os de notre prétendue discorde. Je vous laisse le privilège de lui tirer les vers du nez.

Mathias avait assisté à cet échange avec étonnement. Il leva un regard interrogatif sur Constance qui lui sourit :

– Fais-nous confiance, Mathias. Je te dirai bientôt ce qui se passe. Mais reste sur tes gardes. Ne dévoile rien de notre nouvelle alliance.

Mathias fronça le nez et continua à touiller la sauce du brochet. Cette affaire ne lui disait rien qui vaille. Pourquoi Constance éprouvait-elle le besoin de pactiser avec Guillaume alors que lui, Mathias, était là pour la protéger ?

*

Les clients apprécièrent le repas au-delà des espérances d'Isabelle qui décida sur-le-champ d'augmenter ses tarifs. Un incident regrettable faillit cependant ternir la soirée. Le chat roux avait fait sa réapparition. Attiré par les odeurs du brochet, il avait tenté de s'emparer de la tête du poisson qui gisait sur la tablette centrale du cuveau. L'apercevant, Marion se précipita sur lui et tenta de l'attraper. Le chat, affolé, bondit sur la poitrine d'un des clients et y planta ses griffes. L'homme hurlait, tentant de faire lâcher prise au chat. Marion, vociférant, tirait l'animal de son côté. Il s'ensuivit une bagarre au terme de laquelle le chat se laissa glisser dans l'eau, griffa la cuisse de l'une des filles, ressurgit sur le bord du cuveau, échappant une fois de plus à Marion.

Isabelle soigna avec empressement les estafilades du sieur Dupuis, un habitué qui avait ses entrées au Châtelet et qui, à ce titre, méritait tous les égards. Le gros homme geignait et se lamentait. Isabelle tenta de le réconforter en lui disant que le chat aurait pu s'en prendre à ses couilles. À cette évocation, l'homme tourna la tête dans tous les sens pour s'assurer quc l'animal n'était plus dans les parages. La maquerelle le mignota tant et tant qu'il accepta de rejoindre les autres. Marion, s'attendant à subir les foudres de sa patronne, s'était réfugiée dans la cuisine. Elle n'eut pas longtemps à attendre. Isabelle se rua sur elle et hurla :

– Tu te rends compte que j'ai dû lui faire cadeau de cette soirée ainsi que de la prochaine ! Tu veux me mettre sur la paille ? Si je te vois une fois de plus avec ce chat, c'est toi qui vas aller miauler dehors.

Marion fit le dos rond, laissa passer l'orage, reprit son balai et partit vers la salle des étuves en ronchonnant :

– Si je t'attrape, je t'arrache la peau, je la tanne et j'en fais des gants.

Gauvard, attablé devant les restes du repas, n'avait pas bronché devant l'algarade subie par sa femme. Il était bien trop occupé à ronger des os de sanglier. Constance n'avait pas encore réussi à entamer la conversation sur Saint-Jacques-de-Compostelle. Elle se lança :

– On raconte tellement de choses sur les dangers qu'on encourt en pérégrinant. Avez-vous connu des moments difficiles ?

– Ma petite, des moments difficiles, il n'y a que ça. Tiens, par exemple, pour franchir les montagnes des Pyrénées il faut gravir un mont d'une extrême altitude. Quand on arrive en haut, c'est comme si on touchait le ciel avec la main. Et c'est là qu'il y a la croix dressée par Charlemagne. Il s'en revenait de combattre les infidèles et l'on dit qu'il s'agenouilla, se tourna vers le pays de saint Jacques et se mit à prier. La coutume veut que chaque pèlerin fasse de même.

Constance, malgré tout le respect qu'elle avait pour le grand empereur et sa légende, souhaitait passer au plus vite sur cet épisode.

– Oui, mais des bandits, avez-vous rencontré des bandits ? insista-t-elle.

– Des bandits, il y en a de toutes sortes. Ça fourmille. Encore heureux qu'on n'ait plus à craindre les Sarrasins. Pas comme ce pauvre Roland, le neveu de Charlemagne, à Roncevaux.

– Tout cela date de plus de cinq siècles ! s'impatienta Constance. Ce qui m'intéresse, ce sont les dangers qui menacent les pèlerins aujourd'hui.

– Tu ne vas pas être déçue. Après Roncevaux, on entre dans le pays de Navarre. Pour un sou seulement le Navarrais tue, s'il le peut, un Français. Quand on regarde manger ces gens, on croirait voir des porcs dévorer gloutonnement, et quand on les écoute parler on croirait entendre des chiens aboyer, tant leur langue est horrible. Ce sont des barbares, pleins de méchanceté, noirs de peau, laids de visage, pervers, débauchés, perfides, corrompus, déloyaux, rudes, cruels, querelleurs, violents, inaptes à tout bon sentiment, dressés à tous les vices et iniquités. Les Navarrais forniquent honteusement avec les animaux. On raconte qu'ils mettent un cadenas à leurs mules ou leurs juments pour empêcher tout autre d'en jouir[1].

Constance frissonna.

– C'est horrible !

– Il y a beaucoup de légendes là-dedans. Pour ma part, je ne les ai pas trouvés si mauvais. En plus, c'est un pays où on mange très bien. On boit en quantité aussi. Ainsi à Irache, à côté du monastère, il y a une fontaine avec deux tuyaux. De l'un sort de l'eau et de l'autre du vin.

– Il doit y avoir foule ! s'exclama Constance.

– Tu peux le dire. En principe, on a juste le droit de remplir sa gourde, mais il y en a qui empoignent le tuyau et qui y restent accrochés jusqu'à ce qu'on les déloge.

Ce n'était vraiment pas le genre d'information que cherchait Constance, mais au moins Gauvard parlait. Elle l'encouragea à continuer :

---

1. Description inspirée du « Guide du Pèlerin » d'Aimery Picaud, XIIe siècle.

– Et à l'hôpital de Roncevaux, qu'est-ce qu'ils donnent à manger ? Il ne doit pas y avoir grand-chose sur cette montagne.

– Détrompe-toi, chacun a droit à trois repas par jour avec à chaque fois une livre de pain, un bon morceau de viande et quelques verres de vin. On peut y rester trois jours et davantage si on est malade.

– Ce n'est pas de trop pour de si longues marches, soupira Constance.

– Eh, ma belle, ne t'attends pas à te reposer. Nous irons aussi vite que nous pourrons. Juste le temps de se restaurer et de passer une bonne nuit. Et éventuellement de faire réparer nos souliers : il y a un frère du monastère qui ne se consacre qu'à ça.

– Oui, oui, je suis bien d'accord, dit Constance. Quittons Roncevaux, la Navarre, avançons, avançons…

– Pas avant de t'avoir parlé de quelques petits plats comme le lapin au poivre que les Navarrais préparent avec du bon poivre, du safran, du clou de girofle et du vinaigre. Ou les palombes d'Echalar qu'ils piègent dans le défilé de Roncevaux. Les pauvres bêtes subissent le même sort que Roland et ses compagnons, s'esclaffa Gauvard.

– Fort bien, mais plus vite, Gauvard, plus vite, le pressa Constance.

À ce train-là, il faudrait des mois pour qu'il en arrive à parler de ce qui se passait à Saint-Jacques.

Gauvard qui se curait consciencieusement les dents prit un air rêveur :

– Et les truites ! Ils en ont d'excellentes dans tous leurs torrents de montagne. Ils disent que ce sont eux qui ont enseigné au monde entier l'art de manger les truites. Il faut dire que quand ils les font rôtir, entourées d'une barde de lard, c'est divin. Comme ton brochet !

Constance fit un geste d'impuissance à Guillaume qui venait d'entrer. Elle servit une troisième écuelle de mousse de pommes à Gauvard qui l'attaqua vaillamment.

– Ils sont très orgueilleux ces Navarrais. Ils affirment également que ce que les Béarnais appellent garbure n'est autre que leur « potaje de coles » et que ce sont eux qui l'ont inventé. J'ai assisté à une bagarre où un Béarnais furieux bombardait un Navarrais avec le chou, les fèves, les pois, le lard et les saucisses du plat.

Constance n'en pouvait plus, elle s'était assise dans un coin et laissait Gauvard discourir tout seul.

– Ah ! Et puis il y a les crespillos, des petits beignets de feuilles de bourrache qu'on sert pour le Carnaval. Mais hélas, les fêtes seront finies. Nous arriverons trop tard aussi pour l'asperge sauvage, cette petite merveille qu'on ramasse le long des chemins.

– C'est quoi ça ? demanda Constance d'un ton morne.

– Des petites pousses fragiles, vertes et tendres, qui ont un goût très puissant[1]. On peut en ramasser plusieurs centaines. Les paysans les font revenir quelques minutes dans une poêle et cassent quelques œufs dessus, c'est divin. Sauf qu'on pisse bizarre après. Tiens, à propos de pisser, je vais aller me soulager. Ma belle Constance, tu m'as servi un repas de roi. J'espère que Guillaume m'offrira encore mieux demain.

Gauvard sortit en rotant bruyamment. Constance fit mine de se taper la tête contre les murs et déclara :

– Guillaume, je n'ai rien appris. Il n'a parlé que de Charlemagne et de ce qu'on mange en Navarre.

---

1. L'asperge ne sera cultivée en France qu'à partir du XVIe siècle.

– Soyez patiente, Constance. Il ne va pas vous révéler ses secrets aussi facilement. Nous verrons demain si je fais mieux.

Devant le regard noir que lui lançait Constance, il crut bon de rajouter :

– Juste pour le faire parler. Rassurez-vous, je ne vais pas relancer la guerre des mets.

Ils se saluèrent courtoisement. Constance alla récupérer Mathias qui s'était endormi dans un recoin sous l'escalier. Ils chargèrent la civière rouleresse et s'enfoncèrent dans la nuit. Guillaume, adossé à la porte, un léger sourire aux lèvres, les regarda s'éloigner et se prépara à partir.

15

6 février

« À la Saint-Gaston, surveille tes bourgeons. »

Isabelle était aux anges : jamais il n'y avait eu autant de clients aux étuves. Chaque jour elle devait refuser du monde et elle allait être obligée d'embaucher d'autres filles. Le tournoi entre Guillaume et Constance commençait à être connu de toute la rive droite de la Seine. Une seule chose la chiffonnait : Guillaume était parti la veille sans partager sa couche, prétextant la préparation du repas du lendemain. Elle lui trouvait un drôle d'air. Lui, si susceptible, si prompt à monter sur ses grands chevaux, semblait presque rêveur. Il ne faudrait pas qu'il lui joue un tour à sa façon, qu'il passe à la concurrence, par exemple. Elle décida de déployer tous ses charmes et de le ramener dans son lit.

*

Rue aux Oues, Guillaume conversait avec Constance. Qu'allaient-ils proposer aux convives des étuves ? Guillaume penchait pour un poulet aux pruneaux et aux dattes, un poisson en gelée, un civet de bœuf, des beignets à la sauge, une tourte de pommes.

Constance, elle, pensait à des petits pâtés à la moelle, des œufs pochés à la sauce verte, une soringue d'anguille, un faux grenon[1], des navets aux châtaignes, des amandes confites au miel.

La jeune femme avait sorti le *Ménagier* de Jehan. Aussitôt Guillaume s'en était emparé. Il l'avait longuement parcouru, s'était exclamé à plusieurs reprises et avait conclu :

– Constance, vous avez là un trésor. Bon nombre de recettes sont, certes, déjà connues, mais il y en a de fort intéressantes qui ne sont pas dans le livre qu'a écrit mon maître Taillevent et qui connaît un grand succès. Quoique l'on murmure qu'il n'en serait pas l'auteur.

– Mais c'est impossible ! intervint Constance. Tout le monde connaît ce livre sous le nom de *Viandier de Taillevent* !

– Il paraîtrait que le premier manuscrit date de bien avant la naissance de Taillevent et qu'il n'aurait fait que rajouter quelques recettes. Ceci dit, ça n'enlève rien à son talent de cuisinier. Je me demande bien comment votre mari a réussi à écrire ce *Ménagier*, lui qui n'était pas de la partie.

– Il a commencé tout juste après notre mariage, répondit Constance. Il me disait que c'était un bonheur de grappiller dans les textes qu'il avait lus ou les expériences qu'il avait vécues pour m'offrir un savoir nouveau.

Guillaume reprit le *Ménagier* en main.

– J'ai repéré au moins une centaine de recettes qui sont dans le *Viandier*, mais il y en a de très nouvelles comme celles qu'on peut faire pour accueillir des hôtes à l'improviste.

---

1. Sorte de sabayon aux foies et gésiers de volaille.

– Vous voulez parler des « soupes dépourvues » ? demanda Constance en riant. C'est vrai que c'est bien utile, ainsi que celles qui utilisent les restes d'un dîner.

– Le *Viandier* ne dit rien de tout cela, pas plus qu'il ne donne des recettes de choux, pois et porées.

– Jehan souhaitait que figurent des plats qui ne demandent pas une trop grosse dépense d'argent et de temps. Il disait toujours qu'une maison bourgeoise doit se gérer avec économie. Votre *Viandier* est fait pour les gens de cour.

Guillaume eut un petit sourire de fierté.

– J'ai bien vu que le *Ménagier* passait sous silence des plats d'apparat comme le cygne revêtu de ses plumes qui demande des heures de préparation ou les « tourtes parmeriennes ».

– Qu'est-ce que c'est que ça ? demanda Constance.

– Un entremets dont la pâte est façonnée de manière à figurer les murailles crénelées d'un château fort. On y met des volailles dorées au jaune d'œuf et au safran, et on y plante des bannières décorées de feuilles d'or et d'argent.

Constance éclata de rire.

– C'est peut-être un peu exagéré !

Guillaume, l'espace d'un instant, se renfrogna mais continua à feuilleter le *Ménagier*.

– Regardez, il y a aussi des mets d'autres pays comme le « brouet de Savoye »[1] ou la « tourte lombarde » qui sont très à la mode en ce moment. Par contre, je ne vois pas de recettes anglaises dont on nous rebat les oreilles depuis que les cuisiniers du jeune roi Richard II ont, eux aussi, sorti un livre. Ils l'ont appelé *Forme of cury* et ont eu le culot de le sous-titrer « meilleur viandier et

1. Bouillon aux foies de volaille, persil et épices.

le plus royal de tous les rois chrétiens ». On reconnaît bien là leur perfidie.

– Leurs recettes sont-elles très différentes des nôtres ?

– À vrai dire non, même les mots qu'ils emploient nous sont familiers. Ils disent *pomme dorrey*, *tart of bry, tostees with wine*. Peut-être mettent-ils encore plus de sucre que nous dans les plats de viande. Ils aiment colorer les mets en rouge alors que nous préférons le jaune. Mais ils ont quelques recettes qui me semblent abominables, par exemple du pudding de marsouin.

– Mais nous aussi nous mangeons du marsouin ! s'exclama Constance. Il y a dans le *Ménagier* une recette de potage où l'on peut, au choix, utiliser de la baleine ou du marsouin.

– Bien sûr, mais en Angleterre, ils prennent le sang et la graisse de l'animal qu'ils mélangent avec des flocons d'avoine, du gingembre, du sel et du poivre. Ils remettent le tout dans l'intestin du marsouin qu'ils font bouillir un bon moment et qu'ils finissent par griller.

– Ce n'est pas pire que notre boudin, répliqua la jeune femme.

– Peut-être, mais je préfère notre cuisine de France. Constance, à mon avis, votre *Ménagier* fera date dans l'histoire de la cuisine. Surtout, ne vous départissez jamais de cet ouvrage.

– Oh ! vous savez, une fois cette histoire terminée, je n'aurai que faire de la cuisine. Ce n'est pas chez les sœurs clarisses que j'en aurai l'usage.

Guillaume fit une petite grimace et lorgna sur les pages couvertes d'une fine écriture.

– Ne dites pas cela, rétorqua-t-il. Vous n'allez pas vous enterrer vivante !

Constance haussa les épaules et continua :

– Préoccupons-nous plutôt de ce soir. C'est vous qui essaierez d'en savoir plus auprès de Gauvard. De mon côté, je vais tenter de faire parler Marion. Elle aussi est allée à Saint-Jacques. Elle sait peut-être quelque chose. Quoique j'en doute.

Guillaume approuva d'un hochement de tête et annonça :

– J'ai obtenu l'accord d'Isabelle pour que nous fassions la cuisine aux étuves. Je l'ai convaincue que les repas prenant de l'ampleur, nous ne pouvions passer notre temps en allées et venues.

– Elle n'a pas fait de difficultés ? C'est vrai que vous devez pouvoir obtenir d'elle ce que vous voulez, dit Constance d'un ton pincé.

Guillaume partit d'un grand rire.

– C'est vrai qu'elle m'apprécie pour de multiples raisons. Elle a juste eu l'air étonné et m'a demandé si nous n'allions pas nous jeter les plats à la figure.

– Je dois avouer que ça ne m'amuse guère de travailler à vos côtés, mais nous aurons ainsi Gauvard sous la main. J'imagine qu'il sera en permanence collé à nous.

Constance ne se trompait pas. Gauvard passa une bonne partie de l'après-midi à tourner autour des marmites, ne disparaissant que pour porter des seaux d'eau chaude aux clients.

Isabelle, elle aussi, pépiait et virevoltait dans la cuisine. Elle en était à prévoir d'acheter la maison d'à côté et de devenir la plus grande étuveresse de la ville de Paris. Chaque matin, dorénavant, elle demandait à son crieur, qui parcourait les rues, de rajouter à la phrase rituelle : « Seigneur, vous allez baigner et étuver sans délai. Les bains sont chauds, sans mentir », la formule suivante : « et de petits plats vous allez vous régaler ». Elle avait eu maille à partir avec la maîtresse des étuves de la rue de l'Arche-Popin qui trouvait que c'était concurrence déloyale. Isabelle avait éloigné la fâcheuse d'un revers de main et d'une phrase lapidaire : « Va donc t'occuper de tes fesses. »

Les clients faisaient grand tapage. On voyait des filles nues poursuivies par des hommes qui leur mettaient la main au cul, haletants de désir. La pauvre Marion n'en pouvait plus de répondre à toutes les demandes de ces animaux en rut. Elle ployait sous les serviettes chaudes et pleurait de fatigue. Constance réussit à la faire asseoir quelques minutes et écouta ses doléances : « Je n'ai même plus le temps de m'occuper de ma Jacquette. Je l'ai confiée à Rose Poitevin. Au moins elle pourra jouer avec sa fille Madeleine. J'avais déjà tant à faire et me voilà, en plus, servante d'auberge. Tu en fais de belles ! J'aurais mieux fait de te claquer la porte au nez quand tu es venue la première fois. » Constance ne tenta pas de la faire parler de Saint-Jacques. Elle appela aussitôt Mathias afin qu'il vienne en aide à la pauvre femme.

*

Quand il fut temps de servir le repas, les étuves étaient au comble de l'ébullition, au propre comme au figuré. Des cris et des cascades de rire provenaient de la salle des bains.

Constance et Guillaume mettaient la dernière main à leurs plats. Ils s'affairaient tous les deux devant la cheminée quand Constance, glissant sur une feuille de chou qui traînait par terre, perdit l'équilibre. Guillaume lâcha sa poêle et la rattrapa in extremis avant qu'elle ne parte la tête la première dans les braises. Il la tenait étroitement dans ses bras et posa ses lèvres sur la nuque de la jeune femme, moite de sueur. Il resserra son étreinte, plaqua ses mains sur ses seins. Constance se détendit comme un ressort, se dégagea violemment et lui administra deux gifles magistrales.

– Bas les pattes. Je ne suis pas une de ces filles publiques. Ne me touchez pas ou je vous égorge.

Les cheveux défaits, brûlante de colère, elle le menaçait avec un grand couteau qu'elle avait pris sur la table.

Isabelle entra et poussa un cri :

– J'en étais sûre. Ils vont s'entretuer ! Attendez au moins la fin du repas. Les convives s'impatientent.

Guillaume était, lui aussi, rouge de colère. Cette petite se conduisait comme une sauvageonne malgré ses airs de princesse.

Constance posa son couteau, lui tourna le dos, refit promptement sa tresse, arrangea sa cotte, essuya les larmes qui perlaient à ses paupières.

Mathias et Marion vinrent chercher les premiers plats. Restés seuls, Constance et Guillaume se regardèrent avec gêne. Guillaume prit la parole le premier :

– Je suis désolé, Constance. Je ne sais pas ce qui m'a pris. Vous étiez si appétissante que je n'ai pu résister.

– Vous n'êtes qu'une brute. Je croyais pouvoir vous faire confiance.

– Allez, Constance, c'est juste un petit baiser qui ne prête pas à conséquence.

« Si seulement ! » se dit Constance, étrangement troublée. Elle avait ressenti, dans les bras de Guillaume, une chaleur intense l'embraser. Elle aurait aimé sentir encore le feu de ses lèvres sur sa peau, ses mains s'emparer de ses seins.

– Rompons là, dit-elle. Que cela ne se reproduise jamais.

Le visage fermé, ils prirent chacun un plat et l'apportèrent aux convives.

Dans un brouhaha indescriptible, Mathias, Marion et Gauvard circulaient avec un pichet à la main et ne cessaient de verser du vin dans les hanaps qui se tendaient vers eux. De toute évidence, ce repas était un nouveau succès. Soudain, un grand tonsuré, occupé à tripoter les tétins de la fille à côté de lui, poussa un rugissement et déclara dans l'indifférence générale : « J'ai l'idée du siècle. » Il regardait fixement un petit tas d'os de poulet qui gisait au pied du cuveau. Il fit des signes à Gauvard et repoussa la putain qui posait sa bouche grasse sur son torse poilu. Ils parlèrent un bon moment, le Tonsuré faisant de grands gestes, Gauvard l'écoutant attentivement.

Gauvard vint chercher Constance et Guillaume qui recevaient les compliments d'un des convives. « Suivez-moi, leur dit-il, j'ai un ami qui va avoir besoin de vous. »

Le Tonsuré leur fit signe d'approcher. Gauvard le présenta :

– C'est Hugon, un vieil ami. Avec lui, vous allez faire de bonnes affaires. Il va vous expliquer.

Le Tonsuré agita une cuisse de poulet sous leur nez et déclara : « Que la paix du Seigneur soit avec vous. »

Constance, qui s'apprêtait à se signer, ne finit pas son geste, prenant conscience de son incongruité dans cette ambiance de débauche. Elle demanda :

– Vous êtes un vrai moine ?

– Foutre Dieu oui ! Ne voyez-vous pas ma belle tonsure toute neuve ? répondit en s'esclaffant Hugon. J'ai été consacré par Monseigneur Bellecouille à l'abbaye des Grosculs. Je prêche à mes ouailles qu'il vaut mieux voler un bœuf qu'un œuf et que coucher avec la femme de son voisin vous économise le prix d'une putain.

Cette fois, Constance se signa pour de bon.

– Je suis toujours prêt à venir en aide à mon prochain, continua Hugon. Je souffre quand il souffre, je pleure quand il pleure. En ce moment, je suis fort chagrin de l'état de notre roi. Vous savez que son esprit est faible et qu'il est en grands tourments. J'aimerais tant l'aider à recouvrer la santé.

– Allez, ne te fatigue pas à faire ton numéro de bon Samaritain, l'interrompit Gauvard, va au fait…

– Alors voilà : j'ai un excellent ami, chapelain dans le faubourg Saint-Marcel, qui aime la bonne vie. Hélas, son église est pauvre. S'il avait des reliques d'un saint, tout s'arrangerait. Le bon peuple se précipiterait, viendrait de loin, ferait de belles offrandes dans l'espoir d'un miracle.

Guillaume, que les élucubrations du faux moine commençaient à agacer, fit mine de s'en aller. Gauvard le retint fermement et pressa Hugon d'arriver au cœur de son projet.

– C'est très simple. J'ai besoin d'un saint qui guérisse la folie.

– Il y en a déjà, l'interrompit Constance. Il y a saint Macaire et saint Hermes et surtout saint Mathurin à Larchant.

– On dit que le roi est allé en pèlerinage à Larchant, répliqua le Tonsuré. Secrètement, pour ne pas rencontrer les fous que l'Hôtel-Dieu de Paris y envoie régulièrement. Vous ne comprenez pas bien ce que je veux. Il m'en faut un nouveau.

– Comment ça un nouveau ? s'exclama Guillaume.

– Un nouveau saint. C'est devenu trop difficile de voler les reliques des anciens. Les paroisses se méfient. Les os sont enfermés dans des reliquaires bien gardés. Il est beaucoup plus facile d'en créer un de toutes pièces. Un beau saint, bien gentil, à qui les sujets du roi offriront leurs biens pour guérir ce pauvre fou.

Guillaume se mit en colère :

– Arrêtez. Vous blasphémez. Gauvard, continuez à vous entretenir avec lui si ça vous chante. Constance et moi avons mieux à faire. Cette histoire ne nous concerne pas.

– Que si, que si, répondit Gauvard. Notre ami Hugon a tendance à trop discourir, c'est son état de moine qui veut ça. Mais réfléchissez, pour des reliques, il faut des os.

– Eh bien, allez chez le boucher si vous voulez des os, lui dit Guillaume qui cherchait à entraîner Constance, médusée par le tour que prenait cette discussion.

– Non, non, il nous faut des os bien nettoyés qu'on roulera ensuite dans la cendre et qu'on passera à la cire pour qu'ils aient l'air assez vieux, reprit le Tonsuré.

– Il vous suffit de balayer par terre. Vous n'avez pas besoin de nous pour ça.

– Si, si, reprit Hugon. Il me faut des os de porc, de mouton, de chevreuil, de bœuf pour reconstituer mon saint. Je m'y connais un peu en médecine. Je veux qu'il ait belle allure.

– Je ne me prêterai pas à cette mascarade, dit Guillaume d'un ton furieux.

– Mais si, dit Gauvard d'un ton doucereux, je saurai vous y contraindre.

Constance jeta alors un regard d'avertissement à Guillaume qui se tut.

– J'en ai besoin très vite, reprit Hugon. Je ne veux pas me faire coiffer sur le poteau par d'autres qui ne vont pas manquer d'avoir la même idée. La maladie du roi est une aubaine dont il faut profiter. Gauvard m'a dit que vous êtes cuisinier à l'Hôtel Saint-Pol. Vous devez en voir défiler des os…

Guillaume le regarda d'un air excédé. Hugon continua avec ferveur :

– Il va m'en falloir beaucoup, car je pense qu'un saint ne suffira pas. La France est grande et il y a une grosse demande. Je pourrais en fournir à Lyon, Rennes, Poitiers, Lille, que sais-je encore…

– Le même saint ? C'est impossible, s'exclama Constance de plus en plus atterrée.

– N'en croyez rien. Il doit bien y avoir une bonne douzaine de crânes de saint Jean-Baptiste, autant de bras de l'apôtre Jacques et je suis sûr qu'avec tous les os de saint Georges on pourrait fabriquer une vingtaine de squelettes.

– Oh ! fit Constance qui n'en croyait pas ses oreilles.

– Je passe ma vie à voyager. J'ai parcouru toute la France et l'Allemagne et l'Italie aussi. J'ai vu des milliers de morceaux de la sainte Croix, des centaines de fragments du bois de la Crèche, des monceaux d'épines de la sainte Couronne, des tombereaux de pierres du Calvaire, du saint Sépulcre, du Mont des Oliviers. Quant aux flèches de saint Sébastien, aux dents de saint Jean-Baptiste, aux gouttes du lait de la Vierge Marie, aux cheveux du Christ, on ne les compte plus.

– Tu es sûr que c'est une bonne idée ? lui demanda Gauvard, circonspect. Les gens vont y croire ?

– Pardi ! La crédulité est sans borne. À Périgueux, il y a bien une fiole contenant un éternuement du Christ et à Vendôme la larme versée sur le corps de Lazare ! Alors, un nouveau saint, pourquoi pas ? Vous verrez, on va faire fortune avec lui. Je l'appellerai Cauchois, du nom d'une bonne amie que j'ai eue et qui a failli me rendre fou. Je lui bâtirai une belle histoire où il sera question de pauvres frénétiques retrouvant le sens commun, de furieux redevenus doux comme des agneaux, d'insensés renouant avec la raison. Je le vois déjà dans son beau reliquaire orné de pierres précieuses. J'entends les pièces tomber en cascade dans les troncs de l'église.

Hugon était sorti du cuveau et s'était enroulé dans un grand drap de lin. Sa compagne s'était consolée avec son voisin de droite. Toute la compagnie s'apprêtait à passer à d'autres ébats.

Le Tonsuré se leva pour aller reprendre possession de sa putain attitrée, fit un large sourire à Constance et Guillaume, et conclut :

– Je compte sur vous pour me trouver de bons os. Gauvard me les remettra et nous irons tous ensemble faire nos dévotions à saint Cauchois dès qu'il sera installé.

Constance était effondrée. Elle regarda Guillaume qui avait du mal à contenir sa colère.

– Quelle plaie ces faux tonsurés, grogna Guillaume.

– Comment se fait-il qu'il y en ait de plus en plus ? demanda Constance.

– Le monde va mal. La misère jette sur les routes des vagabonds qui n'hésitent pas à se faire passer pour des gens d'Église. Ils demandent l'aumône, trompent et volent. Ils espèrent, s'ils sont pris, qu'on les traduira devant la justice ecclésiastique qui n'a pas le droit de condamner un homme à mort.

– L'autre jour, aux halles des Champeaux, il y avait un vendeur d'indulgences, renchérit Constance. Il baragouinait quelques mots en latin, montrait des papiers qu'il disait lui avoir été remis par le pape en personne. À un moment, il a sorti une taie d'oreiller qu'il a présentée comme le voile de la Vierge.

– J'imagine que les gens lui ont donné de l'argent pour avoir le droit de le toucher, poursuivit Guillaume.

– Tout le monde s'est précipité ! Ensuite, il a mis en vente à deux sous parisis des certificats qui rachetaient le péché de son choix. Il a raflé une belle somme.

– Un jour, il va falloir que cessent de telles escroqueries. J'appelle de mes vœux celui qui osera dire que c'est une injure au Christ.

– En attendant, lui fit remarquer Constance, si nous trempons dans cette sordide histoire de faux saints, nous serons damnés à tout jamais. Qu'allons-nous faire ?

– Ce que ce vaurien nous demande, grommela Guillaume. Ce n'est pas le moment de contrarier Gauvard. Espérons que ce tonsuré de malheur n'aille pas jusqu'au bout de son funeste projet.

– Du coup, nous n'avons pas pu parler avec Gauvard. Encore un jour de perdu. Nous sommes déjà le 6 février. Le Carême commence le 22 et notre départ pour Saint-Jacques est prévu le lendemain.

– Ne t'inquiète pas. Nous y arriverons…

Constance fronça les sourcils et lui jeta ce regard noir dont Guillaume commençait à avoir l'habitude.

– Eh bien voilà, c'est fait, lui dit-il. Je t'ai tutoyée. Tu ne vas pas m'arracher les yeux pour ça. Et tu n'as qu'à faire de même.

– Vous pouvez toujours courir ! Jamais je ne vous tutoierai.

Elle tourna les talons, redressa le buste et sortit d'un pas altier de la salle des bains. Guillaume la regarda partir avec un petit sourire. L'affaire n'était pas dans le sac. Comment, diable, allait-il s'y prendre pour arriver à ses fins avec cette jeune pouliche ?

Il ne vit pas venir Isabelle qui avait dénoué ses cheveux et pris un air langoureux. Elle lui passa les bras autour de la taille et lui susurra au creux de l'oreille : « Nous allons avoir la paix un bon moment : tous sont en train de forniquer allégrement. Faisons de même. »

Isabelle délaça son surcot d'où jaillirent ses seins lourds. Elle les frotta contre Guillaume en lui disant qu'ils n'attendaient que sa bouche pour frétiller comme deux beaux poissons dans l'onde claire.

– Tu me sembles bien empressée, belle Isabelle. J'ai encore à faire en cuisine.

Vexée du peu d'effet qu'elle suscitait, elle recula, remit ses seins en place, le toisa et déclara sèchement :

– Et toi, tu me sembles faire la fine bouche alors qu'il y a peu, tu en redemandais. Je ne te plais plus ? Aurais-tu mieux ailleurs ?

– Isabelle, tu es la meilleure garce que je connaisse et tu as le plus beau cul du monde.

– Alors viens en profiter. Ça ne durera peut-être pas, dit-elle d'une voix où Guillaume crut percevoir l'ombre d'une menace.

Elle le prit par le bras et l'entraîna vers l'escalier menant à sa chambre. Ils croisèrent Constance, suivie de Mathias, qui rentraient rue aux Oues. Isabelle fit un petit geste désinvolte de la main et déclara : « C'était magnifique, Constance. Continuez comme ça. Vous faites des merveilles, ma petite. Je vais en faire d'un autre genre avec votre rival. Viens, Guillaume, qu'on fête dignement ce succès. »

Constance les regarda monter l'escalier, Isabelle riant à gorge déployée et remorquant Guillaume. Elle sentit un éclair de haine l'aveugler et porta la main à ses yeux. C'est ce moment que Guillaume choisit pour se retourner. Il vit Constance vaciller, se maudit intérieurement et continua silencieusement dans le sillage d'Isabelle.

16

7 février

« Mieux vaut voir un voleur dans son grenier qu'un homme en chemise en février. »

Constance passa une très mauvaise nuit. Un squelette à tête de porc, voulant lui faire subir les derniers outrages, la poursuivait jusque sur l'autel de la cathédrale de Saint-Jacques-de-Compostelle. Elle se réveilla en hurlant. Mathias dégringola de sa soupente, prêt à en découdre avec quiconque aurait porté la main sur Constance.

La jeune femme l'assura que tout allait bien et le renvoya se coucher. Elle ne put retrouver le sommeil. Elle passa une chaude pelisse, alluma une bougie et alla chercher le manuscrit de Jehan.

« En cheminant, maintenez la tête droite, les paupières franchement baissées et immobiles, et le regard droit devant vous à une distance de quatre toises, fixant le sol ; évitez de regarder autour de vous ou d'arrêter vos yeux sur un homme ou une femme à droite ou à gauche, ne riez pas, ne vous arrêtez pas pour parler dans la rue », avait-il écrit. Tous ces conseils qui lui étaient destinés et qu'elle avait scrupuleusement observés appartenaient à un monde qui n'était plus le sien.

Depuis un mois, elle partageait le quotidien de putains qui vivaient selon des règles autrement plus brutales. Elle irait en enfer, c'était sûr. Elle n'aurait pas assez d'une vie dans un couvent pour expier tous ses péchés. Mais comment faisaient Isabelle, Marion et toutes les filles pour vivre ainsi dans le sacrilège ? N'avaient-elles pas peur de la punition divine ? Et Guillaume qui se vautrait dans le stupre, n'avait-il aucune dignité ? Elle avait cru un moment qu'elle pourrait lui faire confiance, mais elle n'en était plus si sûre. Elle repensa en frissonnant à ce baiser qu'il lui avait donné. Comment avait-il osé ? Au souvenir de la chaleur qui l'avait alors envahie, elle ferma les yeux. La honte la submergea. Elle était une honnête femme et ne voulait rien savoir de cet émoi qu'on nomme volupté. L'Église ne dit-elle pas que l'accouplement ne doit viser qu'à la procréation et que l'amoureux trop ardent est adultère ? Elle ne devait plus penser aux bras vigoureux de Guillaume, à ses lèvres brûlantes… Plutôt mourir.

Elle reprit le *Ménagier* et s'employa à trouver des recettes pour le repas du jour. Elle se réjouit à la pensée que c'était vendredi, jour où l'on doit faire maigre, et qu'elle ne pourrait donner satisfaction à Hugon, le chercheur d'os. À moins qu'il ne veuille un saint aquatique bardé d'arêtes de poisson ! Elle se décida pour des truites marinées, ce qui rappellerait la Navarre à Gauvard, une raie en aillée, une purée de lentilles, un potage de courge, une omelette aux oranges et des poires au sirop.

Elle envoya Mathias prévenir Guillaume qu'elle ferait la cuisine chez elle. Elle n'avait aucune envie de se retrouver côte à côte avec cet homme, de sentir son odeur, de voir ses mains pétrir la pâte, ses lèvres sucer une cuillère…

Elle se rendit au marché aux poissons qui grouillait de monde. Elle eut le plus grand mal à trouver assez de truites et elle dut presque en venir aux mains pour s'emparer d'une raie que lui disputait une bourgeoise criailleuse. La marchande de poissons se mêla de la dispute en essayant de faire monter les prix. Elle traita Constance qui ne voulait rien entendre de fille de chien. La bourgeoise s'était emparée de la tête de la raie et la tirait insidieusement vers elle. Constance en saisit la queue et, très énervée, clama : « Regardez-moi cette vieille, elle est aussi laide que ce poisson, ses joues sont aussi flasques et son œil aussi vitreux ! » La femme se précipita sur elle en hurlant que cette maudite renarde allait lui demander pardon à genoux. Un petit attroupement s'était formé autour des trois femmes et les encouragements commençaient à fuser :

– Allez, vide-lui les tripes et qu'on n'en parle plus !

Constance prit alors conscience qu'elle était en train de se donner en spectacle d'une manière ignoble. Allait-elle devenir une de ces poissardes qui n'avaient que l'insulte à la bouche ? Elle se reprit, saisit dans sa bourse la somme astronomique que lui demandait la marchande, la paya et partit la raie gluante sous le bras, la tête haute et les lèvres pincées.

Morte de honte, elle courut rejoindre Mathias qui achetait des légumes sur la Place aux Porées. Elle le retrouva auprès d'une revendresse qui lui vantait les qualités de ses échalotes d'Étampes et de ses oignons de Bourgueil. Il fut tout content de lui annoncer : « J'ai trouvé de belles poires de Caillaux et des pommes rouges de Rouviaux à un sou. »

Constance le regarda avec tendresse. Ce garçon lui était tombé du ciel. Il était sa seule source de joie dans cet océan d'épreuves. En quelques jours, il s'était remplumé et avait pris des couleurs et de l'assurance. Il acceptait, maintenant, d'enlever son bonnet de fourrure, ne craignant plus de se le faire voler. Elle l'entraîna vers un marchand de châtaignes rôties et acheta deux cornets qu'ils dégustèrent assis sur un muret.

À cette heure de la journée, l'activité aux halles des Champeaux était à son comble. Acheteurs et marchands ambulants se bousculaient et s'enguirlandaient copieusement. Un vendeur de remèdes passa auprès d'eux en criant : « Si la veine du cul vous bat, je vous en guéris sans débat. » Ce qui fit glousser Mathias. Il rit encore plus quand l'homme annonça d'une voix de stentor : « J'ai l'herbe qui redresse les vits et qui rétrécit les cons à peu de peine. »

Décidément, se dit Constance, impossible d'y échapper. Le monde n'était-il mené que par le sexe ?

Les marrons lui brûlaient les doigts.

Mathias et Constance rentrèrent rue aux Oues et se mirent en cuisine. Le jeune garçon, bien content d'avoir sa patronne pour lui tout seul, entreprit de lui enseigner les différents noms qu'on donnait aux bandits dans le langage de la rue :

– Un crocheteur est celui qui crochète les serrures, un vendangeur celui qui coupe les bourses, un beffleur celui qui pousse à jouer, un envoyeur c'est un assassin, un fourbe celui qui écoule la marchandise volée, un pipeur celui qui triche aux dés, le blanc coulon vole les marchands dans les hostelleries…

Constance fit mine de se boucher les oreilles et lui dit en riant :

– Mathias, tu es aussi docte et savant qu'un professeur de la Sorbonne !

– Ne vous moquez pas de moi, dame Constance. Le peu que je sais, je l'ai appris dans la boue du caniveau. Croyez bien que j'aurais préféré une autre vie.

Constance se pencha vers lui, prit ses mains dans les siennes et d'une voix forte lui déclara :

– Jamais je ne me moquerai de toi, Mathias. Tu es un tout petit bonhomme qui sait trop de choses sur un monde cruel. Je ne souhaite qu'une chose : que tu apprennes que la vie peut être douce et lumineuse.

Rasséréné, Mathias reprit son discours :

– C'est ce que vous m'offrez et jamais je ne l'oublierai. Mais il faut savoir se montrer prudent. Prenez par exemple les faux mendiants. Il y a ceux, couverts de chaînes, qui disent avoir été esclaves chez les infidèles et ne devoir leur liberté qu'à la Vierge Marie. Sûr, il n'y en a pas un seul qui dise vrai. Vous avez aussi ceux qui se prétendent bacheliers et pouvoir chasser le diable du corps, détourner les vents et les tempêtes. Ce ne sont que des balivernes. Si vous en voyez qui se roulent par terre avec de l'écume aux lèvres, c'est qu'ils ont avalé du savon. Si le sang coule de leur nez, c'est parce qu'ils en ont percé la cloison avec une paille.

Constance se gardait bien d'interrompre l'enfant.

– Des femmes s'enduisent le visage d'un mélange de cire et d'œuf. Elles prennent un air moribond et déclarent avoir perdu leur enfant quelques jours plus tôt. Ceux qui simulent la jaunisse se sont maquillés avec du crottin de cheval. Si vous voulez mon avis, ne donnez rien à ceux qui parlent trop, gémissent trop fort, font de grands gestes.

– Tu as raison, Mathias. Les faux mendiants sont nuisibles et dangereux. Mais n'oublie pas que les pauvres doivent être entourés d'amour et de compassion. En leur faisant l'aumône, nous obtenons la grâce divine. C'est saint Éloi qui a dit : « Dieu aurait pu rendre tous les hommes riches, mais il a voulu qu'il y ait des pauvres dans ce monde pour que les riches puissent racheter ainsi leurs péchés. » Je préfère donner à un faux mendiant plutôt que prendre le risque de ne pas donner à celui qui en a vraiment besoin et qui intercédera en ma faveur auprès du bon Dieu.

Mathias la regarda d'un air dubitatif.

– Vous êtes trop bonne, dame Constance. Heureusement que je suis là pour vous éviter quelques tracas.

*

Comme d'habitude, ils chargèrent les différents mets sur le petit chariot et prirent le chemin de la rue Tirechappe.

Marion vint leur ouvrir, les yeux gonflés de larmes, sa fille Jacquette accrochée à ses basques. Constance s'inquiéta aussitôt de savoir si un drame était arrivé.

– Oh que oui ! répondit en sanglotant Marion. Madeleine, la petite de Rose Poitevin, s'est fait dévorer.

– Dévorer, mais par qui, grand Dieu ? s'exclama Constance.

– Par une truie errante qui a culbuté la petite et lui a mangé tout le visage. Les voisins ont entendu les hurlements de la fillette, mais ils sont arrivés trop tard…

– C'est horrible. La petite est…

– Morte, continua Marion. Quand je pense que cela aurait pu arriver à ma Jacquette. Maudit cochon, j'espère qu'on va le pendre.

– Il y a beaucoup trop de ces animaux dans les rues, reprit Constance. C'est interdit, mais tout le monde s'en moque.

– Ça, c'est vrai, intervint Mathias. Seuls les cochons du prieuré Saint-Antoine sont autorisés à circuler. On les reconnaît bien à leurs clochettes. Il paraît que c'est un roi qui a décidé ça parce que son fils est mort à cause d'un cochon errant.

– C'était Louis le Gros, précisa Constance. Son fils était à cheval et un cochon a provoqué sa chute. Il est mort quelques heures après.

– Cette fois, c'est une truie maléfique qui a accompli l'œuvre de Satan. Elle avait dû préparer son coup. Je l'ai vue errer dans le quartier pendant plusieurs jours.

– Ne dis pas de bêtises, Marion, dit Constance qui craignait son discours favori sur les animaux.

En pure perte. Marion se lança dans une diatribe véhémente :

– Vous verrez ! Les agents du guet se sont emparés de la truie et l'ont conduite au Châtelet en attendant qu'elle passe en jugement. Il y a toute une troupe de gens qui réclament sa mise à mort immédiate. On m'a raconté qu'à Falaise, en Normandie, une truie de trois ans avait été mise à mort sur le champ de foire pour avoir dévoré un nourrisson[1]. On l'avait habillée de vêtements d'homme. Le bourreau commença par lui taillader le groin et les cuissots. Puis on la pendit par les pattes arrière jusqu'à ce que mort s'ensuive. Voilà qui est bien ! Et on ne s'arrêta pas là, elle fut traînée sur une claie et finalement mise au bûcher. Ah ! j'aurais bien voulu voir ça.

– C'est peut-être ce qui va se passer avec celle-là, hasarda Mathias.

– J'espère bien, mais il va falloir attendre. À Falaise, la truie est restée trois semaines en prison et le procès a duré neuf jours. Elle était assistée par un défendeur. On lui signifia la sentence dans sa geôle.

Constance tenta d'interrompre le flot de paroles de Marion :

– Tu verras, elle sera condamnée.

1. Procès qui eut lieu en 1386.

– Ça c'est sûr, l'interrompit Marion. Et avec des circonstances aggravantes : on est vendredi et c'est jour maigre.

Constance profita de cette conclusion pour entraîner Mathias vers la cuisine.

– Oui et justement, nous avons un repas à préparer.

Marion resta dans l'entrée à soliloquer : « C'est comme ce maudit chat roux que je n'ai jamais revu. Je suis sûre qu'il est caché quelque part, occupé à préparer un nouveau forfait. Si je l'attrape, je lui tords le cou et je le fais brûler. »

Dans la cuisine, Guillaume s'activait autour d'une belle alose qu'il finissait de farcir. Il avait disposé sur la table plusieurs tourtes aux herbes, un pâté de poisson aux salsifis, un brochet au gingembre et des brochettes d'anguilles à la Saint-Vincent[1].

Constance ne lui adressa pas la parole. Il la salua d'un « Bonjour » retentissant. Elle lui jeta son regard noir et haussa les épaules. Guillaume fit mine de ne rien voir et s'adressa à Mathias :

– Tu vois, mon cher Mathias, comme les femmes peuvent être changeantes. Il ne faut pas leur en vouloir. Cela est dû à leur complexion fragile. Elles ont besoin d'être soutenues, aidées. Elles ont trop d'émotions, elles ont les nerfs qui lâchent.

– Je n'ai pas les nerfs qui lâchent, hurla Constance.

Prenant conscience qu'elle donnait d'elle-même l'image inverse, elle se tut. Elle regarda Guillaume qui lui souriait et reprit :

– Faisons la paix. J'ai besoin de vous. Mais je ne veux rien savoir de vos sales histoires avec Isabelle ou avec qui que ce soit d'ailleurs.

1. Sauce à base d'oranges, citrons, grenades, gingembre, cannelle et cardamome.

Guillaume éclata de rire.

– Vous devriez avoir un peu plus de compréhension pour le pauvre célibataire que je suis.

– Mariez-vous pour ne plus vivre dans le péché, rétorqua Constance d'un ton sec.

– Il me semble que vous êtes bien placée pour savoir qu'être marié n'empêche pas la fornication avec d'autres que son épouse.

Guillaume, aussitôt, regretta ces paroles :

– Pardonnez-moi. Je n'aurais jamais dû vous dire ça. Je sais que c'est une grande souffrance pour vous.

Il s'approcha d'elle et voulut la prendre dans ses bras.

– Ne me touchez pas, hurla-t-elle, ou je vous embroche avec ce hastereau[1].

– Ah non ! Ça ne va pas recommencer, brailla Isabelle qui venait de rentrer. Bagarrez-vous autant que vous voulez après les repas mais cessez de prendre cette cuisine pour un champ de bataille. Allez, ouste, mettez-moi ce repas en route. Les clients ne vont pas tarder à arriver.

Le temps de la préparation du repas, Constance et Guillaume ne s'adressèrent plus la parole. Ils restaient à une distance prudente l'un de l'autre. Mathias s'affairait, jetant de temps en temps des regards inquiets à Constance et d'autres furieux à Guillaume. Les tentatives de séduction du cuisinier ne lui disaient rien qui vaille.

Gauvard pénétra dans la cuisine en faisant grand bruit.

– Il paraît que vous en faites de belles ! Isabelle est furieuse. Vivement que je t'emmène loin de cet ostrogoth, hein Constance ? Dans trois semaines, nous partons, alors faites-moi chauffer toutes ces marmites,

1. Brochette.

coupez, taillez, tranchez, qu'on se régale. Allez, je vous laisse, j'ai une bonne affaire sur le feu !

– Vous partez ? dit Constance, dépitée. J'aurais bien aimé vous faire goûter quelques mets…

– Ne t'inquiète pas, ma belle, je vais revenir. Pour rien au monde, je ne manquerais ces agapes.

*

Constance et Guillaume reçurent, une fois de plus, de nombreux compliments pour leur repas. De l'avis des convives, il devenait de plus en plus difficile de les départager. Les deux cuisiniers étaient en train de ranger leurs ustensiles quand Gauvard revint. Il était de fort bonne humeur et attaqua joyeusement les plats mis de côté pour lui.

– Ma belle Constance, tu devrais faire comme moi, t'en mettre plein la panse, en prévision de ce qui nous attend sur le chemin de Saint-Jacques.

– Je suis prête à souffrir pour accomplir ce pèlerinage, lui répondit Constance.

– On en reparlera quand tu devras partager ta paillasse avec des pèlerins puants. Tu verras quand tu auras marché trois jours sous la pluie. Surtout qu'en Galice, à l'approche de Saint-Jacques, il pleut tout le temps…

– Ce n'est pas grave, reprit Constance. L'idée de s'agenouiller bientôt devant l'apôtre doit décupler les forces…

– Dis plutôt que c'est l'idée d'un lit douillet qui fait tenir. Car, Dieu merci, à Saint-Jacques, nous abandonnerons les pèlerins à leur sort de pouilleux. Nous n'irons pas croupir dans ces infects hôpitaux mis à leur disposition. Nous serons reçus par nos amis de là-bas qui mènent grande vie.

– Ah bon, s'étonna Constance d'un air innocent. Mais nous allons tout de même faire nos dévotions…

– Tu feras tout ce que tu voudras, tu te confesseras autant que tu voudras. Moi j'ai déjà gagné mon paradis avec mes deux pèlerinages. Je me reposerai dans la maison de Sanch qui est juste à côté de la cathédrale. Je te regarderai faire tes génuflexions.

Constance resservit abondamment Gauvard tandis que Guillaume remplissait de nouveau son verre. L'homme avait l'air dans de bonnes dispositions. Il fallait en profiter pour le faire parler.

– Je serai moi aussi dans cette maison ? Il y aura assez de place ? demanda Constance.

– Bien entendu, Sanch est riche comme Crésus. Sa maison est un palais. Enfin, pas aussi belle que celle de l'archevêque où je suis allé manger une fois.

– Ça alors, s'émerveilla Guillaume, vous avez été reçu par l'archevêque. Racontez-nous…

– Eh bien, en quelque sorte ! Je n'étais pas vraiment assis à sa table, mais Sanch devait rencontrer un chanoine de la cathédrale pour affaires. Imaginez une salle de banquet immense de six travées, avec des sculptures qui montrent des troubadours, des jongleurs, des montreurs d'ours et même des personnages qui mangent des *empañadas*, une sorte de petits pâtés. D'ailleurs, on nous en a servi, mais ce que j'ai préféré, c'est la pintade aux noisettes et le poisson à la sauce roquette[1]. Si tu continues à être gentille avec moi, Constance, je te donnerai les recettes. Je suis allé les demander à un queux qui m'a dit que c'étaient des plats de Catalogne.

Constance, redoutant qu'une fois de plus Gauvard ne se lance dans ses souvenirs culinaires, le remercia avec effusion et lui demanda :

---

1. Recettes p. 342.

– Il doit y avoir de l'or partout ?

– Tu peux le dire ! Il en arrive à la pelle de tous les pays d'Europe. Les grands de l'Église ne se privent pas de plonger la main dans tous ces trésors et nous non plus, conclut-il dans un hoquet.

Guillaume se précipita pour lui verser une nouvelle rasade de vin. Constance lui présenta une écuelle de poires.

– Sanch doit être un grand personnage, hasarda Constance.

– À vrai dire, il est parti de rien, un peu comme moi. Il larronait, volait de-ci de-là et une fois arrivé à Saint-Jacques, il s'est associé avec un orfèvre. Pour tout dire, il dérobait de ces beaux objets en or que les pèlerins croient bon offrir à la cathédrale.

– Mais c'est impie ! s'exclama Constance. Pensez aux sacrifices que font ces gens pour honorer l'Apôtre.

– L'Apôtre il a tout ce qu'il lui faut, alors que nous, un petit coup de pouce, ça ne nous fait pas de mal. Bref, Sanch, qui est un malin, s'est mis à son compte et maintenant, il nous fabrique de belles pièces de monnaie…

Constance lança un regard furtif à Guillaume. Enfin une information importante ! Il était temps ! D'un ton innocent, elle demanda :

– Des pièces en or ?

Gauvard s'interrompit.

– Tout ça ne te regarde pas, Constance. Ne sois pas trop curieuse ou il t'en cuira. Et moi, je ferais bien d'aller me coucher. Je bavarde, je bavarde, alors que j'ai une mission de première importance, demain à l'aube. Allez, la compagnie, merci encore pour ce repas. Et n'oubliez pas que demain Hugon doit passer. Réservez-lui vos meilleurs morceaux… d'os.

Gauvard partit en titubant. Guillaume et Constance se regardèrent avec satisfaction.

– On a un peu progressé, dit Guillaume. Nous savons qu'un certain Sanch est le faux-monnayeur.

– Oui, mais nous sommes encore loin du but, lui fit remarquer Constance. Il faut en savoir plus et notamment sur le commanditaire.

– À chaque jour suffit sa peine, dit en souriant Guillaume. Je te raccompagne chez toi. Il est tard. Ce n'est pas le moment de faire de mauvaises rencontres.

– Parce que vous, vous n'êtes pas une mauvaise rencontre ? lui dit Constance mi-figue mi-raisin.

– Ne me tente pas, jeune Constance, tu pourrais tomber plus mal…

La neige s'était remise à tomber. Guillaume esquissa une glissade, leva les paumes des mains vers le ciel pour capturer de petits flocons blancs qu'il déposa sur les lèvres de Constance. Malgré le froid, la jeune femme sentit des langues de feu parcourir son corps. La neige se mit à tomber plus dru. Il fit mine de l'enlacer. Elle s'écarta de lui.

17

8 février
« S'il tonne en février, point de vin au cellier, jette les fûts au fumier. »

Le jour n'était pas encore levé quand des coups insistants furent frappés à la porte de Constance. Elle sortit du lit en toute hâte, s'habilla sommairement et dévala l'escalier. Mathias était déjà en bas et demandait prudemment :

– Qui va là ?

– C'est moi, Guillaume. Ouvrez-moi.

Il fit irruption dans la pièce et, sans attendre les questions de Constance, annonça :

– Gauvard part à Bruges demain. Il dit devoir accompagner un grand personnage. Il ne sera pas de retour avant dix jours, ce qui compromet grandement notre plan.

Constance le regarda d'un air soupçonneux et lui demanda :

– Comment savez-vous cela ?

– Je viens de passer aux étuves pour récupérer mes couteaux que j'avais oubliés et dont j'ai besoin aujourd'hui à l'Hôtel Saint-Pol. Mais là n'est pas la question, Constance. Quand Gauvard reviendra, nous ne serons qu'à quelques jours de votre départ pour Saint-Jacques et nous n'aurons plus le temps de lui tirer les vers du nez.

Constance lui lança son regard noir. Un doute l'assaillait. Guillaume disait-il vrai ? N'était-il pas plutôt retourné chez Isabelle, après l'avoir ramenée chez elle, la veille au soir ? Malgré elle, elle se sentit dévorée de jalousie.

Guillaume s'était assis à la grande table. Mathias réanimait le feu et mettait sur la braise une marmite de bouillon.

– Qu'allons-nous faire ? demanda Guillaume.

– Le suivre, répondit Constance qui s'était ressaisie.

– Tu es folle, lui rétorqua Guillaume. Isabelle tient trop à ses repas. Elle ne nous laissera jamais partir.

– Je vous ai déjà dit de ne pas me tutoyer, glapit Constance. Faites ce que vous voulez. Je pars sur-le-champ.

Guillaume tenta de lui barrer le chemin de l'escalier. Elle le repoussa violemment et lui lança du haut des marches :

– Retournez donc chez cette femelle qui vous tient par les couilles.

Sidérée par son propre langage, elle s'empourpra et disparut dans sa chambre. Guillaume partit en claquant la porte. Mathias, resté seul, se grattait la tête en se demandant quelle mouche piquait sa patronne, d'habitude si polie et si réservée.

Deux minutes plus tard, Guillaume faisait une nouvelle entrée, montait quatre à quatre les escaliers en criant :

– Vous êtes une maudite tête de mule. Je viens avec vous, que cela vous plaise ou non.

Constance apparut, vêtue d'une cape de drap noir à capuchon. Elle leva les mains en signe d'apaisement et déclara :

– Croyez bien que cela ne me réjouit nullement, mais vous avez raison. À deux, nous aurons plus de chances de réussir. Il nous faut prévenir immédiatement Valentine. J'espère qu'elle n'est pas déjà partie pour Briis.

Guillaume la regarda d'un air narquois.

– Et pour Isabelle, que faisons-nous ? Qu'allons-nous dire pour expliquer notre départ ?

Constance respira profondément pour ne pas lui répondre vertement, l'ignora et s'adressa à Mathias qui les regardait, les yeux ronds et la bouche ouverte :

– Mathias, tu vas aller voir Isabelle et lui dire que nous avons été pris d'une forte fièvre en cuisinant. Tu lui diras que le médecin, craignant que ce ne soit la peste, nous a fait transporter au lazaret des Batignolles. Ça la calmera, soyez-en sûr, Guillaume.

La jeune femme laissa une belle somme d'argent à Mathias et lui enjoignit de profiter de son absence pour s'amuser. Le jeune garçon lui demanda la permission de se servir de la cuisine. Il avait dans l'idée de proposer à la vente les tourtes et quelques plats qu'il avait appris à faire. Constance lui ébouriffa les cheveux et lui dit, en souriant, qu'elle était très honorée d'avoir un élève tel que lui et qu'elle lui laissait bien volontiers l'usage des marmites.

Elle rassembla quelques effets, les fourra dans un grand sac et fit signe à Guillaume de la suivre. Les sbires de Gauvard n'étaient plus en faction. Ils purent ainsi se rendre à l'Hôtel de Bohême sans être suivis.

Par chance, Valentine était encore là. Dans la cour, deux lourds chariots témoignaient de l'imminence de son départ. Des valets chargeaient tout un bricà-brac : des coffres de voyage, des tentures, le lit du petit Charles, le cuveau à bain… L'un d'entre eux pestait contre les grands de ce monde qui ne pouvaient se déplacer sans leurs aises :

– Quand j'étais au service de la reine Isabeau et qu'elle se rendait à Corbeil ou à Saint-Germain-en-Laye, il y avait trois chars à six chevaux et deux chars à huit chevaux pour transporter sa garde-robe et celle de ses enfants, une charrette à six chevaux pour les coffres contenant les joyaux, deux charrettes à sept chevaux pour la cuisine, une à quatre chevaux pour la saucerie, autant pour la panneterie, l'échansonnerie, la fruiterie…

L'appartement de Valentine paraissait étrangement vide sans les tentures. La jeune duchesse surveillait l'un de ses gardes qui emballait de précieuses aiguières. Voyant arriver Constance, elle s'exclama :

– Un nouveau malheur est-il arrivé ? Vous avez l'air toute retournée.

Constance s'empressa de présenter Guillaume qui se tenait, en retrait, près de la porte. Valentine le salua avec gentillesse et les pria de s'asseoir sur les escabeaux qui n'avaient pas encore été emportés. Eustache Deschamps, que Valentine avait fait appeler, ne tarda pas à faire son apparition. À l'annonce que lui fit Constance, il parut très inquiet.

– Qui dit Bruges dit Philippe le Hardi, duc de Bourgogne, et qui dit duc de Bourgogne dit ennuis en perspective. Quoique cela ne m'étonne qu'à moitié, dit-il d'un air songeur.

– Qu'entendez-vous par là ? demanda Valentine.

– Ce n'est pas à vous, Madame, que je vais apprendre l'appétit de pouvoir de Philippe, ses essais de mainmise sur les finances royales et sa rivalité avec Louis, votre époux.

– Hélas, vous avez raison, mais qu'est-ce que cela a à voir avec les bandits que poursuit Constance ?

– Il pourrait s'agir d'une manigance du duc, profitant de la faiblesse du roi, pour monter une opération financière douteuse. Ou bien encore pour discréditer Louis.

– Louis et Philippe se détestent, c'est vrai, admit Valentine. L'un et l'autre cherchent à dominer le conseil royal. Le retour de son oncle aux affaires, après le malheureux accès de folie de Charles, a rendu Louis fou de rage. Pourtant, le duc de Bourgogne n'avait pas tort de vouloir limiter les folles dépenses de mon cher mari.

– Cela lui vaut une grande popularité auprès du peuple de Paris, dit Guillaume d'une petite voix.

Constance le regarda avec étonnement. C'était bien la première fois qu'elle le voyait faire preuve d'un peu de timidité.

Eustache acquiesça et continua :

– Son mariage avec Marguerite de Flandre, toute laide, méchante et rechignée qu'elle soit, lui a apporté Bruges, Gand, Ypres, Anvers, Malines, soit les villes les plus riches du monde en dehors de Venise et Gênes. Il aimerait bien se servir dans le trésor royal afin de consolider ses positions en Flandre.

Constance s'impatientait. Ces considérations familiales et politiques, pour intéressantes qu'elles soient, n'allaient pas résoudre son problème. Eustache ne semblait pas près d'en avoir fini.

– Au moins, Louis, votre époux, a un certain respect pour son oncle Philippe de Bourgogne. Par contre, il a une haine féroce pour Jean, le fils du duc, d'un an son aîné. Je crains qu'un jour, les deux cousins ne s'entretuent.

– Si cela venait à arriver, Paris serait du côté des Bourguignons, dit Guillaume d'une voix plus assurée.

– Dieu nous en préserve ! lâcha Eustache. Mais revenons à Bruges.

Constance poussa un soupir de soulagement. Peut-être allait-on parler, enfin, de choses concrètes.

– Bruges est non seulement la ville où transitent toutes les marchandises venues du nord et du sud de l'Europe, mais c'est aussi une place financière de première importance. Les banquiers italiens y sont plus puissants que partout ailleurs.

– Certes, l'interrompit Constance, mais nous sommes loin de Saint-Jacques-de-Compostelle et des faux-monnayeurs.

– Détrompez-vous, Constance. Maastricht, une petite ville du Limbourg, qui n'est pas très loin de Bruges, est bien connue pour fournir de la fausse monnaie. Peut-être est-ce là un nouveau terrain de chasse pour nos bandits.

– Nous verrons bien, conclut la jeune femme d'une voix forte. Le grand personnage que Gauvard dit devoir accompagner est, sans nul doute, le commanditaire. Nous le démasquerons.

– Vous allez encore au-devant de graves dangers, Constance, s'inquiéta Valentine.

– Je n'ai plus le choix, lui répondit-elle. Cette histoire a assez duré.

– Fort bien. Je vais vous donner une escorte de deux hommes armés. Ils vous protégeront pendant votre séjour.

– Je ne pense pas que ce soit une bonne idée. Nous devrons nous montrer le plus discrets possible. N'oubliez pas que Gauvard nous connaît. La présence de gardes armés de pied en cap nous signalerait immédiatement à l'attention de tous.

– Acceptez au moins qu'ils vous accompagnent à Bruges, insista Valentine. Ils s'installeront dans un autre lieu que vous, et vous n'aurez qu'à leur faire signe pour votre retour.

– Madame la duchesse a raison, intervint Guillaume. Nous irons plus vite et plus sûrement. Je n'ai aucune envie de vous voir mise à mal par une bande de détrousseurs.

Constance acquiesça.

– Je vois, Constance, que votre compagnon de route tient à vous. Je m'en réjouis, dit Valentine avec un petit sourire.

Constance se renfrogna.

– Je vais en outre, continua Valentine, vous donner une recommandation pour un marchand lombard que je connais. Il pourra certainement vous loger et vous renseigner sur la ville. Il s'agit de Domenico di Cambio, un négociant en drap. Il m'a vendu récemment de belles pièces d'étoffe. N'hésitez pas à lui offrir quelques écus pour ses services. Comme tous les Lombards, il se laisse amadouer par les espèces sonnantes et trébuchantes.

*

Une heure après, Constance et Guillaume étaient en route. Valentine avait promis d'envoyer un messager à Taillevent afin d'expliquer l'absence de Guillaume. Elle avait aussi équipé Constance d'une robe à chevaucher, très ample et très longue, qui lui couvrait entièrement les jambes et était munie d'un capuchon emboîtant la tête. Leurs montures étaient de solides haquenées et leurs accompagnateurs, portant des corselets d'acier, étaient armés d'épées de taille et d'estoc.

Ils sortirent de Paris par la porte Saint-Denis, passèrent le long de la léproserie Saint-Lazare devant laquelle se pressaient des malades portant la cliquette qu'ils devaient agiter pour prévenir de leur présence. Prenant la route qu'empruntaient les chasse-marée, ils laissèrent à main gauche la colline de Montmartre couverte de moulins et de vignes.

Ils faisaient route au pas, n'étant ni l'un ni l'autre des cavaliers aguerris. Les champs étaient couverts de neige, des paysans se hâtaient le long des chemins. On était samedi et chaque bourg tenait son marché. En traversant Saint-Denis, ils virent les pauvres étals où n'apparaissaient que quelques choux et navets. À Aulnay, où ils mirent pied à terre pour se dégourdir les jambes, ils furent entourés par une bande d'enfants faméliques, les suppliant de leur accorder l'aumône. Constance sortit de sa bourse quelques piécettes qu'elle lança aux petits qui se précipitèrent pour les attraper.

Remis en selle, les hommes d'armes les pressèrent de passer à une allure plus vive. La chevauchée fut éreintante. Ils firent halte le premier soir dans une mauvaise auberge d'Estrée-Saint-Denis. Ils se parlèrent à peine, tellement ils étaient fatigués. Seuls les hommes d'armes firent honneur à la bouillie de gruau que leur servit l'aubergiste. Ils s'écroulèrent sur leurs paillasses et s'endormirent à la seconde même. Le lendemain fut tout aussi fatigant, ainsi que le jour suivant. Par chance, les chemins étaient bons et on avançait vite dans ce plat pays. Constance se remémorait le seul grand voyage qu'elle avait fait dans sa vie, de l'Aubrac à Paris. Elle avait cru que jamais les montagnes et les collines d'Auvergne ne cesseraient. Son futur époux, à ses côtés, l'encourageait en lui promettant monts et merveilles, une fois arrivés à Paris.

Elle jetait parfois des regards subreptices à Guillaume. Il avait fière allure sur son cheval. Elle avait ignoré, jusqu'alors, ses cheveux blonds que le vent de la course faisait danser, son nez aquilin, ses yeux bleus, ses larges épaules et ses longues jambes gainées de bottes de cuir fauve. Elle ressentait de nouveau ces étranges langues de feu qui lui mordaient le ventre et la laissaient le souffle court. Elle s'aperçut, avec honte, qu'elle ne chassait plus ces pensées de son esprit. Quand elles venaient, elle s'y laissait même aller.

Au soir du troisième jour, après avoir traversé une zone marécageuse, ils virent les remparts de Lille, hérissés de tours, se profiler à l'horizon. C'était une grande et belle ville, l'une des trois capitales, avec Dijon et Bruxelles, du duc de Bourgogne. Ils trouvèrent à se loger au *Cygne couronné*, rue de la Monnaie. L'aubergiste leur signala qu'en ces temps de fête, il y avait foule et qu'ils devraient partager la même paillasse. Guillaume fut très étonné que Constance ne pousse pas de hauts cris. Il eut l'intention de lui proposer de coucher par terre. Il n'en fit rien.

La ville bruissait de rires et de cris. Des gens affairés se pressaient dans les rues.

– Que se passe-t-il donc ? demanda Guillaume à l'aubergiste.

– Un des grands événements de l'année. On élit ce soir le roi de l'Épinette. Ce sera sûrement Pierre Le Neveu, un des échevins de la ville.

– Votre roi n'est pas n'importe qui ! fit remarquer Guillaume.

– Il le faut car cela coûte une fortune. Il doit tenir table ouverte pendant des jours et des jours pour les chevaliers et les gentes dames, et offrir du vin et des épices au petit peuple. Allez faire un tour ce soir, vous verrez son hôtel qui restera illuminé.

– C'est un vrai bienfaiteur !

– Vous pouvez le dire et il y en a de plus en plus qui se défilent pour ne pas avoir à supporter toutes ces dépenses.

– Ça se comprend. Et il ne fait que vous donner à manger, votre roi ?

Constance, assise sur un coffre, les yeux lourds de fatigue, se désintéressait de la conversation.

– Que nenni, répliqua l'aubergiste. Il doit organiser les grandes joutes qui vont se dérouler la semaine prochaine. Cela se passe sur la Grand-Place. Le roi est vêtu de satin et il a son sceptre en main, taillé dans une branche d'aubépine. Tout le monde peut jouter et je vous assure qu'on vient de toute la Flandre et même du Hainaut. Il remet au gagnant un collier d'or, ce qui lui coûte encore une fortune.

Guillaume, voyant que Constance était en train de s'endormir sur son coffre, mit fin à la conversation et pria l'aubergiste de leur servir à manger au plus tôt.

Les gardes ne soupèrent pas avec eux. Attirés par la liesse générale, ils étaient partis à l'aventure dans les rues de Lille.

L'aubergiste leur apporta un magnifique faisan :

– C'est jour de fête ! Profitez-en. Ce sera peut-être moins bon que le cygne rôti que vont déguster les hôtes du roi de l'Épinette, mais ce n'est déjà pas mal.

– Détrompez-vous, lui dit Guillaume, le cygne revêtu de ses plumes est très beau à voir sur une table, comme le paon faisant la roue, mais leur chair est médiocre et fort dure. Je préfère mille fois un perdreau, une bécasse ou même un canard sauvage.

– Je vois que monsieur est connaisseur.

– J'ai la chance de travailler aux cuisines de notre roi, dit Guillaume pas peu fier. Aïe, aïe, mais ça ne va pas…

Constance venait de lui donner un coup de pied sous la table et le regardait d'un œil furieux. L'aubergiste, hélé par un client, s'éloigna.

– Qu'est-ce qui te prend? dit-elle d'une voix furieuse. Nous ne devons rien dévoiler de qui nous sommes. Imagine que Gauvard séjourne dans la même auberge et que le patron lui raconte qu'il a servi un cuisinier du roi.

Guillaume la regarda avec un grand sourire :

– Tu m'as tutoyé! C'est magnifique! Nous voilà amis!

Constance prit un air offusqué :

– Cela m'a échappé. Vous êtes si imbu de vous-même, qu'il vous faut partout clamer vos hautes fonctions. Quelle gloire pouvez-vous tirer à écorcher des lapins, vider des esturgeons, éplucher des navets?

Guillaume fronça les sourcils :

– Tu crois qu'il y a plus de noblesse à lire tes livres enluminés que de préparer un festin qui ravit les yeux et les papilles. Sache que Taillevent, pas plus tard que la semaine dernière, m'a confié la réalisation d'un coq heaumé. J'ai fait rôtir un cochon de lait et un coq. Quand le coq a été bien doré, je l'ai farci avec des œufs et de la viande de poule. Puis j'ai mis le coq sur le cochon rôti, comme s'il le chevauchait. J'avais fabriqué un petit heaume en papier et une lance en fer pour le coq, ainsi qu'une bannière que j'ai recouverte de feuilles d'or et d'argent. Il paraît que le roi a applaudi en le voyant.

– Ridicule, lança Constance d'une voix pincée. Tout comme la hure de sanglier dorée ou le poisson aux trois couleurs. Vous autres cuisiniers, vous vous ingéniez à concevoir des choses si compliquées qu'on ne sait plus ce qu'on mange.

– Évidemment, ma pauvre Constance, tu ne peux pas savoir ce qui plaît à un royal gosier, rétorqua Guillaume d'un ton méprisant.

– Parce que toi, tu le sais ! Tu te crois d'essence supérieure, fils de duc, de prince, de roi peut-être…

Constance, le teint échauffé par la colère, les yeux lançant des éclairs, lui apparut soudain si jolie qu'il fit signe des deux mains qu'il capitulait et lui dit d'une voix radoucie :

– Non, je suis fils de rien, mais j'aime ce que je fais. Mon père était boulanger au service du grand Taillevent qui m'honore de sa confiance. J'ai commencé comme lui, enfant de cuisine qu'on bat pour la moindre erreur, à qui on fait porter des seaux plus grands que lui. J'ai gravi tous les grades. J'ai été souffleur, bûcher, garde-manger, broyeur au mortier, hasteur chargé des rôts, potagier. Aujourd'hui, je suis queux, un jour je serai maître-queux et pourquoi pas comme Taillevent écuyer de cuisine. J'ai envie que mon nom reste attaché à quelques plats et passe à la postérité.

– C'est bien ce que je disais, tu es un orgueilleux, reprit Constance.

– Je n'ai pas eu la chance, comme toi, de trouver un protecteur qui m'offrait une vie douce et confortable.

Constance se rembrunit.

– Je suis vraiment un maladroit. Je ne voulais pas te blesser, dit-il en posant sa main sur celle de la jeune femme.

Constance la retira immédiatement et demanda :

– Pourquoi n'es-tu pas marié ?

Une ombre passa dans le regard de Guillaume.

– J'ai été marié. Elle s'appelait Françoise. Elle est morte, il y a trois ans, avec nos deux enfants, Clément et Blanche. La peste les a emportés en deux jours.

– Oh mon Dieu ! C'est à mon tour d'être maladroite. Ne m'en veux pas.

– Je ne désespère pas de fonder une nouvelle famille, un jour, dit-il avec un petit sourire. Pour le moment, je te propose que nous nous retirions. La journée de demain va être aussi rude que celle d'aujourd'hui et nous aurons besoin de toutes nos forces. Allons prendre du repos.

Constance se troubla. La perspective de partager sa couche avec cet homme, qui lui inspirait des désirs inconnus, la terrifiait et la ravissait. Elle traîna un peu, fit mine de chercher quelque chose dans son bagage pendant que Guillaume se jetait tout habillé sur le lit. Elle s'allongea à une distance prudente de lui. Elle sentait son cœur battre à tout rompre. Elle mit la main sur son ventre pour calmer cet échauffement des sens qu'elle ne pouvait maîtriser. Elle entendit la respiration de Guillaume devenir régulière. Il dormait. Elle soupira. Quelques secondes plus tard, elle s'endormait à son tour.

18

12 février
« Quand février commence en lion,
il finit comme un mouton. »

C'est avec un immense soulagement que Guillaume et Constance découvrirent les moulins de Bruges battant des ailes sous le pâle soleil d'hiver. Ils étaient allés bon train. Après Lille, ils avaient traversé Courtrai et Rosselare. Au terme de ce voyage exténuant, ils abandonnèrent leur monture avec joie. Les deux hommes d'armes s'installèrent dans une auberge près de la porte Sainte-Croix. Ils resteraient à la disposition de Constance et Guillaume, le temps qu'il faudrait à l'accomplissement de leur mission.

Ils avaient une petite journée d'avance sur Gauvard et pouvaient donc agir à visage découvert. La première chose à faire était de se mettre à la recherche du marchand lombard conseillé par Valentine.

La ville, dont on leur avait vanté la richesse, leur paraissait bien misérable. Les rues étaient bordées de maisons délabrées aux toits de chaume devant lesquelles jouaient des enfants maigres et en haillons. Une désagréable odeur de vase montait du lacis de canaux qui parcouraient la cité.

Puis le style des maisons changea. De belles constructions de pierres et de briques firent leur apparition. Constance tira Guillaume par la manche :

– Regarde les pignons des maisons, c'est étrange, ils sont en gradins. Ils ont une drôle de manière de construire par ici.

– Ce qui m'étonne, c'est la couleur rose des briques. Nous n'avons rien de tel à Paris.

Ils suivaient de lourds charrois qui devaient certainement se rendre au centre-ville. Une foule de marcheurs, tout aussi pressés et énervés qu'à Paris, les accompagnait. Ils arrivèrent sur une place aux dimensions imposantes, entourée de hautes maisons, où se tenait un marché. Ils demandèrent à un bourgeois richement vêtu où trouver Domenico di Cambio, le marchand milanais. L'homme leur indiqua un grand bâtiment sur le côté droit de la place en répétant : « Waterhalle, Waterhalle. » Ils s'y dirigèrent et s'aperçurent avec étonnement que la bâtisse était construite à cheval sur un canal et que des bateaux pouvaient y pénétrer. Sur son flanc, des arcades de pierre blanche abritaient des échoppes. Dès qu'elle les vit, Constance laissa échapper un petit cri. Alarmé, Guillaume lui demanda :

– C'est Gauvard ? Tu l'as vu ? Ce n'est pas possible, il ne peut pas être déjà là.

– Non, pas du tout. Regarde ! Ce ne sont que soies et brocarts.

Constance pressa le pas, se précipita sur le premier étal, plongea les mains dans une lourde étoffe de couleur émeraude et poussa un soupir de ravissement.

Interloqué, Guillaume la suivit. Le marchand s'empressait déjà auprès de la jeune femme.

– Ce beau drap de Prato vient juste d'arriver, vous en voulez ?

Mais Constance était déjà passée à la boutique suivante où elle regardait avec admiration un lé d'écarlate pendu à une tringle. Le marchand d'à côté l'appelait pour qu'elle vienne voir la fine mousseline brodée d'or qu'il déroulait.

Guillaume, de plus en plus ébahi, la vit s'avancer vers le tissu, les yeux brillants, s'en détourner et foncer sur un magnifique velours couleur fleur de pommier qu'agitait le marchand suivant. Il la vit caresser d'un doigt léger le tissu, poser la paume de sa main sur la surface veloutée. Un désir violent lui noua le ventre. Constance continuait à jouer avec l'étoffe moirée, la laissant couler entre ses doigts, puis l'approcha de sa joue pour en sentir toute la douceur. Quand il la vit l'effleurer de ses lèvres, il se prit à vouloir la renverser sur cet amas de soie crissante et de drap rêche, et s'enfoncer dans son intimité soyeuse.

Il s'approcha d'elle, voulut saisir sa main, mais la jeune femme s'était penchée vers le marchand.

– Je veux cette pièce. Quel en est le prix ?

Un homme d'une trentaine d'années, qui se tenait en retrait, lui répondit dans un français teinté d'accent italien :

– Vous avez entre les mains l'une des plus belles réussites des tisserands de Lucques. Elle est fort chère.

Guillaume, qui avait repris ses esprits, murmura :

– Constance, ce n'est pas le moment ! Nous avons d'autres choses à faire que d'acheter du tissu.

– Guillaume, je n'ai jamais rien vu d'aussi beau. Nous ne savons pas ce que l'avenir nous réserve. C'est simple : je veux tout, répondit-elle d'un ton farouche.

Le marchand les regardait en riant et lança :

– Votre femme a raison, Messer. Peut-être, demain, serons-nous tous morts. Allez, n'hésitez pas à faire plaisir à votre épouse, elle est si jolie.

– Je ne suis pas son épouse, déclara Constance en regardant Guillaume de son œil noir. Je fais ce que je veux. Mettez-moi cette pièce de velours ainsi que la mousseline que je vois là-bas.

– Décidément, reprit le marchand, vous avez un goût excellent. Sa couleur bleu caviar est unique. Cette étoffe était réservée pour la femme d'un membre du Grand Conseil de Bruges, mais je crois pouvoir m'arranger. Je vous vois la désirer si ardemment qu'elle doit vous revenir.

L'homme s'entretint en flamand avec le boutiquier et annonça à Constance un prix astronomique. La jeune femme sursauta, Guillaume faillit s'étrangler.

– Je vous l'avais bien dit : ces tissus sont parmi les plus chers. D'autant que nous, marchands étrangers, si nous bénéficions ici des meilleures conditions, il nous est interdit de vendre au détail. Nous devons passer par des intermédiaires brugeois, ce qui explique les prix élevés.

À regret, Constance ne prit que le velours couleur fleur de pommier. Elle regarda l'homme remettre la mousseline en place, se promettant de revenir pour tenter de marchander. Pendant qu'elle payait ce qu'elle devait au marchand brugeois, Guillaume s'enquérait auprès de l'Italien dans quelle boutique ils pourraient trouver Domenico di Cambio.

L'Italien fit un geste de dénégation.

– À cette heure, vous n'avez aucune chance de le trouver ici. Il doit être place de la Bourse, à échanger les dernières informations avec ses collègues lombards.

– Pouvez-vous nous indiquer comment nous y rendre ?

– Bien sûr, mais je doute qu'il vous prête attention. Il est sur un gros coup : une cargaison d'épices en provenance de Chypre. Vous n'avez qu'à suivre le canal et juste après la grande grue, vous trouverez la place de la Bourse. Je vous souhaite bonne chance. Et vous, jeune dame, n'hésitez pas à revenir me voir. Je vous montrerai avec plaisir quelques-unes de nos merveilles. Juste pour le plaisir des yeux.

Constance et Guillaume saluèrent l'aimable personnage et continuèrent leur chemin.

Constance n'avait d'yeux que pour son grand paquet contenant le précieux velours. Avec un ongle, elle gratta l'emballage jusqu'à apercevoir un bout du tissu. Guillaume la regardait faire, perplexe. Jamais il n'aurait cru que Constance la puritaine puisse s'intéresser à des choses aussi futiles.

En passant devant l'échoppe d'un orfèvre, elle pila, tira Guillaume par la manche et d'un ton émerveillé s'exclama :

– Regarde cette boucle de ceinture sertie de pierres précieuses. Comme elle est belle ! Et cet anneau en or, tout simple. Et celui-là, torsadé. Et l'autre avec un petit serpent qui se dresse. C'est trop beau !

Elle restait plantée là, bouche ouverte, tandis que Guillaume se disait qu'on lui avait changé sa Constance et que pour une future pensionnaire des clarisses, ce n'était guère convenable. Il lui fit remarquer, une nouvelle fois, qu'ils devaient trouver un logis pour le soir. Elle le regarda d'un air surpris, fit un geste désinvolte et déclara :

– Il y a des choses fabuleuses dans cette ville. Je compte bien en profiter. Si ça ne te plaît pas, laisse-moi là.

Guillaume poussa un soupir de résignation, la prit par le bras et l'entraîna loin de toutes ces tentations.

Ils se trouvèrent bientôt nez à nez avec la plus grande grue qu'ils aient jamais vue. Construite en bois, elle était aussi haute que les plus hautes maisons environnantes. Dans une roue, six hommes marchaient pour actionner le mécanisme qui permettait de soulever de lourdes barriques. Juste à côté, des négociants débondaient les tonneaux et faisaient goûter du vin à des acheteurs dans une petite coupelle.

Comme l'avait dit le marchand italien, sur une petite place, un groupe d'hommes était rassemblé. Ils portaient tous des vêtements luxueux. Leurs manteaux étaient doublés des plus belles fourrures : martre, hermine, petit-gris.

– On dirait un troupeau de loutres au bord de la rivière, dit Constance avec amusement.

Ils se mêlèrent à la foule. Les discussions étaient vives, les langues les plus diverses. On entendait parler italien, français, flamand, anglais, espagnol. On leur indiqua Domenico di Cambio, un homme ventru aux traits grossiers, portant un manteau de drap épais doublé de zibeline. Il tenait à la main une chope de bière et une moustache d'écume blanche soulignait ses grosses lèvres. De sa main libre, il dessinait dans l'air des chiffres à l'intention de son interlocuteur, un maigrichon qui portait un invraisemblable bonnet d'où pendait une ribambelle de pattes de loup. Constance et Guillaume s'approchèrent et essayèrent de capter l'attention du Lombard. Il leur tourna ostensiblement le dos pour continuer sa discussion avec le maigrichon. Quelques minutes plus tard, il daigna les remarquer et d'un ton rogue leur demanda ce qu'ils voulaient. Guillaume expliqua que Valentine Visconti leur avait donné son nom et qu'il pourrait peut-être les aider.

– Et vous, en quoi pouvez-vous m'aider? aboya-t-il. Vous pouvez souffler dans les voiles de cette maudite galère qui n'arrive pas? Ça fait une semaine que je l'attends et je vais rater la vente de sucre aux Allemands. Non? Alors, passez votre chemin.

– Heuh… peut-être pourriez-vous nous indiquer un endroit où loger ? insista Guillaume.

– Et puis quoi encore ! Je ne suis pas aubergiste.

Il fit volte-face et rejoignit un petit groupe d'hommes qui discutaient plus loin.

Guillaume s'apprêtait à lui emboîter le pas, mais Constance lui fit signe de ne pas insister.

Ils s'assirent sur le muret du quai et se regardèrent avec consternation. Guillaume fut le premier à réagir :

– Il va falloir nous débrouiller par nos propres moyens. Ce n'est pas dramatique. Cette ville est truffée d'auberges. On voit des enseignes partout.

– Et si on retournait voir le marchand d'étoffes ? C'est un homme affable.

Quelques minutes plus tard, ils étaient de retour à la Waterhalle. En les voyant, le Lucquois éclata de rire :

– Déjà ! Mes étoffes vous ont vraiment fait de l'effet ! Vous avez réussi à convaincre votre ami de vous offrir un lé de mousseline ? Ou bien, n'auriez-vous pas réussi à rencontrer di Cambio ?

– C'est un ours, lança Constance. Malpoli et malaimable.

– À qui le dites-vous ! reprit le marchand. Il a de beaux produits et il est bon commerçant, mais cet homme n'aime que l'argent, comme tous les Lombards. Puis-je faire quelque chose pour vous ? Vous me semblez bien dépités.

Guillaume expliqua qu'ils devaient rester à Bruges quelques jours pour attendre des amis et qu'ils cherchaient un logis.

Le Lucquois émit un long sifflement et les regarda avec commisération :

– Vous allez avoir du mal. Les marchands de la Hanse ont leur réunion annuelle, et les auberges sont prises d'assaut par des hordes d'Allemands du Nord et du Sud, sans compter ceux qui viennent de Vilnius, Riga, Tallin, Novgorod…

Le marchand brugeois, dans un épouvantable français, émit une proposition :

– Les hôteliers, avec tout ce monde, se croient tout permis. Peut-être dans la Langestraat, tout au bout, y a-t-il encore de la place. Et ce n'est pas cher.

Le Lucquois fit un geste de dénégation :

– Non, non, Jeff, nous ne pouvons les envoyer dans ces bouges où les paillasses grouillent de poux et où les chambres ne sont jamais aérées.

– Le confort nous importe peu, dit Constance.

– Tsst tssst, pas question. Je ne veux pas que mon précieux velours traîne dans cet horrible endroit. Sans parler de vous, jeune dame.

Le Lucquois resta silencieux quelques instants, puis déclara :

– Je me présente : Matteo Fiadoni. Je travaille pour la compagnie Rapondi de Lucques. J'ai une grande maison près du Burg. Je peux vous y accueillir, si vous le voulez bien. Le Lombard s'est comporté grossièrement envers vous. Je me dois de vous prouver que les marchands italiens peuvent être accueillants.

Constance et Guillaume se regardèrent et firent ensemble un geste d'acquiescement.

– À la bonne heure ! Vous voilà à l'abri de toute mésaventure, dit Matteo.

« Si seulement c'était vrai », pensa Constance avant de le remercier chaleureusement.

L'Italien fit quelques recommandations à son associé brugeois et emmena ses invités. Ils n'eurent pas un long chemin à parcourir pour déboucher sur une place qui, si elle était plus petite que celle du marché, n'en était pas moins belle. Des maisons de quatre étages en pierre blanche voisinaient avec d'autres en brique rose. Un magnifique édifice en construction dressait sa façade altière. Voyant le regard admiratif des deux Français, Matteo leur précisa que c'était la Maison des Échevins. La ville était si riche qu'elle avait demandé au célèbre architecte Jan van Oudenaerde de construire un véritable palais. Les briques étaient rehaussées de pierres de Brabant et les toits d'ardoises percés de nombreuses lucarnes.

La maison de Matteo avec ses trois étages avait, elle aussi, fière allure. Pendant le court trajet, il leur avait expliqué qu'il avait épousé une Flamande, fille d'un riche marchand qui leur avait fait construire une maison dotée de tous les agréments modernes.

Matteo poussa la lourde porte. Ils se frayèrent un chemin à travers un monceau de balles de laine. Il leur expliqua qu'à Bruges, tous les rez-de-chaussée servaient d'entrepôt. Un escalier en pierre menait aux appartements privés. Les murs étaient lambrissés de bois du Nord donnant aux pièces une atmosphère chaleureuse. Les fenêtres en ogive à fins meneaux étaient garnies de verre épais, mais étaient assez grandes pour laisser passer la lumière. De superbes tentures et des coussins multicolores faisaient de l'endroit un cocon gai et douillet.

L'arrivée de Matteo déclencha un immense chahut. Il fut immédiatement submergé par six paires de jambes et de bras appartenant à des bambins de deux à sept ans. Deux garçons et une fille, qui s'accrochaient à leur père, faisaient voler sa toque de fourrure et hurlaient comme des fous furieux. Matteo, en riant, se débarrassa de la grappe d'enfants et avança vers une plantureuse jeune femme qui, placidement, donnait le sein à un nouveau-né.

– Marjan, j'ai amené deux voyageurs français qui n'auraient eu aucune chance de trouver un hébergement en ville.

L'Italien devait être coutumier du fait car sa femme ne manifesta aucune surprise.

– Soyez les bienvenus, dit Marjan avec un sourire lumineux. Excusez mon mauvais français. Je vais m'occuper de vous dès que j'en aurai fini avec le bébé.

Constance s'assit à côté de la jeune mère sur un coffre garni de coussins et regarda avec émotion le bébé rougeaud qui tétait avidement. Elle caressa d'un doigt léger le duvet blond qui le faisait ressembler à un oisillon. Elle poussa un long soupir qui fit dire à Marjan :

– Voilà, cette petite goulue en a fini. Je suis à vous.

– Marjan, nous avons tout notre temps. Votre accueil me fait chaud au cœur.

– C'est bien normal, même si parfois je dis à mon mari qu'il aurait dû être aubergiste plutôt que marchand. Mais vous avez l'air très fatigué tous les deux. Je vais vous montrer votre chambre.

Au grand soulagement de Constance, Matteo intervint :

– Marjan, nos deux invités ne sont pas mariés. Donne-leur deux chambres.

– C'est étrange, dit la jeune femme, j'étais persuadée du contraire. Vous faites un bien beau couple.

*

Ils n'eurent guère le temps de se reposer. Une servante vint frapper à leur porte pour les prévenir que le souper allait bientôt être servi. Une table à tréteaux avait été dressée dans la grande salle du premier étage.

Matteo, entouré de ses enfants, leur racontait une histoire en italien et les petits, assis sur un tapis de soie de Perse, buvaient ses paroles. Voyant arriver ses invités, il fit signe à une servante qu'il était temps de mettre la marmaille au lit. Pleurs et grincements de dents n'eurent pas raison de la volonté du père qui frappa dans ses mains. Le petit monde s'en fut après moultes embrassades.

– Ah la *famiglia* ! s'exclama Matteo. C'est ce qu'il y a de plus précieux au monde. Approchez, que je vous serve un verre de malvoisie. Vous m'en direz des nouvelles. Nous venons de recevoir un chargement en provenance de Grèce.

Constance et Guillaume goûtèrent au liquide ambré et déclarèrent qu'il était excellent. Leur hôte émit quelques petits claquements de langue en guise d'approbation.

Marjan apparut avec une servante qui portait un bassin et une aiguière d'argent. Ils se lavèrent les mains avec de l'eau tiède mêlée de sauge, de marjolaine, de laurier et d'écorces d'orange. Après le bénédicité dit par Matteo, tous s'assirent. La table était richement mise. Sur de très beaux tailloirs d'argent avaient été placées des tranches de pain bis qui recueilleraient la sauce des viandes. Des couteaux, des cuillères en métal ouvragé, une salière en forme de petit chariot étaient disposés au centre de la table, ainsi que des serviettes en lin et des petits pains ronds.

En première assiette, ils eurent des pommes et des poires rôties accompagnées de petites saucisses. Matteo leur proposa un autre verre de malvoisie qu'ils acceptèrent bien volontiers.

Constance s'émerveilla des verres peints. Matteo expliqua qu'ils venaient de Murano et qu'en Italie c'était chose fort courante. Guillaume renchérit en disant qu'il y en avait à la table du roi, ainsi que des verres de Damas, émaillés et dorés.

– Bien que nous ne soyons pas un jour maigre, j'ai prévu du poisson au cas où l'un d'entre vous ne mangerait pas de viande, dit Marjan en découvrant un plat d'anguilles baignant dans une sauce verte dégageant une délicieuse odeur.

– Quelle est cette sauce ? s'enquit Guillaume.

– On dit qu'il faut dix-sept herbes différentes, répondit Marjan. Voilà ce que j'ai mis : sauge, sarriette, persil, cerfeuil, oseille, menthe, mélisse, ciboulette, estragon, ail, lamier blanc, cresson, pimprenelle, thym, feuilles de bettes, poireaux, épinards…

Après avoir goûté, Guillaume émit un petit sifflement admiratif et déclara :

– Une fois rentré à Paris, à coup sûr, je referai ce plat.

– Avez-vous des marais et des canaux comme ici ? demanda Marjan.

– Pas autant que chez vous, mais nous trouvons des anguilles sans problème.

Constance poursuivit :

– C'est incroyable toute cette eau qui vous entoure.

– C'est elle qui a fait la fortune de Bruges, expliqua Matteo. Il y a près de trois siècles, il s'est passé une chose extraordinaire : une sorte de raz-de-marée a ravagé les terres à l'ouest de la cité. Des villages entiers ont été engloutis et un bras de mer s'est créé : le Zwin. Bruges devint ainsi une ville presque au bord de la mer. On fonda un avant-port qu'on nomma Damme.

– Mais comment font les bateaux pour arriver jusqu'au centre de la cité ? demanda Guillaume.

– Un canal et plusieurs écluses furent construits, ce qui permit de s'affranchir des contraintes de la marée, répondit Matteo. Les gros bateaux arrivent à Damme, les marchandises rejoignent Bruges sur des embarcations plus petites. On dit que certains jours, il peut y avoir sur les mers du monde sept cents bateaux qui sont en route pour Bruges.

– C'est incroyable ! s'étonna Constance. Ils viennent d'où, tous ces bateaux ?

– D'Angleterre, bien entendu, qui est juste en face, et ils apportent la bonne laine anglaise et écossaise. Mais aussi de France. D'ailleurs, vous allez goûter à mon vin de Bordeaux, continua Matteo en leur servant un vin rouge foncé. Il y a un siècle, les Génois ont préféré les routes maritimes aux routes terrestres pour atteindre l'Europe du Nord.

– Mais c'est un chemin beaucoup plus long, s'étonna à son tour Guillaume.

– Certes, mais on peut transporter une charge mille fois plus importante en bateau. Ça s'est révélé tellement rentable que tout le monde s'y est mis : les Vénitiens, les Portugais, les Espagnols. Du coup, les marchands de la Hanse d'Allemagne sont arrivés en masse. La richesse de Bruges ne cesse de s'accroître depuis.

Le repas se poursuivit dans la bonne humeur. Marjan leur fit découvrir le waterzoï. Elle leur expliqua que cela voulait dire, en flamand, « eau qui bout », et qu'on pouvait y mettre aussi bien du poulet que du poisson, selon qu'on était un jour gras ou un jour maigre. Elle riait de l'intérêt des Français pour ses petits plats. Elle comprit mieux quand ils lui dirent qu'ils étaient tous les deux cuisiniers.

La soirée avait été douce à Constance. Pour la première fois depuis des semaines, elle avait ri de bon cœur, n'avait rien eu à craindre des gens qui l'entouraient ni à rougir de honte devant des manifestations indécentes. Le bonheur familial des Fiadoni la faisait rêver, la présence de Guillaume aussi.

Les chambres qui leur avaient été attribuées étaient spacieuses et bien chauffées. Ils se séparèrent sur le pas de la porte, se souhaitant mutuellement bon repos.

Constance, épuisée, s'endormit la tête à peine posée sur le moelleux oreiller de plumes. Guillaume revivait la flambée de désir qui l'avait saisi. Savoir Constance aussi proche, dénudée et endormie, le rendait fou. Qu'allait-il devoir inventer pour qu'elle lui tombe dans les bras ?

19

13 février

« Si le soleil luit pour Sainte-Eulalie,
pommes et cidre à la folie. »

Guillaume et Constance, remis de leur voyage, se concertaient sur la conduite à tenir. Gauvard et le fameux haut personnage allaient certainement arriver le jour même. Il leur faudrait se montrer extrêmement prudents. Guillaume prévint Constance qu'il était hors de question qu'ils se promènent le nez au vent. Même si elle voyait les plus beaux objets du monde, elle devrait faire preuve de plus de retenue que la veille.

La jeune femme ne récrimina pas. La journée allait être cruciale.

Ils s'étaient installés dans la cuisine où la servante leur avait servi une écuelle de bouillon, une belle tranche de pain et un verre de bière épaisse. Ils entendaient les enfants piailler et leur père leur expliquer qu'il devait se rendre à son travail. Matteo fit irruption dans la cuisine :

– C'est une belle journée. Il fait un froid de canard, mais le soleil ne va pas tarder. Qu'allez-vous faire ? Visiter d'autres échoppes en attendant vos amis ? Je ne pourrai hélas vous accompagner car on m'attend au consulat de Lucques. Dino Rapondi, le grand patron, est arrivé de Paris hier soir et nous devons vérifier les comptes ensemble.

Constance et Guillaume, alertés, se regardèrent.

– Votre patron ne réside pas à Bruges ? demanda innocemment Constance.

– Pas vraiment. Il fait également des affaires à Paris et il est même devenu le financier du duc de Bourgogne. Il a laissé la responsabilité du comptoir à son neveu, un bon à rien, si vous voulez mon avis. Je crois d'ailleurs que si Rapondi est là, c'est qu'il a l'intention de mettre fin aux activités de Giovanni qui n'a aucune notion de comptabilité. Et quand on sait ce que nous manions comme argent, il vaut mieux s'y connaître.

– Vous ne vendez donc pas que des étoffes ? demanda Guillaume.

– Bien sûr que non. La soie a fait la fortune des marchands lucquois, mais notre principale activité tourne autour de l'argent. Nous, les Italiens, nous avons inventé un nouveau moyen de paiement : la lettre de change. Quand on fait autant d'affaires que nous, cela nous évite de transporter des sacs d'or.

– J'en ai entendu parler. Mais comment cela fonctionne-t-il ? demanda Guillaume.

– C'est très simple : un marchand écrit une lettre à son correspondant dans un pays étranger lui demandant de remettre une certaine somme en la monnaie du pays à un bénéficiaire qu'il nomme. Et c'est aussi très rentable, car, en fait, c'est un prêt à intérêt.

– Mais c'est interdit par l'Église ! s'étonna Guillaume.

– Disons qu'on se rémunère sur les taux de change. D'où l'importance de bien les connaître.

Constance qui n'entendait rien aux finances et poursuivait son idée demanda :

– Et votre patron, il est arrivé tout seul de Paris ?

– Oui, enfin, avec son habituelle garde armée. Pourquoi me demandez-vous ça ?

Guillaume regarda avec insistance Constance qui hocha la tête en signe d'approbation.

– À vrai dire, les gens que nous attendons ne sont pas vraiment des amis, dit-il d'une voix hésitante. On nous a dit qu'il y avait parmi eux un haut personnage qui pourrait appartenir à l'entourage du duc de Bourgogne.

Matteo éclata de rire :

– Vous êtes sur les terres du duc de Bourgogne, alors c'est par centaines que vous pouvez compter les proches du duc. Autant chercher une aiguille dans une botte de foin.

– Oui, mais celui-ci est là pour traiter d'affaires financières, insista Guillaume.

Matteo rit de plus belle :

– Je viens de vous l'expliquer, Bruges est la première place financière du monde et comme le duc de Bourgogne est toujours à l'affût d'argent pour renflouer ses finances, tous ceux qui viennent ici sont, peu ou prou, en pourparlers avec des banquiers et des changeurs.

– Il doit y avoir toutes sortes de manigances autour de ces transactions, demanda Constance. Se pourrait-il que votre patron soit mêlé à des affaires louches ?

Le sourire de Fiadoni s'effaça et, d'un ton très irrité, il déclara :

– Je ne vous permets pas une telle allégation. Mon maître est un homme d'honneur.

– Je ne voulais pas vous offenser, Matteo. Je ne connais rien à tout cela, s'excusa Constance, prenant conscience de la brutalité de son propos. Nous sommes sur la piste de faux-monnayeurs et nous cherchons à en savoir plus.

Matteo la regarda d'un air méfiant :

– Utiliser de la fausse monnaie provoquerait la ruine de la maison Rapondi. Les clients ne mettraient pas longtemps à s'en apercevoir et demanderaient le remboursement immédiat des avoirs placés dans notre maison. Ce serait la faillite immédiate. Nous avons assez de bel et bon or en circulation pour ne pas avoir à tremper dans un trafic de ce genre.

La déception pouvait se lire sur les visages de Constance et Guillaume qui avaient cru un moment tenir un bout de la solution.

Matteo, les sourcils froncés et le regard soucieux, leur demanda :

– Dites-m'en plus sur cette histoire de fausse monnaie. S'il se trame quelque chose de ce genre à Bruges, nous sommes tous en danger.

Constance lui expliqua les grandes lignes de l'affaire. Le banquier l'écouta attentivement et dit :

– Je vais ouvrir l'œil et me renseigner sur l'arrivée éventuelle de votre Gauvard. Aujourd'hui, vous pourrez circuler en toute quiétude. Nous sommes à quelques jours de Mardi Gras et il va y avoir quelques cavalcades dans la ville. Je vais demander à Marjan et aux enfants de vous prêter des masques. Nous verrons ce soir si nous avons glané des informations intéressantes.

Constance et Guillaume le remercièrent. Après son départ, ils se demandèrent s'ils avaient eu raison de lui faire confiance.

– Cet homme est honnête et loyal, ça se voit sur son visage, dit Constance.

– Ce sont les plus habiles brigands qui montrent un visage serein et avenant.

– Regarde comme il vit : sa femme et ses enfants sont ce qui compte le plus pour lui. Il ne saurait trahir.

Guillaume décela dans le ton de Constance une pointe d'envie.

– Tu dois avoir raison, et ce qui est fait est fait. Allons voir en quoi les petits Fiadoni vont nous déguiser, conclut-il.

Les enfants les accueillirent avec des cris suraigus. Eux-mêmes étaient costumés. Pietro, l'aîné, en grenouille, Marcello, le cadet, en pain de sucre et la petite Flor en ourson. Ils présentèrent à Constance un masque de chat noir aux grandes moustaches et à Guillaume un affreux assemblage de crête rouge et de plumes blanches figurant un coq. En se tordant de rire, ils nouèrent les rubans qui maintenaient les masques derrière la tête. Marjan, le bébé accroché à son épaule, laissait faire, ramassant les coussins que les enfants faisaient voltiger. Constance eut une pensée pour Marion qui aurait hurlé de terreur si elle l'avait vue déguisée en chat de l'enfer.

Ils sortirent tous ensemble. Les enfants, sous la garde d'une servante, se précipitèrent vers un vendeur de gaufres qui ne savait plus où donner de la tête.

Constance fronça le nez :

– Tu ne trouves pas que toute la ville sent la friture ? Ils prennent vraiment de l'avance sur Mardi Gras.

Constance et Guillaume laissèrent les enfants à leurs agapes et partirent à l'aventure dans la ville.

Les tavernes étaient pleines, les clients débordaient sur les trottoirs, chopes de bière à la main, chantant et se hélant. À midi, ils réussirent à manger d'étranges petits beignets aux crevettes. Ils engagèrent la conversation avec leur voisin de table qui mangeait de gros escargots qu'il disait provenir de la mer. Quand Guillaume demanda à ce qu'on leur serve du vin, il leur dit :

– Ici vous n'aurez que de la piquette. Essayez plutôt la bière.

Constance lui expliqua qu'elle n'aimait guère la cervoise qu'elle trouvait trop fade.

– C'est que vous ne connaissez pas notre bière « de grute ». Elle est fabriquée par les seigneurs de Gruuthuse. On la fait d'une nouvelle manière, comme en Allemagne, avec du houblon et cela lui donne une petite amertume pas désagréable.

Constance accepta de goûter le breuvage, fit la grimace et déclara que c'était bien meilleur que la cervoise qu'on servait à Paris, mais qu'elle préférait vraiment le vin.

De toutes les rues déboulaient des gens déguisés, marchant au son de flutiaux et tambourins. Les uns faisaient sonner lourdement leurs sabots de peuplier comme pour appeler le printemps qui semblait si lointain. D'autres s'avançaient à la queue leu leu, agitant des grelots et des plumes. Tout le monde se trémoussait, criait, rugissait, chantait, à croire que le diable s'était emparé de la ville. Constance et Guillaume se trouvèrent bientôt au milieu d'une bataille entre des jeunes gens qui jetaient de la farine mouillée sur les passants. Ils s'échappèrent sans trop de dégâts. À un carrefour, Guillaume reçut en pleine poitrine une pomme lancée avec violence par un grand gaillard qui s'enfuit en riant. Le souffle à moitié coupé, il se plia en deux, respira profondément et se releva. Constance n'était plus à ses côtés. La foule les avait séparés. Il la chercha des yeux, en vain. Sa haute taille lui permettait de dominer la foule mouvante. Il ne voyait que chapeaux pointus et plumes ondulantes. Inquiet, il joua des coudes, ce qui lui valut quelques regards courroucés. Il essaya de revenir sur ses pas et découvrit Constance en arrêt devant l'échoppe d'un mercier, où étaient présentés des épingles et aiguilles d'or, des perles, des petits objets d'ivoire, un coffret de bois avec des pierres, des écritoires, des couteaux ouvragés, des lanières et lacets de soie. Guillaume se précipita, la tira par le bras et cria :

– Ne me fais plus un coup comme ça ! J'ai pensé que tu étais peut-être tombée sur Gauvard et qu'il était en train de t'assommer derrière une porte.

Constance le regarda avec ses grands yeux de chat et murmura d'un ton faussement contrit :

– Je ne le ferai plus.

Ils repartirent dans les rues, s'amusant des déguisements. Ils croisèrent à un moment les enfants Fiadoni qui avaient une nouvelle gaufre à la main. Sur l'Eeirplatz, la foule était moins dense. Ils s'y reposèrent quelques instants, appuyés à une borne. Un personnage grotesque, ressemblant à un énorme poussin ébouriffé, s'approcha alors de Constance et lui mit dans la main une cocotte en papier. Elle le remercia et continua sa conversation avec Guillaume. Le gros poussin agita sa tête emplumée. Elle le regarda sans rien dire. Il s'approcha jusqu'à la toucher. Elle le repoussa gentiment. Le poussin insista. Elle le repoussa violemment. Le volatile la prit alors par le bras et l'entraîna au pas de course sous les rires des passants. Constance se mit à crier. Guillaume, qui n'avait pas réagi, croyant à quelque mômerie de carnaval, se lança à leur poursuite. Il arracha Constance à son ravisseur qui, fort mécontent, se rua sur Guillaume. La bagarre fit jaillir un nuage de plumes qui retombèrent en volutes sur les spectateurs morts de rire. Le poussin déplumé, qui n'était autre qu'un jeune homme d'une vingtaine d'années, brandit le poing et partit en courant. Constance était dans les bras de Guillaume qui la serrait contre lui. Il lui releva le visage et vit dans ses yeux de chat de grosses larmes rondes. Il la serra plus fort et la sentit s'alanguir. Il posa ses lèvres sur celles de la jeune femme qui s'entrouvrirent légèrement. Leur baiser dura si longtemps que des passants s'arrêtèrent et finirent par applaudir.

Le soleil se couchait et la foule commençait à se disperser pour aller prendre ses quartiers dans les tavernes qui allaient connaître une nuit agitée.

Guillaume, le bras passé autour de la taille de Constance, l'entraîna vers le Burg et la maison de Matteo. La jeune femme se laissait aller à cette étreinte. Elle sentait monter en elle une sève nouvelle, douce et forte.

Peu avant d'arriver sur la place, ils se désunirent, leurs mains se cherchèrent une dernière fois et ils pénétrèrent chez les Fiadoni. Matteo était seul dans la pièce du haut, debout, se chauffant aux hautes flammes de la cheminée. Il se précipita vers eux :

– Mais où étiez-vous donc ? Cela fait des heures que je vous attends. J'ai du nouveau. Asseyez-vous.

Constance et Guillaume obtempérèrent. Matteo leur lança d'un ton agacé :

– Débarrassez-vous de ces masques ridicules ! Ce que j'ai à vous dire est inquiétant.

Constance commença à dénouer les lacets du masque de Guillaume qui fit de même pour elle. La jeune femme tressaillit en sentant les doigts de l'homme qui s'attardaient sur sa nuque en une caresse furtive. Elle s'empourpra, ce que ne remarqua pas Matteo qui marchait de long en large, comme un lion en cage.

– Vous aviez raison, il se trame quelque chose, annonça Matteo. J'ai su par un employé qu'un certain Artus de Boislevé venait d'arriver en ville pour rencontrer Giovanni Rapondi. Renseignements pris, cet Artus est un proche du duc de Bourgogne.

– Vous savez ce qu'il vient faire à Bruges ? demanda Constance que la présence de Guillaume, assis à ses côtés, troublait plus que jamais.

Matteo, qui avait fini par s'asseoir, se rongeait l'ongle du pouce.

– On m'a parlé d'un important prêt à court terme, ce qui me semble bien étrange. Notre cher duc, Philippe le Hardi, a une prédilection pour les prêts à très, très long terme. Il espère toujours s'arranger pour ne pas les rembourser.

– Et vous a-t-on dit si Artus de Boislevé était accompagné ? demanda Guillaume.

– On m'a dit qu'il y avait une espèce de rustre qui avait fait un scandale parce qu'on lui avait servi de la bière et non du vin.

– Gauvard ! s'exclamèrent ensemble Constance et Guillaume.

– Votre ami, si je ne me trompe ? dit Matteo en souriant pour la première fois.

– Un fieffé soiffard, mais un individu rusé et sans scrupules dont il faut se méfier, répliqua Guillaume.

– Qu'allons-nous faire ? demanda Constance les yeux fixés sur Guillaume.

Ce fut Matteo qui répondit :

– J'aurais aimé pouvoir en parler avec Dino Rapondi, mais il a passé toute la journée avec les échevins et ce soir, il participe au grand banquet donné par la ville.

– Attendons demain, suggéra Guillaume qui avait pris discrètement la main de Constance et la pressait dans la sienne.

– Hélas, nous ne pouvons guère faire autre chose, répondit dans un soupir Matteo. Que cela ne nous empêche pas de souper.

– Mais où sont les enfants ? demanda Constance qui venait de s'apercevoir que la maison était étrangement silencieuse.

– Malades, répondit laconiquement Matteo. Ils ont dû se gaver de gaufres ou de je ne sais quoi d'autre.

C'est toujours la même chose en ces jours de fête. Marjan s'occupe d'eux, mais elle nous a prévu de bonnes choses à manger.

Ils se mirent à table. Le genou de Guillaume vint frôler celui de Constance. La jeune femme en laissa tomber sa cuillère dans son écuelle de potage.

Guillaume raconta la mésaventure avec le gros poussin. Matteo éclata de rire.

– Vous l'avez échappé belle ! La coutume veut que les jeunes gens de bonne famille, après leur avoir glissé un billet doux, s'emparent de la jeune femme de leur choix. Soyez sûre que sans l'intervention de Guillaume, il vous aurait fait subir les derniers outrages.

Il leur demanda ensuite de raconter comment ils s'étaient retrouvés dans cette chasse aux faux-monnayeurs. En apprenant qu'ils travaillaient dans une étuve, il s'esclaffa :

– Savez-vous que Bruges peut aussi s'enorgueillir de la plus grande densité de bordels et d'étuves qu'on appelle *stoven* ? Il y en a partout, surtout à Saint-Gilles, aux alentours du couvent des Augustins et dans l'Oostprosse, de l'autre côté de la Reie. La plupart des maisons de prostitution appartiennent à des notables de la ville. C'est une affaire juteuse ! Et ça arrange tout le monde. Que voulez-vous : il y a tant de navigateurs et de commerçants étrangers ! Je dois avouer qu'avant de connaître Marjan, je les fréquentais assidûment.

Constance, qui ne souhaitait pas que la conversation s'éternise sur ce sujet, demanda :

– Comment font les marchands pour vivre à Bruges ? Tous n'ont pas comme vous une maison.

– Cela fait le bonheur et la fortune des hosteliers. Ils offrent un toit et aussi un entrepôt pour les marchandises. Mais ils font aussi circuler l'information, se tiennent au courant des techniques commerciales, servent d'intermédiaires. C'est ainsi que des familles comme les Metten Eye, van de Walle et surtout les van der Beurse ont pris une place de premier plan comme courtiers. À tel point que l'auberge *Ter Beurse* de la Vlamingstraat où vous avez rencontré di Cambio est en train de donner son nom à la place. Les Français prononcent « bourse ».

– Mais que font tous ces hommes à discuter ainsi ? s'enquit Guillaume.

– Les marchands y échangent des informations financières, notent les cours des monnaies et escomptent les lettres de change. Ces réunions ont lieu tous les jours et c'est une cloche qui annonce le début et la fin d'une transaction. Si vous voulez mon avis, cette manière de faire est appelée à un grand avenir.

Constance, qui n'avait d'yeux que pour Guillaume, se moquait éperdument des dernières techniques financières. Elle voulait retrouver la pression des mains de Guillaume sur sa peau, son souffle dans son cou, son étreinte. Elle voulait savoir jusqu'où l'entraînerait son désir.

20

14 février
« Ciel clair à la Saint-Valentin
annonce plénitude de biens. »

La vie de Constance bascula dans une étreinte. La veille au soir, Guillaume et elle avaient gravi ensemble l'escalier menant à leurs chambres. Il n'avait pas lâché sa main et l'avait conduite au pied du lit. Elle avait voulu se déshabiller seule et lui était apparue, nue et fragile. Il avait pris ses seins dans ses mains en coupe et les avait baisés légèrement.

– Je me sens devenir fontaine, avait-elle dit.

– Je vais venir boire à ta source claire, lui avait-il répondu.

Leurs ébats durèrent toute la nuit. Il l'avait fait venir sur elle. Jamais elle n'aurait pu croire que tant de plaisir fût possible. Au petit matin, blottie sous les couvertures en fourrure, elle lui confia :

– Jamais mon mari ne m'avait touchée ainsi.

– Il n'avait pas appris ce qui plaît aux femmes.

– Et toi, tu l'as appris auprès d'Isabelle, bien sûr !

– Isabelle et d'autres. J'ai connu une putain qui avait été esclave chez les Maures. Elle en avait rapporté des savoirs qu'elle m'a fait partager.

– Mais tous ces gestes sont péchés.

– Demande donc aux bons curés qui viennent s'ébattre rue Tirechappe.

– Mais ceux-là sont impies. Dis-moi ce que t'a appris ta putain sarrazine ?

– Les péchés t'intéressent ? Elle disait que son maître jouait avec ses seins et lui caressait les cuisses longuement sans chercher l'accomplissement. Il attendait toujours qu'elle atteigne le plaisir avant de prendre le sien.

– C'est ce que tu as fait tout au long de cette nuit, dit-elle pensivement. Et quoi d'autre ?

– Il va falloir que tu attendes. Nous connaîtrons d'autres merveilles.

En fait, Constance n'avait qu'une idée en tête : recommencer. Peut-être était-elle sous l'emprise d'un charme qui allait s'évanouir lors de leur prochaine étreinte. Peut-être n'était-ce qu'un rêve. Une chose était sûre : toute idée de finir sa vie dans un couvent l'avait quittée. Elle se demandait même ce qu'elle faisait là à courir après des bandits dont elle n'avait que faire. Elle s'en ouvrit auprès de Guillaume qui s'étirait paresseusement.

– Et si on rentrait à Paris sur-le-champ ? On passerait prendre Mathias et on filerait s'installer dans mon domaine d'Argenteuil.

– Et moi, je ferais à manger pour tes paysans ? J'ouvrirais une auberge où je servirais de mauvais plats et de mauvais vins ?

– Pourquoi pas ? J'ai assez d'argent pour que nous vivions dans l'aisance. Tu pourrais expérimenter de nouveaux mets et faire comme ton maître Taillevent : écrire un livre de recettes. Je te donnerai le manuscrit de mon mari.

Guillaume sourit, l'attira vers lui et, l'embrassant derrière l'oreille, lui murmura :

– Après m'avoir tant détesté, je te trouve bien impatiente à vouloir lier nos destins. Qu'est-ce qui t'a fait changer d'avis ? Le couvent des Clarisses ne te tente plus ? Tu préfères te frotter à un homme que de passer ta vie en prières ?

Constance rougit, se cacha le visage dans ses mains :

– J'ai été stupide, dure et arrogante. Je croyais avoir raison, que la loi de Dieu me guidait, mais je ne savais pas qu'on pouvait aimer un homme aussi bien avec son cœur qu'avec son corps.

– Tu ne peux pas décider de tout, Constance. Tu veux m'emmener avec toi, parce que cette nuit, tu as découvert que l'amour était plaisir. Mais j'ai un métier auquel je tiens et je ne veux pas passer ma vie à me cacher, à craindre pour toi et moi. Et qui me dit que l'ancienne Constance, celle qui veut tout régenter, ne réapparaîtra pas ?

Constance était au bord des larmes.

– Mais je t'aime d'amour, s'exclama-t-elle.

– Voilà qui est mieux, dit-il en jouant avec ses boucles châtaines.

– Je te veux pour homme.

– Ça, je l'ai bien compris cette nuit.

– Ne te moque pas. Je n'ai connu de l'amour que celui d'un vieillard qui me voyait comme une petite fille qu'il fallait éduquer. Il m'offrait les plus belles robes et les plus beaux livres, mais jamais ce que j'ai pu connaître avec toi. J'ai envie de rêver dans tes yeux, de te voir vivre, bouger, rire, être à tes côtés, devenir une femme et non rester une enfant.

Guillaume la regardait avec émotion essuyer une larme qui perlait à ses paupières. Il la prit dans ses bras :

– Ma belle Constance, voilà qui me plaît. Et pourrais-tu me promettre de rester sage si, d'aventure, je regardais une autre femme ?

– Hors de question, dit la jeune femme d'un ton farouche.

– Et si je passais mes soirées à la taverne ?

– Je viendrais t'y chercher.

– Et si je m'en allais sur les routes chercher fortune ?

– Je te suivrais.

– Et si j'essayais de t'échapper ?

– Je te ferais prisonnier.

– Et si je t'embrassais ?

Constance ne put rien répondre, car Guillaume l'avait renversée sur le lit et l'embrassait avec fougue. Elle s'ouvrit à lui. La sentant si chaude et douce, il lui murmura : « Partons ensemble. »

*

Les hurlements des petits Fiadoni, tout à fait remis de leur excès de gaufres, les tirèrent du lit. Il était tard. Ils rassemblèrent rapidement leurs effets. Constance prit soin de bien plier son velours couleur fleur de pommier. Il ne restait plus qu'à annoncer à Matteo leur départ. Ils le trouvèrent occupé à ranger des papiers dans un coffre d'archives, somptueusement décoré de rosaces entrecroisées. Il avait l'air préoccupé, mais les accueillit avec sa bonhomie habituelle :

– Avez-vous passé une bonne nuit ?

– Délicieuse, ne put s'empêcher de répondre Constance en lançant un regard énamouré à Guillaume.

Matteo les regarda avec attention et leur dit d'un ton complice :

– J'ose espérer que vous avez apprécié la chaleur de nos fourrures de Slavonie et le moelleux de nos oreillers en plume d'oie de Suède.

Guillaume sourit.

– Nous allons les regretter. Nous rentrons ce jour à Paris.

Matteo interrompit son rangement et s'exclama :

– Vous ne pouvez pas faire ça ! Vous m'avez alerté sur un danger qui risque de causer la ruine de la compagnie pour laquelle je travaille. Je vous en prie, aidez-moi à identifier les criminels. Restez aujourd'hui. Nous allons essayer, ensemble, de leur mettre la main dessus. Après, j'en fais mon affaire.

Constance et Guillaume se consultèrent du regard.

– Vous nous avez ouvert votre porte, dit Guillaume, et nous avons jeté le trouble dans votre esprit. Vous avez raison, nous ne pouvons vous laisser tomber. C'est d'accord, nous restons. Comment allons-nous nous y prendre ?

Matteo poussa un soupir de soulagement :

– Il va de nouveau y avoir des cavalcades en ville, aujourd'hui. Nous pourrons donc sortir masqués, nous mêler à la foule et essayer de repérer les bandits.

– Un des lieux de prédilection de Gauvard étant les tavernes, nous avons du pain sur la planche avec le nombre qu'il y a à Bruges, s'exclama Constance.

Ils remontèrent leur bagage. Dans l'escalier, Guillaume en profita pour asséner quelques petites tapes sur les fesses de Constance qui se retourna vers lui :

– Ne me touche pas ou je ne réponds plus de rien !

Sagement, ils remirent leur masque. Les moustaches du chat avaient un peu souffert du baiser de la veille et quelques plumes du coq s'étaient envolées dans la bataille avec le poussin. Matteo, quant à lui, portait un hideux masque de singe qu'il avait eu beaucoup de mal à obtenir de ses enfants.

Quand ils sortirent, un tourbillon de neige glacée les enveloppa. Sur la place des Tanneurs, la neige se transforma en grêle. Ils se mirent à l'abri sous un auvent pour échapper aux petits projectiles qui faisaient bouillonner l'eau du canal à leurs pieds.

– Avec tous ces canaux, il doit y avoir un grand nombre de noyés ? s'inquiéta Constance.

– Pas vraiment. C'est une seconde nature chez les Brugeois de passer de la terre ferme à l'univers aquatique. Il y a bien sûr parfois des malheurs : un enfant qui glisse ou un portefaix entraîné par sa charge. Il y a cinquante ans, au tout début de la guerre entre la France et l'Angleterre, il y eut une grande bataille navale à l'embouchure du Zwin. Les Anglais et leurs alliés flamands remportèrent la victoire. Tant de Français se noyèrent qu'on dit que les poissons se mirent à parler français.

Constance frissonna, se pencha au-dessus du parapet du Petit-Pont et, fixant l'eau grise, se dit que la mort par noyade devait être affreuse. Elle recula et vint se coller à Guillaume qui l'entoura de son bras.

Tout en marchant, elle demanda à Matteo :

– On dit qu'à Venise il y a aussi beaucoup de canaux. Les deux villes seraient-elles jumelles ?

– Je dirais plutôt sœurs ennemies. Elles sont en rivalité perpétuelle. À mon avis, Bruges dépasse Venise même si cette dernière est trois fois plus peuplée. Les mauvaises langues disent que le plus grand palais de Bruges pourrait tenir dans la cuisine du plus petit palais de Venise. Certes, les marchands sont très riches, mais ici les produits du monde entier se donnent rendez-vous. Nous avons les bois de charpente de Norvège, les harengs du Danemark, les fourrures de Suède et de Russie, l'or et l'argent de Hongrie, de Bohême et de Pologne.

– C'est normal, vous êtes bien plus proches des pays du Nord que Venise, argumenta Guillaume.

– Oui, mais cela ne nous empêche pas de recevoir de Navarre, d'Aragon et de Castille des cuirs, de la cire, du fer, des amandes, de la réglisse. Sans oublier le miel, les figues, le raisin, l'huile d'olive d'Andalousie et de Grenade. Je peux vous dire que les citrons et les oranges qui nous arrivent de Majorque semblent avoir été cueillis la veille.

– Peut-être n'avez-vous pas les produits de l'Orient, hasarda Guillaume que le parti pris de Matteo agaçait un peu.

– Détrompez-vous ! Nous avons les épices et les étoffes d'Alexandrie et du Levant, les dattes de Tunisie, le poivre du Soudan, le coton d'Arménie, l'alun de Constantinople…

Ils étaient arrivés à la place du Marché qui bruissait de monde. Repérer Gauvard et ses compagnons dans cette foule n'allait pas être facile. À un moment, Constance crut l'apercevoir. Ils suivirent le personnage vêtu d'une grande cape noire. Guillaume dit à Constance que ce n'était pas Gauvard. La jeune femme affirma que si. L'homme allait d'un bon pas. Ses trois poursuivants eurent du mal à ne pas le perdre de vue. Ils se retrouvèrent dans la Mariastraat. Quand Matteo le vit descendre les quelques marches qui menaient au quai de l'hôpital Saint-Jean, il arrêta ses compagnons d'un geste et dit :

– Ce n'est pas lui.

– Comment pouvez-vous le savoir ? demanda Constance, étonnée.

– Venez, vous allez voir.

Sans chercher à se dissimuler, Matteo se pencha et leur montra une barque sur laquelle était installé un cercueil. L'inconnu se recueillait en compagnie d'une famille éplorée.

– C'est par là qu'on évacue les morts. Cela m'étonnerait que votre Gauvard soit venu à Bruges pour assister à un enterrement.

Une ribambelle de pauvres se pressait à l'entrée de l'hôpital. Matteo les regardait avec un air rempli de compassion.

– Les gens de la campagne et les ouvriers dans le besoin peuvent venir se faire soigner gratuitement. Et même tous les étrangers, ce qui n'est pas le cas dans la plupart des hôpitaux qui n'acceptent que les habitants de la ville. Il y a une vaste salle avec trois travées qui peut accueillir plusieurs centaines de malades. Ce sont des frères et des sœurs laïcs qui s'en occupent et la commune qui paye. On m'a dit que la ville de Lübeck, en Allemagne, s'en est inspirée et en a créé un semblable.

Guillaume s'apprêtait à continuer dans la Mariastraat quand Matteo le retint.

– Inutile d'aller par là. Il n'y a plus que le béguinage. Cela m'étonnerait que nos bandits s'intéressent à ces saintes femmes.

Constance eut une pensée pour Agnès et dit à ses compagnons :

– J'ai à mon service une ancienne béguine. Une femme de grande qualité qui s'est tournée vers la religion à son veuvage. Mais le béguinage est devenu suspect aux yeux de l'Église qui trouve que ces femmes ont trop de liberté d'esprit. Agnès a dû renoncer à son état de béguine et elle est entrée au service de mon défunt mari.

– Il faut dire qu'elles sont allées trop loin ! argumenta Guillaume. Une femme n'a pas à commenter les textes sacrés. C'est là le droit exclusif des prêtres et des moines.

– Alors ça doit te faire plaisir que l'une d'entre elles, Marguerite Porète, ait été traduite devant l'Inquisition et condamnée au bûcher, répondit la jeune femme, lui lançant son regard noir.

Matteo continua placidement :

– Ici, à Bruges, elles habitent dans un enclos où sont disséminées de petites maisons. Certaines vivent de leurs revenus, d'autres d'aumônes ou du travail de la laine. Toutes ont fait vœu de chasteté. Elles œuvrent avec un dévouement admirable auprès des pauvres et des malades.

Ils avaient rebroussé chemin et longeaient un nouveau canal. Ils prirent la Wollenstraat, retraversèrent la Marktplatz, toujours aussi noire de monde. Matteo avait dans l'idée que Gauvard et ses complices pouvaient traîner du côté de la place de la Bourse et de ses diverses tavernes. En passant devant la grue géante, il ne put s'empêcher de faire remarquer à ses compagnons l'ingéniosité du mécanisme. On y déchargeait des barriques d'huile. Des portefaix attendaient avec leurs traîneaux que le marchand fasse appel à eux.

– On les appelle *pijnder*, ce qui veut dire « mal au dos » en flamand ! signala Matteo.

De nombreuses embarcations où s'entassaient des ballots de laine se pressaient le long du Spiegelrei, attendant d'être déchargées et pesées afin de déterminer quelles taxes allaient leur être appliquées.

Constance en avait assez de marcher dans le froid glacial. Elle proposa de se réchauffer dans une taverne et d'en profiter pour grignoter un petit quelque chose. Ils s'arrêtèrent à *L'Écu d'Or*. La salle voûtée était étroite et profonde, les poutres noircies de fumée, mais il y faisait chaud. En jouant des coudes, ils réussirent à trouver une table tout au fond. On y parlait fort et l'allemand dominait.

– C'est le fief des Estrelins, précisa Matteo.

– Et qui sont les Estrelins ? demanda Guillaume.

– Les gens de l'Est, ceux de la Hanse, les Allemands, si vous préférez. Ce sont les premiers à s'être installés à Bruges, il y a plus d'un siècle et demi. Mais ils n'ont jamais fait construire leur propre maison, comme les autres nations. Ils vont, ils viennent. Il faut dire qu'ils sont spéciaux. Comme les Vénitiens. Ils ne s'intègrent pas, au contraire des Génois ou des Castillans. Régulièrement, ils trouvent que les conditions ne leur sont pas assez favorables, alors ils plient bagages et s'en vont. Il y a cinquante ans, ils quittèrent Bruges, emmenant avec eux Castillans, Aragonais, Navarrais, Portugais et Galiciens pour aller s'installer à Aardenburg. Ils ont essayé de refaire le même coup il y a cinq ans, mais personne ne les a suivis. Ils ont tout de même obtenu quelques avantages supplémentaires.

Constance se désintéressait de la conversation. Elle se remémorait les émotions et les sensations de la nuit. Elle se sentait légère, presque aérienne. Elle attendait avec impatience le moment où elle se retrouverait dans les bras de Guillaume. Son attention fut attirée par une dispute à l'entrée de la taverne. Elle entendit une voix dire en français :

– Mais calmez-vous ! Vous n'allez pas vous battre avec cet homme sous prétexte qu'il vous a servi de la bière.

– Je veux du vin ! Il doit bien y en avoir quelque part dans cette maudite ville. Allons voir ailleurs.

Constance avait reconnu la voix éraillée de Gauvard. Elle fit signe à ses compagnons de se taire et rattacha le masque qu'elle avait enlevé. Guillaume chuchota :

– C'est bien lui. Levons-nous discrètement et suivons-les.

La neige s'était remise à tomber, ce qui facilitait leur filature. Ils virent Gauvard accompagné d'un grand homme maigre entrer au *Hérisson d'Argent*. Ils attendirent un long moment, réfugiés dans l'encoignure d'une porte. Guillaume tentait de réchauffer Constance qui claquait des dents. Enfin, les deux hommes réapparurent et se dirigèrent vers le pont Saint-Jean. Ils s'accoudèrent au parapet, ne semblant pas incommodés par les bourrasques de neige. Soudain, Matteo s'immobilisa.

– Giovanni Rapondi vient vers eux, murmura-t-il en montrant un homme qui s'était arrêté sur le pont.

Les deux Français se rapprochèrent de Giovanni Rapondi et le saluèrent. Matteo fit signe à Guillaume et Constance de le suivre. Ils descendirent le petit escalier qui menait au bord du canal et se glissèrent sous le pont, espérant entendre la conversation qui se déroulait au-dessus d'eux.

– Je tenais à vous voir en dehors des bureaux de la compagnie. Il y a un pépin.

– Comment ça un pépin ? grommela le compagnon de Gauvard.

– Mon oncle, Dino Rapondi, est arrivé à Bruges inopinément. Je le soupçonne de venir pour m'enlever le commandement du comptoir. Qu'est-ce qu'il croit, ce vieux bonhomme ? Que je vais faire ses quatre volontés ? Que je vais regarder passer tout cet argent entre mes mains et ne pas en profiter ? Il va me le payer cher. Il rira moins dans quelques mois.

– Vos dissensions familiales ne nous intéressent pas, l'interrompit le Français dont le langage et le ton trahissaient une noble naissance.

– Peut-être, mais vous allez être obligés de faire avec, répliqua Giovanni.

– Reprenons le calendrier des opérations. Gauvard qui est en lien avec Sanch Romero à Saint-Jacques-de-Compostelle va vous expliquer comment il compte agir.

Sous le pont, Constance prit la main de Guillaume et la serra fort. Les voix leur parvenaient assourdies mais distinctes.

– Nous partons dans une semaine, au début du Carême. J'ai recruté une petite troupe de femmes crédules qui croient faire le pèlerinage et qui reviendront, leurs vêtements et leurs bagages lestés de belles pièces d'or.

– Elles ne vont pas attirer l'attention ? Elles n'ont pas trop l'air de ribaudes ? demanda Giovanni que l'allure de Gauvard devait inquiéter.

– Ne vous inquiétez pas. Que du premier choix. Il y a même une petite oie qu'on prendrait pour une princesse.

– Elles ne vont pas se rebeller ou vous fausser compagnie ?

– Aucun risque. Je leur ai fait comprendre que si elles voulaient jouer au plus fin, un être qui leur est cher en pâtirait grandement.

Constance pensa aussitôt à Mathias et aux menaces qu'avait proférées Gauvard.

– Et vous pensez rentrer quand ? demanda Giovanni.

– Disons qu'il nous faut un bon mois pour y aller et deux pour revenir à pied. Nous serons de retour début juin, si le grand saint Jacques nous vient en aide, conclut-il en ricanant.

– Alors ça va. Le prêt de 100 000 florins que je vais octroyer au duc de Bourgogne, par votre intermédiaire, mon cher Boislevé, sera donc remboursé très vite, ce qui plaira beaucoup à mon oncle. Lui qui pleure toujours sur les délais que lui impose le duc, il verra que je suis un bien meilleur banquier que lui. Hélas, je ne serai plus là pour recevoir ses compliments, dit-il d'un ton grinçant.

Matteo qui était devenu cramoisi de colère fit un geste pour sortir de dessous le pont. Guillaume le retint.

– Eh oui, continuait Giovanni, je serai loin. Vous aussi Boislevé. J'aurai rejoint l'Angleterre où je placerai judicieusement notre bon or. J'imaginerai mon cher oncle se mordre les poings quand ses amis marchands s'apercevront qu'il fait circuler de la fausse monnaie. Maintenant, quittons-nous. Nous nous verrons plus tard.

Matteo, fou de rage, s'élança dans l'intention de prendre Giovanni sur le fait. Dans la pénombre, il ne vit pas la plaque de verglas sur laquelle il dérapa. Il battit des bras, mais sa glissade le projeta dans le canal. Guillaume se précipita, enjoignant à Constance de ne pas bouger. Matteo, les vêtements alourdis par l'eau, se débattait comme un beau diable. Dieu merci, il était tombé près du bord et Guillaume réussit à lui prendre la main. Ahanant, il le remonta sur le quai. Tremblant de tous ses membres, claquant des dents, Matteo demanda :

– Où sont passés ces bandits ?

– Partis, sans nul doute. Nous avions mieux à faire que leur courir après, lui dit Guillaume. Venez, vous allez attraper la mort.

Ils partirent vers le Burg. Sur la neige fraîche reposait, dépouille grimaçante, le masque de singe de Matteo.

21

Marjan poussa des cris d'effroi quand elle vit arriver son mari dégoulinant de l'eau du canal. Elle s'activa autour de lui, le déshabillant, le frictionnant avec des serviettes. En un tournemain, il était rhabillé des plus chaudes fourrures qu'elle avait pu trouver. Dans un état de profonde indignation, Matteo trépignait tandis que sa femme insistait pour sécher ses cheveux.

– Je vais aller voir ce bandit et lui faire rendre gorge.

– Tu n'iras nulle part, l'admonesta Marjan. Prendre un bain un jour de neige, c'est avoir un pied dans la tombe. Tu vas rester au coin de la cheminée.

Matteo avait déjà enfoncé sur sa tête un bonnet doublé de menu vair. Il s'adressa à Guillaume et Constance qui ne pipaient mot :

– Je vais essayer de le ramener à la raison. C'est impossible qu'un membre de la famille Rapondi mette ainsi en danger toute la compagnie.

– Il semblait très déterminé, dit Guillaume. J'ai bien peur qu'il ne vous écoute pas.

– En Italie, nous avons, plus que partout ailleurs, le sens de la famille. Je vais lui rappeler qu'il fait partie d'une dynastie de marchands respectés et honorés dans toute la Toscane.

Guillaume voulut intervenir, mais Matteo avait l'air si résolu qu'argumenter n'eût servi à rien. Malgré les protestations de Marjan, il quitta la maison. Il se rendit à Naaldenstraat où était installée la loge des marchands de Lucques. Il y trouva trois *garzoni*, les garçons de bureau, s'affairant autour de liasses de papier. Le rez-de-chaussée voûté était encombré de ballots d'étoffes. L'un des employés lui indiqua que Giovanni était au premier. Il fit irruption dans la grande pièce lambrissée. Giovanni, qui regardait par la fenêtre, se retourna et déclara d'un ton surpris :

– Que fais-tu là ? Je te croyais avec mon oncle à Damme en train de surveiller le déchargement de soies damassées.

– Giovanni, l'heure est grave. Je sais que tu manigances un mauvais coup.

– De quoi diable veux-tu parler ?

– Tu projettes de te lier à un trafic de fausse monnaie et de mettre à mal la compagnie.

– Tu délires, mon pauvre garçon.

– J'ai surpris certaines de tes paroles, tout à l'heure, au pont Saint-Jean.

– Tu dis n'importe quoi ! Pourquoi voudrais-tu que je scie la branche sur laquelle je suis assis ?

– Par vengeance envers ton oncle qui veut te remplacer par son frère Filippo.

Une ombre passa sur le visage de Giovanni.

– Ainsi, toi aussi tu es au courant…

– Tu n'es pas assez rigoureux en affaires.

– Mais pour qui te prends-tu pour me faire ainsi la leçon ! Tu n'es qu'un petit employé de la compagnie.

– J'ai, comme toi, prêté serment d'entraide et de fidélité. Nous sommes *fratelli* et à ce titre, je suis en droit de dénoncer tes agissements pour le bien du négoce.

– Le bien du négoce ! se mit-il à hurler. Vous n'avez que ces mots à la bouche, mon oncle et toi.

– Oui. Après la grande faillite des Florentins Perruzi et Bardi dans les années 1340, nous avons pris le pas sur eux et c'est nous qui dominons le marché financier. Tu voudrais tuer la poule aux œufs d'or ?

– Je préfère les poules de ma propre basse-cour, dit-il d'un ton irrité.

– Pense à la gloire de notre ville.

– Je préfère penser à la mienne. Mais je peux te rassurer. Ce que tu as entendu tout à l'heure et que tu as dû mal interpréter n'est qu'une banale transaction. Je suis étonné que mon oncle ne t'en ait pas parlé.

– Dino Rapondi est au courant ? demanda Giovanni, très étonné.

– Bien entendu. Et tu vois : s'il ne t'en a pas parlé c'est que rien ne cloche. Pour te prouver ma bonne foi, viens assister ce soir à la signature du contrat.

– Ton oncle sera là ?

– Bien sûr.

– Mais il est à Damme…

– Il va revenir spécialement. Viens nous rejoindre à l'entrepôt de la Spiegelrei.

– Pourquoi pas ici ? C'est bien plus commode pour signer un contrat, demanda Giovanni méfiant.

– Le contrat sera, bien entendu, signé ici. Mais le duc de Bourgogne a commandé du drap d'or et son envoyé souhaite le voir. Tu es notre meilleur vendeur, tu sauras le convaincre.

Matteo n'était qu'à moitié convaincu. Giovanni insista. Matteo était troublé par l'annonce du retour de Rapondi pour la signature du contrat. S'il en était ainsi, il n'aurait qu'à s'incliner, sinon il serait toujours temps de filer demain matin à Damme et de le prévenir de la trahison de Giovanni.

*

Quand il leur raconta son entrevue avec Giovanni, Guillaume et Constance émirent les plus grands doutes sur la sincérité de ce dernier.

– Pendant votre absence, Marjan nous disait son inquiétude. Elle vous trouve beaucoup trop confiant. Elle se méfie de Giovanni qu'elle nous a décrit comme cupide, débauché et violent. Vous ne devez pas aller à ce rendez-vous, dit Guillaume.

– Ma décision est prise, j'irai. Je ne risque pas grand-chose. Au pire, s'il m'a menti, je le secouerai un peu.

– Vous devriez vous assurer que Dino Rapondi est bien au courant.

– Impossible, il doit être sur la route entre Damme et Bruges. Ne vous inquiétez pas, je ne cours aucun danger.

– Je n'en suis pas si sûr, dit Guillaume. Je vais vous accompagner.

– Si vous y tenez ! Mais je vous répète que c'est inutile.

– Je viens aussi, déclara Constance.

– Alors là, pas question, s'exclama Guillaume. Avec Gauvard dans les parages, ce serait de la folie.

– Mais puisque Matteo assure qu'il n'y a pas de danger. De plus, mon témoignage permettrait de confondre Giovanni si besoin est.

– Constance a raison, ce serait un excellent moyen pour l'empêcher de raconter je ne sais quelle fable à son oncle.

Guillaume les regarda d'un air sombre et déclara :

– C'est stupide. Nous allons au-devant de graves ennuis.

Marjan fit alors son entrée pour les convier à venir souper. Son mari l'informa qu'ils auraient à ressortir après avoir mangé. Quand il lui dit qu'ils allaient rejoindre Giovanni et qu'ils seraient absents plusieurs heures, elle se répandit en lamentations, reprochant à son mari de ne pas voir le mal alors qu'il était sous son nez.

Ils soupèrent en silence d'une délicieuse carbonade de bœuf. Guillaume, pour tenter de dérider Marjan, lui demanda comment elle la préparait. Elle déclara sèchement qu'elle y mettait de la bière et de la moutarde de Gand. Son mari voulant, lui aussi, détendre l'atmosphère raconta qu'un jeune marchand de Florence venait d'être convaincu de crime de sodomie, mais que son châtiment serait léger. On lui brûlerait symboliquement les cheveux et il aurait droit à quelques coups de fouet. Les autorités étaient plutôt clémentes pour ce péché qui touchait tant de jeunes gens. Par contre, s'il avait été marié et père de famille, il aurait risqué la peine capitale.

Marjan, qui désapprouvait ces propos autant que l'obstination de son mari à se rendre au rendez-vous de Giovanni, quitta la table avant la fin du repas et partit rejoindre ses enfants.

À l'heure dite, ils se préparèrent, s'habillant chaudement car l'entrepôt de la Spiegelrei n'était atteignable qu'en barque. Ils traversèrent le jardin de la demeure des Fiadoni, ouvrirent la porte qui donnait sur un embarcadère, avancèrent prudemment sur les pierres luisantes de glace et prirent place dans une petite embarcation. Matteo détacha l'amarre, prit les rames et ils s'enfoncèrent dans la nuit. Guillaume à l'avant du bateau tenait une lanterne. Constance, à l'arrière, commençait à regretter son excès de bravoure. Le froid lui mordait les joues comme mille petits poignards. La puanteur qui se dégageait de l'eau lui soulevait le cœur. Le bruit des rames heurtant une plaque de glace qui se brisait la faisait sursauter. Ils longeaient les murs suintants du canal bordant le Burg. Ils passèrent sous trois ponts avant de bifurquer sur la gauche. Matteo souquait ferme. Guillaume le prévenait quand il se rapprochait trop du quai. Constance claquait des dents et trouvait cette aventure de plus en plus sinistre. Elle ressentait une peur viscérale, comme si tous les monstres de la nuit allaient surgir des profondeurs du canal et les entraîner dans l'obscurité pour les dévorer. Elle aurait donné tout l'or du monde, particulièrement celui de Saint-Jacques-de-Compostelle, pour être allongée, nue, contre Guillaume. Pour savoir si le miracle de la nuit précédente se reproduirait. Dans la nuit glacée, elle sentit son ventre s'embraser à cette pensée. Elle serra ses bras autour de ses seins comme pour ressentir l'étreinte de son amant. Elle faillit lui crier d'arrêter le bateau, de sauter à terre, de lui prendre la main et de courir vers ce lit où elle l'avait accueilli entre ses cuisses.

Elle entendit Matteo dire à Guillaume qu'ils arrivaient au canal menant à l'entrepôt.

Peu après, le Lucquois rama plus lentement, s'approcha du quai où s'ouvrait une porte basse munie de lourdes ferrures.

– C'est bizarre, il n'y a pas d'autre barque. Giovanni et son invité ont dû se faire déposer.

Il amarra la barque à un anneau fixé dans le mur, la manœuvra pour la plaquer contre l'appontement et fit signe à Constance et Guillaume de débarquer. Une faible lueur provenait de l'intérieur. Ils pénétrèrent tous les trois dans l'immense cave voûtée. À peine avaient-ils franchi le seuil qu'une pluie de coups s'abattit sur eux. Constance fut la première à s'effondrer, Guillaume resta quelques instants à genoux avant de s'écrouler face contre terre, Matteo tenta de lutter mais perdit connaissance en tombant.

*

Guillaume essayait de remuer les doigts. Ses mains étaient liées et il était attaché à un pilier de pierre. Il sentait le goût du sang dans sa bouche. Il se démena, essayant de dégager ses mains. En vain. Il hurla :

– Constance, où es-tu ?

Il entendit à ses côtés un faible gémissement. Il tourna la tête et vit qu'elle était attachée au même pilier, sa tête pendant sur sa poitrine.

– Constance, réponds-moi, je t'en supplie.

La jeune femme se redressa et d'une voix éteinte murmura :

– Où sommes-nous ? Que s'est-il passé ? J'ai mal à la tête.

– Ne t'inquiète pas, je vais nous sortir de là. Giovanni, Giovanni, cria Guillaume d'une voix rauque.

Il n'obtint aucune réponse.

– Il est mort ? demanda Constance effrayée.

– Je n'en sais rien, regarde autour de toi et dis-moi si tu le vois.

– Il y a comme du brouillard et non, si, je le vois. Il est attaché au pilier d'à côté, dit-elle en toussant.

C'est alors que Guillaume aperçut un rougeoiement d'où s'élevaient de petites volutes de fumée. Constance ne pouvait pas le voir, aussi ne dit-il rien pour ne pas ajouter à son anxiété. Il se maudissait de s'être laissé convaincre par Matteo. Ils étaient tombés comme des idiots dans le piège tendu par Giovanni. Il n'avait aucune idée du temps qui s'était écoulé depuis l'attaque dont ils avaient été victimes. Marjan allait s'inquiéter de leur absence, elle ne tarderait pas à donner l'alerte. Le feu qui couvait l'inquiétait beaucoup plus. Ce n'étaient pour le moment que des flammèches, mais dans cet entrepôt rempli d'étoffes, cela pouvait vite devenir dramatique.

Matteo reprit conscience dans une quinte de toux.

– Mon Dieu ! Marjan, les enfants !

Guillaume, soulagé de le savoir vivant, mais furieux de son inconséquence, lui jeta :

– Matteo, ce n'est pas le moment de se lamenter. Avez-vous une idée sur comment nous échapper ?

– Constance, Guillaume, vous êtes saufs, Dieu soit loué. Je suis désolé de vous avoir entraînés dans cette aventure.

– Matteo, continua Guillaume d'un ton pressant, avez-vous dit à Marjan où nous allions ?

– Non, hélas. Je n'ai pas voulu qu'elle se déchaîne encore contre moi.

Guillaume vit s'évanouir l'espoir d'une libération rapide.

Constance s'était remise à tousser.

– J'ai mal à la gorge. Il y a une odeur âcre. Guillaume, tu sais ce que c'est ?

À ce moment, Matteo poussa un cri :

– Ils ont mis le feu ! Je vois des petites flammes sous un gros sac là-bas.

Guillaume s'affola. Ainsi, il y avait plusieurs foyers. Il demanda à Matteo :

– Vous souvenez-vous précisément des marchandises entreposées ici ?

– Hélas, non. Je n'en sais fichtre rien. Nous partageons ce lieu avec un marchand vénitien et je ne connais pas la composition de son dernier arrivage.

Quant à nous, ce ne sont que des étoffes. Le pire pour alimenter un incendie.

– Écoutez, j'entends des cloches, l'interrompit Guillaume. 5, 6, 8, 12. Il est minuit. On va bien finir par nous découvrir.

Il n'en croyait rien, mais il fallait rassurer ses compagnons qu'il sentait au bord de la panique.

– Je crois bien qu'il y a de la cannelle qui brûle, émit Constance d'une toute petite voix.

Guillaume renifla.

– Tu as raison, et aussi de la muscade…

– C'est normal, reprit Matteo d'un ton morne, Luigi Brunelli est spécialisé dans les épices.

– C'est vraiment le comble pour un cuisinier de finir rôti au poivre long, soupira Guillaume.

– Et vous croyez que c'est mieux pour un marchand de tissu de griller dans un linceul fait de sa propre soie ?

– Arrêtez de parler de mourir, hurla Constance. Peut-être le feu va-t-il s'éteindre.

Guillaume en doutait. Il y aurait un moment où les sacs de jute s'embraseraient, gagneraient les ballots d'étoffes et c'en serait fait d'eux. Ne voulant pas communiquer sa peur à la jeune femme, il essaya de la tranquilliser :

– Les épices en poudre ne brûlent pas si facilement, j'en sais quelque chose.

– C'est vrai, renchérit Matteo. Surtout le poivre qui est déjà brûlé. On dit qu'il pousse dans le Caucase sur un arbre qui ressemble au genévrier et qui est gardé par des serpents. Quand le poivre est mûr, les indigènes mettent le feu aux buissons pour faire fuir les serpents. C'est pour ça qu'il est noir.

– Pas du tout, il y a un franciscain, Jean de Marignoli, qui est allé en Chine et qui assure que le poivre vit dans des jardins et n'est pas brûlé, répliqua Guillaume qui voyait avec horreur de petites langues de feu gagner du terrain.

– Il paraît que la cannelle pousse dans des lacs remplis d'oiseaux qui construisent leurs nids avec l'écorce, reprit Matteo.

– Je ne crois pas que ce soit vrai, dit Constance d'une voix faible.

Guillaume se moquait bien de savoir comment poussait la cannelle, mais faire parler ses compagnons pour qu'ils oublient leur angoisse lui semblait la meilleure chose à faire, pour le moment.

– Matteo, on dit qu'une livre de safran se paye le prix d'un cheval, est-ce vrai ? demanda-t-il.

– C'est normal. Il faut cinq mille fleurs pour l'obtenir. Toutes les épices sont hors de prix. Imaginez le voyage : il faut naviguer le long des côtes de l'Inde puis traverser les terres avec des caravanes de milliers de chameaux. Après, il faut aller les acheter à Alexandrie, Beyrouth, Alep.

– Vous ne trouvez pas que ça sent le sucre brûlé ? s'inquiéta Constance.

Guillaume plissa le nez et dut se rendre à l'évidence : le feu gagnait du terrain.

– Brunelli est un des plus gros marchands de sucre. Il en fait venir de Caffa en Crimée, de Chypre, de Sicile, d'Égypte, de Candie. Il n'est pas vénitien pour rien. La Sérénissime détient le quasi-monopole du commerce du sucre.

Une violente quinte de toux interrompit Matteo qui reprit péniblement :

– Venise et les Vénitiens sont à l'image du lion ailé qui est leur symbole : rusés, cyniques et cruels. Jamais je ne leur pardonnerai de m'avoir fait mourir. Si seulement les Génois avaient réussi à les abattre ! Ça fait deux siècles qu'ils se mènent une guerre incessante.

La combustion des épices dégageait une fumée âcre qui leur brûlait les yeux.

– Venise la Dominante ou Gênes la Superbe, je m'en moque, continua Matteo. Ce que je veux, c'est revoir Lucques, ma si jolie petite ville, avec sa place ovale, ses murailles ocre. Dieu, aie pitié de nous !

Ce furent ses derniers mots.

La fumée devenait de plus en plus dense. Constance se mit à gémir :

– Guillaume, je ne peux plus respirer.

– Ne crains rien. On dit que la fumée d'épices conforte les souffles du cœur et de la tête, lui répondit-il en haletant. Elle atténue le rhume. Selon saint Grégoire, elle chasse les serpents et les bêtes venimeuses.

– Je me sens mal, dit Constance, j'ai la tête qui tourne.

– N'y pense pas, parvint à dire Guillaume qui se sentait de plus en plus cotonneux.

Voulant qu'elle se concentre afin de ne pas perdre conscience, il lui demanda :

– Cite-moi les neuf saveurs qui existent en cuisine.

Docile, Constance énuméra :

– La douce, la grasse, l'amère, la salée, l'aiguë, l'aigre, la poignante et, oh ! je ne me souviens plus, Guillaume, c'est trop dur.

– L'astringente et la fade, ajouta Guillaume. Tiens le coup. Dis-moi, avec quoi fabrique-t-on le verjus ?

– Guillaume, ce n'est pas le moment…

– Fais ce que je te dis, lui ordonna Guillaume d'une voix faible.

– Avec du raisin qui n'est pas mûr, ou de l'oseille, des grenades aigres, de l'épine-vinette…

– Quelles sont ses vertus ?

– Guillaume, je t'en prie… Il facilite la digestion, il calme les brûlures d'estomac, il accompagne les volailles délicates.

– Donne-moi la recette du blanc-manger, insista Guillaume qui sentait ses forces diminuer.

Constance fut prise d'une quinte de toux inextinguible.

– Je n'en peux plus. Nous allons mourir…

– Parle, je t'en conjure.

– Arrête, je t'en supplie. Remettons notre âme à Dieu. Prions.

Guillaume ne répondit pas. Il s'était évanoui. Constance commença une prière à la Vierge et perdit conscience à son tour.

Une légère fumée s'échappait par le bas de la porte, faisant flotter une odeur de caramel épicé sur la pellicule de glace qui s'était formée sur le canal.

22

15 février
« Quand il tonne en février,
il faut monter les tonneaux au grenier. »

Un tourbillon de neige envahit l'entrepôt quand la porte s'ouvrit avec fracas. L'appel d'air fit crépiter les flammes de plus belle. Pietro et Maurizio, deux des *garzoni* de la compagnie, suivis de Marjan se précipitèrent dans le brasier. Ils repérèrent les prisonniers, tirèrent la dague qu'ils portaient à la ceinture et tranchèrent leurs liens. Ils sortirent les corps inanimés, les allongèrent sur le ponton. Marjan, en sanglotant, s'était agenouillée et cassait la glace du canal avec un bâton pour puiser un peu d'eau dont elle aspergea son mari. Les deux jeunes gens avaient déjà hissé Constance et Guillaume dans la barque et firent signe à Marjan qu'il fallait s'éloigner au plus vite. Ils portèrent Matteo, tendirent la main à Marjan pour qu'elle saute à bord, saisirent les rames et souquèrent ferme pour quitter le quai. Ils prirent la direction du Tonlieu, dans l'intention de débarquer au plus tôt les blessés. Cela ne prit que quelques minutes. Ils accostèrent, Pietro sauta à terre, courut jusqu'à la maison des Biscaïens et frappa comme un sourd à la porte en hurlant « Au feu, au feu ».

Des têtes endormies ne tardèrent pas à apparaître aux fenêtres. Dans les secondes qui suivirent, une dizaine d'hommes à peine vêtus se retrouvèrent dans la rue. L'un courut jusqu'à la maison Kroon, une auberge où logeaient de nombreux marchands, un autre partit en toute hâte vers la place de la Bourse pour alerter le maximum de monde. Une petite troupe armée de seaux de bois se constitua très vite. Toutes les barques disponibles furent prises d'assaut et se dirigèrent vers l'incendie à éteindre. Maurizio et Pietro transportèrent les blessés chez les Biscaïens. Matteo sous l'effet de la neige qui tombait à gros flocons semblait vouloir reprendre connaissance. Guillaume et Constance étaient pâles comme la mort. Ils ne portaient pas de traces de brûlures, seuls leurs sourcils et une partie des cheveux de Constance avaient roussi. Marjan s'entretenait avec un Biscaïen.

– La fumée trop aiguë s'envole vers le cerveau et blesse les facultés de l'âme.

– Essayons de les ramener à la vie avec un peu de ce vinaigre mélangé à de la cardamome et du macis, proposa l'homme.

Ils mouillèrent une éponge et la passèrent avec soin sur le visage des trois victimes. Soudain, Matteo ouvrit les yeux et balbutia :

– Non, pas ça, pas ça !

Voyant Marjan penchée sur lui, il agrippa son bras et dit d'un ton suppliant :

– Ne me fais pas respirer d'épices, je t'en conjure.

Marjan, folle de joie de voir son mari reprendre ses esprits, jeta l'éponge au loin, le serra dans ses bras. Matteo s'assit péniblement et, découvrant les corps de Guillaume et Constance, s'exclama :

– Ils sont morts ? Jamais je ne me pardonnerai de les avoir entraînés dans ce piège.

Deux Biscaïens s'activaient autour des blessés, frottant leurs membres avec le vinaigre épicé, les pinçant au visage, leur assénant des claques sur les oreilles. Guillaume commença à donner des signes de vie. Il eut la même réaction que Matteo :

– Pouah ! Quelle affreuse odeur ! Laissez-moi !

Ses yeux gonflés ne s'entrouvrirent qu'à demi, mais il avait aperçu Constance, inerte. Il tenta de ramper jusqu'à elle, arrêté dans son mouvement par un Biscaïen qui lui dit :

– Hélas, nous ne pouvons plus rien pour elle. La fumée a dû lui brûler le cœur.

Guillaume poussa un long hurlement de douleur et retomba par terre. La tête entre les mains, il sanglotait, laissant échapper des mots hachés :

– Ma douce, ma belle, mon amie que j'ai si peu tenue dans mes bras, ne me laisse pas. Reviens à moi.

Matteo, Marjan, les deux Biscaïens s'étaient agenouillés. De leurs lèvres sourdait une prière pour le repos de l'âme de Constance.

Guillaume, dans un suprême effort, s'agenouilla, lui aussi. Ainsi, c'était fini. Cette jeune femme que le ciel lui avait envoyée, qu'il avait tant détestée puis si fort aimée, le ciel la lui avait repris. Il devrait continuer sa route solitaire. Il se remémora ses gestes de colère envers elle, ses regards hautains, et regretta amèrement le temps perdu. Ces trois jours à Bruges avaient été un enchantement. Constance courant les boutiques, Constance enfin confiante, Constance et ses yeux de chat, les lèvres de Constance sur les siennes, son corps contre le sien.

Il voulut une dernière fois la serrer contre lui. Il s'allongea près d'elle sur les dalles glacées, la prit dans ses bras. Ils restèrent enlacés si longtemps que Marjan crut bon de l'obliger à se relever. Il posa une dernière fois sa tête sur la poitrine de la jeune femme. Il se redressa brutalement et d'une voix victorieuse s'exclama :

– Elle vit ! J'entends battre son cœur. Aussi faible que celui d'un petit oiseau, mais il bat. Dépêchons-nous, frictionnons-la, qu'elle retrouve ses esprits.

Constance fut alors l'objet d'un grand remue-ménage. Au bout de quelques minutes, leurs efforts portèrent leurs fruits. La jeune femme, dans son premier mouvement, projeta l'éponge qu'on lui maintenait sous le nez et hoqueta :

– Pas de cannelle, pas de cannelle !

Guillaume se précipita sur elle et l'embrassa au risque de l'étouffer.

Ils se retrouvèrent tous dans la grande pièce du premier étage, se serrant les uns contre les autres, à bonne distance de la grande cheminée où ronflait un feu d'enfer. Les Biscaïens s'étaient éclipsés pour les laisser à la joie de leurs retrouvailles. Ils avaient piètre allure : les yeux boursouflés, des traces noires sur le visage, les cheveux et les sourcils roussis, mais ils se congratulaient avec force embrassades. Constance et Guillaume, malgré leurs mains meurtries, avaient les doigts enlacés et se juraient un amour éternel.

Les Biscaïens revinrent avec des pichets de vin. Les trois rescapés se servirent avec avidité. Les premières gorgées furent douloureuses. Ils avalèrent avec difficulté. Les Biscaïens leur annoncèrent que l'incendie était presque maîtrisé et qu'ils allaient donner un coup de main à leurs compagnons. Cela les ramena à leurs préoccupations. Marjan raconta que, ne les voyant pas revenir, elle s'était inquiétée. Elle était allée à la loge des Lucquois où elle pensait les trouver. La maison était plongée dans le noir le plus complet et elle avait dû réveiller les *garzoni*. Bien entendu, Dino Rapondi n'était pas revenu de Damme. Il n'y avait pas trace, non plus, de Giovanni. Son inquiétude s'était transformée en panique. Avec les *garzoni*, elle avait passé en revue les endroits où aurait pu avoir lieu la rencontre. Les tavernes étant exclues, ne restaient que les entrepôts. Les Lucquois en avaient plusieurs à Bruges. Ils en dressèrent une liste, se rendirent d'abord à celui de la Kupferstraat, puis à celui de la Engelsestraat. En vain. Marjan était au comble du désarroi. C'est Maurizio qui avait eu l'idée du Spiegelrei. Ils avaient sauté dans une barque et à l'approche de l'entrepôt n'avaient pas manqué de remarquer la fumée qui s'en échappait ainsi que l'odeur de sucre et d'épices brûlés. Ils avaient ouvert en toute hâte et les avaient sauvés.

– Qu'allons-nous faire ? demanda Guillaume d'une voix cassée.

– Il ne fera jour que dans quelques heures, lui répondit Matteo avec une voix tout aussi coassante. Il est impossible d'envoyer un messager, de nuit, prévenir Dino Rapondi. Il est prévu qu'il revienne de Damme ce matin. Maurizio partira à sa rencontre, de manière à ce qu'il hâte son arrivée. Sans lui, nous ne pouvons rien faire.

Marjan prit la parole :

– C'est très simple. Nous rentrons immédiatement à la maison, vous vous couchez et je ne veux pas entendre parler de vous avant que vous n'ayez récupéré un peu de force. Vous semblez sortir tout droit de l'enfer.

– Ça c'est vrai ! Et c'est toi qui nous as sorti des flammes, acquiesça Matteo qui prit sa femme dans ses bras et l'embrassa tendrement.

Ils s'apprêtaient à partir quand fit irruption Brunelli, le marchand vénitien. Il courut vers eux, brandissant le poing.

– Mes épices, ma cannelle de Calicut, ma cardamome de Malabar, mon macis des Moluques, mon gingembre de Chine, qu'en avez-vous fait, bandits, sauvages, criminels…

Matteo se leva avec difficulté, prit le marchand par le collet et, le visage déformé par la colère, hurla :

– Si tu parles de sucre et de poivre, je te découpe en petits morceaux et je te fais rôtir.

Le Vénitien recula d'un pas.

– Vous êtes devenu fou ! J'ai perdu 3 000 florins par votre faute. Une cargaison qui devait partir dans deux jours pour Novgorod. Il y avait même du cubèbe[1] de Ceylan.

Ce fut au tour de Guillaume de se précipiter vers lui et de le secouer si fort que les dents du marchand s'entrechoquèrent.

– On te dit qu'on a failli mourir à cause de tes foutues épices. Tu peux te les mettre où tu veux.

Le marchand battit en retraite, en grommelant :

– Je suis bien content que, dans l'affaire, toutes vos belles soieries soient parties en fumée.

Entendant le mot fumée, Constance faillit tourner de l'œil. Matteo, lui, se rua sur le Vénitien pour lui faire rendre gorge de ses propos venimeux sur les soies de Lucques. Marjan le rattrapa par le bras et lui fit signe de se calmer.

Ils quittèrent la maison des Biscaïens en clopinant et en s'appuyant les uns sur les autres.

*

Dix heures venaient de sonner au couvent des Augustins quand Dino Rapondi se présenta chez les

1. Variété de poivre.

Fiadoni. Marjan essaya de le convaincre que son mari et les deux Français étaient trop épuisés pour s'entretenir avec lui, mais il ne voulut rien savoir. Âgé d'une cinquantaine d'années, grand et maigre, il ne cessa d'arpenter la salle commune jusqu'à l'arrivée de Matteo, Constance et Guillaume. Ils avaient fait un brin de toilette. Les traces de fumée sur leur visage et leurs mains avaient disparu, mais Dino Rapondi ne put réprimer un mouvement de recul en les voyant. Leur peau était marbrée et gonflée, leurs yeux semblables à ceux des grenouilles.

– Mais qu'avez-vous fait pour mettre le feu à cet entrepôt ? leur demanda le banquier lucquois d'un ton courroucé.

Les trois compères se regardèrent avec inquiétude. Allaient-ils devoir subir une nouvelle algarade ?

– Qu'alliez-vous faire là-bas ? Quelle imprudence avez-vous commise ? Et qui sont ces deux personnes ? dit-il en montrant Constance et Guillaume.

Matteo sentit la moutarde lui monter au nez. Être accusé de négligence alors qu'il avait failli mourir pour sauver la compagnie, voilà qui dépassait les bornes. Il affronta du regard son patron et déclara :

– Giovanni est mêlé à un trafic de fausse monnaie et c'est lui qui nous a tendu un piège car nous avions découvert ses agissements.

Dino le regarda d'un air incrédule.

– Giovanni ? Qu'est-ce que vous me racontez là ? Je sais bien qu'il n'est guère fiable, mais de là à aller se commettre dans de telles affaires, c'est impossible. D'autant qu'il ne peut pas être coupable : il a laissé un message hier comme quoi il partait pour Paris.

Matteo s'assit pesamment sur un coffre et s'exclama :

– Le traître !

– Fiadoni, surveillez votre langage ! Il s'agit de mon neveu, l'un des héritiers de la compagnie.

– Alors dites-vous que dans quelques mois votre compagnie ne vaudra plus un sou. Quand vos commanditaires apprendront que vous les payez avec du faux or, vous n'aurez que vos yeux pour pleurer.

Dino Rapondi perçut dans les paroles de Matteo un tel accent de vérité qu'il le pria d'exposer les griefs qu'il avait envers Giovanni. Il s'exécuta, retraçant les événements depuis l'arrivée de Constance et Guillaume. Le banquier changeait de couleur au fur et à mesure du récit. Ses mains s'étaient crispées sur le rebord de la table. Il posa quelques questions aux deux Français. Leurs réponses l'alarmèrent encore plus. Des gouttes de sueur commençaient à perler sur son front. Que les services du roi de France enquêtent sur l'affaire ne la rendait, hélas, que plus crédible.

– C'est la ruine assurée, finit-il par dire. Sans votre témoignage, je ne me serais douté de rien. Un prêt d'une telle importance m'aurait certainement étonné, mais Giovanni sait que je ne peux rien refuser au duc de Bourgogne. Nous sommes en affaire depuis plus de vingt-cinq ans. Il a agi avec ruse : le remboursement complet et rapide m'aurait tellement ravi que je n'aurais pas pensé une seule seconde à vérifier les pièces. C'est très bien joué.

Il resta un long moment silencieux, demanda à Marjan de lui apporter à boire, puis reprit la parole :

– Notre famille est présente à Bruges depuis près de cent ans. J'ai retrouvé un papier attestant que notre aïeul Bernardo avait vendu douze draps mêlés d'or au comte de Hainault en 1298. Et moi, il y a huit ans, pour le mariage de Jean, comte de Nevers et fils du duc de Bourgogne, avec Marguerite de Bavière, j'ai fourni quatorze pièces de draps d'or de Chypre pour 1 200 livres, ainsi que des cendaux bleus, blancs et noirs pour faire les étendards, du velours vermeil pour les couvertures des chevaux…

– Sans oublier un fermail d'or garni d'un saphir et de huit perles, rajouta Matteo.

Constance et Guillaume, serrés l'un contre l'autre, se désintéressaient de la conversation. Dans leurs yeux se lisaient de tendres promesses.

– Cette année, le duc de Bourgogne m'a offert en étrennes une robe d'écarlate vermeille doublée de martre et une paire de gants de chamois fourrés de petit-gris, continua Rapondi d'une voix vibrante. Quand il va savoir ce qui s'est tramé dans son dos, je peux dire adieu à ces cadeaux et à ma place de conseiller.

– C'est vrai qu'il vous a en haute estime, dit Matteo, touché par l'inquiétude que manifestait son patron.

– Je lui suis tout dévoué. À la suite de son mariage avec Marguerite de Male, célébré à Gand en juin 1369, il n'avait plus un sou en poche. Il ne lui restait que quelques pierreries qu'il gagea auprès de moi. Je ne compte plus depuis les prêts que je lui ai octroyés, les mauvais pas dont je l'ai sorti.

– C'est comme avec Iolande de Bar, renchérit Matteo.

– Oh ! elle, c'est un panier percé qui n'a en tête que bijoux et parures. Quand elle a fait appel à moi pour la décoration de son château d'Ypres, j'ai raflé tout ce qu'il y avait sur le marché comme anneaux et rubans de courtines, satin vermeil et azuré. Sans compter qu'elle force un peu sur le vin de grenache.

Les deux hommes se regardèrent. Rapondi semblait anéanti. Il se remit péniblement debout et déclara d'une voix sourde :

– Nous ne pouvons laisser Giovanni couler notre compagnie. Il n'a que quelques heures d'avance sur nous. Partons sur-le-champ. À brides abattues, nous avons une chance de le rattraper.

Marjan, qui était restée debout à côté de son mari, intervint :

– Vous n'y pensez pas ! Ils sont incapables de monter à cheval. Regardez leurs pauvres mains : ils ne pourront même pas tenir les rênes. Ils ne vont nulle part, sauf dans leur lit.

Rapondi eut un geste d'agacement.

– Eh bien, prenons une carriole. Cela nous fera perdre une bonne journée. Fiadoni, préparez-vous, nous allons confondre ce félon de Giovanni. Et vous aussi, dit-il en regardant Guillaume et Constance. Nous aurons besoin de tous les témoins de ses vilenies.

Encore sonnés, Guillaume et Constance se regardèrent, poussèrent un soupir et donnèrent leur assentiment.

*

La voiture, accompagnée par les deux hommes d'armes de Valentine Visconti, bringuebalait sur les chemins défoncés par la neige et la glace. Les passagers étaient régulièrement projetés les uns contre les autres, ce qui arrachait à Constance de petits cris de douleur. Rapondi ne cessait de fulminer contre son neveu. Matteo plaignait son patron autant qu'il le pouvait. Constance dodelinait de la tête, n'en pouvant plus des récriminations du marchand. Guillaume, un bras autour des épaules de la jeune femme, essayait, tant bien que mal, de la protéger contre les chocs les plus violents.

– Nous voilà comme des harengs en caque, lança-t-il pour essayer de changer de conversation.

– Au moins, les harengs se passent d'épices, répliqua Constance, saisissant la balle au bond. Et avec le

Carême qui s'approche, nous allons pouvoir nous en repaître.

– Savez-vous que ce sont les pêcheurs hollandais qui inventèrent la caque ? demanda Rapondi qui, décidément, savait tout. Sur leurs bateaux, ils ont eu l'idée de couper les harengs en deux, de les vider, de les alterner avec des couches de sel dans des tonneaux. Pour nous les commerçants, c'est tout bénéfice : les harengs se gardent un an et les tonneaux sont faciles à transporter. Ce qui est bien dommage, c'est que ce soient les marchands de la Hanse qui en aient quasiment le monopole. Autrement, il y a les harengs saurs qu'on expose à la fumée de hêtre ou de chêne.

– Taisez-vous, s'écria Constance que la moindre évocation de fumée rendait malade.

– Bon, bon, maugréa Rapondi qui se mura dans un silence réprobateur.

*

Ils n'atteignirent Lille que le lendemain soir. Rapondi ne décolérait pas de la lenteur du voyage. À ce train-là, il leur faudrait encore quatre jours pour arriver à Paris. Giovanni aurait largement eu le temps de vider les caisses de la maison Rapondi. Lille célébrait joyeusement son roi de l'épinette. Les rues étaient si encombrées que leur carriole ne put pénétrer au centre-ville. Rapondi était au bord de la crise de nerfs. Il espérait demander l'hospitalité à des amis marchands. Ils allèrent à pied, mais durent renoncer à cause de la foule compacte qui obstruait tous les carrefours. Le patron du *Cygne couronné*, où ils s'étaient réfugiés après une attaque de farine mouillée, reconnut Guillaume et Constance. Il leur souhaita la bienvenue, mais était au regret de les informer qu'il n'y avait plus un seul lit de disponible. Au mieux pouvait-il leur offrir un coin dans sa grange. Rapondi était au supplice. Il tentait d'essuyer les traces de farine sur sa pelisse et maugréait.

– Quand je pense que je suis bourgeois de Paris, conseiller du duc de Bourgogne, membre du conseil des Anciens de Lucques, renommé dans tous les ports d'Orient et d'Occident et que je ne peux même pas trouver un lit à Lille…

Ses compagnons n'étaient pas plus réjouis, mais au moins étaient-ils plus modestes dans leurs propos. Ils s'installèrent comme ils purent dans la paille. Constance pleurait silencieusement :

– Ma peau me brûle tellement que j'aurais envie de l'arracher. Qu'on ne me parle plus jamais d'épices.

Guillaume soufflait délicatement sur ses mains boursouflées. Il n'était pas en meilleur état. Il la prit dans ses bras et la berça avec tendresse. Ils s'endormirent enlacés, alors que leurs deux compagnons partaient souper à l'auberge.

*

La suite de leur voyage fut encore plus pénible. Rapondi, qui s'était gavé de moules au gingembre et à la maniguette, préparés par le patron du *Cygne couronné*, fut malade comme un chien. Pendant deux jours, la carriole multiplia les arrêts pour que le pauvre homme se vide de ses humeurs mauvaises. Au moins ne pouvait-il plus imputer le retard à ses compagnons. Autre avantage : il devint extrêmement silencieux et, comme les trois autres, ne supportait plus aucune allusion à des épices, quelles qu'elles soient.

23

21 février
« À la Saint-Pierre-Damien,
l'hiver reprend ou s'éteint. »

Rompus, exténués, ils arrivèrent aux portes de Paris. Dino Rapondi n'était plus que l'ombre de lui-même. À plusieurs reprises, il avait éclaté en sanglots à l'idée de l'opprobre qui s'abattrait sur lui s'il n'arrivait pas à mettre la main sur Giovanni. Ses compagnons de voyage avaient essayé, sans succès, de le tirer de son chagrin, lui répétant que plaie d'argent n'était pas mortelle.

Le carnaval battant son plein, les rues de Paris étaient aussi encombrées que celles de Lille. La carriole réussit tout de même à les amener jusqu'à la rue de la Vieille-Monnaie où résidait Rapondi quand il était à Paris. Pendant le voyage, il s'était lamenté sur la perte probable de son bel hôtel aux cinq pignons où il y avait une pièce pour la musique avec guitares, psaltérions, harpes, une autre pour les jeux d'échecs, une chambre haute où étaient rangées toutes sortes d'armes : arbalètes, arcs, piques, ainsi qu'étendards, penons et bannières. Matteo qui connaissait bien l'endroit avait renchéri en disant que le plus bel endroit était le nid d'aigle, tout en haut, qui permettait de contempler Paris et où les vins et les plats arrivaient dans des paniers actionnés par des poulies.

Les *garzoni* qui s'activaient autour de liasses de papiers virent arriver leur patron avec surprise. Francesco Accetanti, le plus âgé, s'étonna qu'il soit de retour de Bruges alors qu'il comptait y rester un mois. Rapondi lui demanda d'un ton anxieux :

– Avez-vous vu mon neveu Giovanni ?

– Oui, il était là il y a deux jours. Il avait l'air très content.

– Je ne vous demande pas l'air qu'il avait. Qu'a-t-il fait ?

– Il est venu prendre les 100 000 florins pour Monseigneur le duc de Bourgogne.

– Et vous les lui avez donnés ? rugit Rapondi, écarlate, s'agrippant des deux mains à un pupitre.

– Bien sûr, répondit Accetanti qui voyait avec inquiétude son patron passer du rouge au blanc livide.

– Vous êtes fou ! explosa Rapondi. Vous avez causé notre ruine.

– Mais Giovanni nous a assuré que c'était sur vos ordres. Le sceau de la compagnie ainsi que celui du duc de Bourgogne figuraient bien sur le document.

– Mère de Dieu ! Santa Maria ! Nous sommes morts. Vous pouvez faire vos bagages avant de périr sous les coups de l'ignominie.

Accetanti, les yeux ronds, le regardait s'agiter, enlever et remettre son bonnet, se tordre les mains.

– Je ne comprends pas, maître Rapondi.

– C'était un faux ! rugit ce dernier.

– Mais Giovanni était accompagné d'un proche du duc, Artus de Boislevé que nous connaissons bien, crut bon d'ajouter Accetanti.

– C'est un faux lui aussi, un parjure, un bandit qui doit être en train de se goberger avec notre bel or et rire de la manière dont il nous a floués, nous les banquiers lucquois renommés dans le monde entier. Ah ! ce sont les Florentins qui vont bien rire aussi. Et les Génois, et les Pisans, et tous ces escrocs de Lombards.

Rapondi s'était écroulé sur un coffre et pleurait à chaudes larmes.

Constance et Guillaume firent signe à Matteo qui était aussi pâle que son patron qu'ils allaient prendre congé. Le Lucquois les raccompagna.

– Nous sommes désolés de ne pas être arrivés à temps pour les coincer, lui dit Guillaume. Qu'allez-vous faire ?

– Dans un premier temps, prendre soin de Rapondi. Puis il nous faudra trouver 100 000 florins pour renflouer les caisses. Je doute que nous y arrivions. Au moins pourrons-nous ainsi éviter la honte, même si la ruine est inéluctable.

Matteo semblait anéanti. Guillaume et Constance l'assurèrent de toute leur amitié.

Une fois dans la rue, ils se regardèrent, se sourirent, s'enlacèrent et, sous l'œil réprobateur d'une vieille qui passait par là, s'embrassèrent.

– Nous voilà sortis d'affaire, chuchota Guillaume à l'oreille de Constance. Qu'ils se débrouillent avec leurs écus, florins et autres ducats. Quand partons-nous pour ton domaine d'Aubervilliers ?

– Sur-le-champ, lui répondit Constance tout sourires. Juste le temps de passer prendre Mathias.

Bras dessus, bras dessous, ils partirent d'un bon pas vers la rue aux Oues, toute proche.

Ils furent arrêtés au coin de la rue Troussevache par une cavalcade de fols. L'habit à l'envers, l'un portait une cagoule en peau de lapin, un autre avait accroché des défenses de sanglier à son masque, tous avaient des sonnailles sur le ventre et le dos. Ils firent cercle autour de Constance et Guillaume. D'une voix de fausset, ils se mirent à scander :

– Embrassez-vous ou donnez-nous des sous !

Les deux jeunes gens obéirent bien volontiers. Un concert de grelots accompagna leur baiser. L'un des carnavaleurs s'approcha d'eux et dit :

– À nous maintenant d'embrasser ta belle.

Guillaume le repoussa violemment et cria :

– Ah non ! Ça ne va pas recommencer. Si tu la touches, je te fais avaler ta peau de lapin.

La troupe les salua bien bas, leur souhaita bon amour et s'en fut à la recherche d'autres victimes.

Ils croisèrent d'innombrables visages noircis à la suie, des personnages couverts de feuilles de lierre, de paille, de mousse, portant balais et bâtons. Ils échappèrent à un lancer de boue mais ne purent éviter un jet de cendres.

*

En approchant de la rue aux Oues, Constance se réjouissait de retrouver Mathias et de lui annoncer qu'ils quittaient Paris pour une autre vie. Arrivée devant la porte, elle entendit des voix à l'intérieur. Qui donc le jeune garçon avait-il pu inviter ? À peine avait-elle ouvert qu'une boule noire se jeta sur elle. Isobert ! Un Isobert presque deux fois plus grand ! Elle prit le chien par ses grosses pattes et lui fit esquisser deux pas de danse. Elle le lâcha pour courir dans les bras d'Agnès. Pleurant et riant à la fois, elle enfouit son visage dans le giron de la vieille femme. Agnès lui releva le menton et s'exclama :

– Mais qu'est-ce qui vous est arrivé ? Votre visage est rouge et meurtri. Qui vous a fait du mal ?

Elle jeta un regard peu amène sur Guillaume qui était resté sur le pas de la porte.

Constance secoua la tête et dit :

– Je vous raconterai. Mais vous, dites-moi ce que vous faites ici. Et Mathias, où est-il ?

– Me voilà, dame Constance, dit le jeune garçon accroupi devant la cheminée.

Il eut droit lui aussi à de longues embrassades accompagnées des coups de langue qu'Isobert distribuait à tout le monde. La joie des retrouvailles un peu calmée, Agnès, qui gardait toujours un œil sur Guillaume, expliqua les raisons de sa présence :

– J'étais si inquiète de ne pas avoir de vos nouvelles, que j'ai décidé de venir voir ce qui se passait. J'ai pris Isobert avec moi, pensant que cela vous ferait plaisir.

Constance grattouillait les oreilles du chien qui grognait de bonheur.

– Je suis arrivée ici et j'ai trouvé ce pauvre enfant qui se débattait tout seul avec un civet de lièvre.

– Un civet de lièvre ? s'étonna Constance.

– Il faut que je vous dise, dame Constance, commença Mathias d'une voix mal assurée. J'espère que vous n'allez pas m'en vouloir… Ne croyez surtout pas que j'essaye de vous voler votre place…

– Mais que diable veux-tu donc dire ? s'impatienta Constance. Qu'as-tu fait ?

– Lacuisinepourlesétuves, répondit le garçon d'un seul trait en baissant la tête.

– Tu veux dire que c'est toi qui es devenu le cuisinier des étuves ? s'étonna Guillaume.

– Euh… Maître Guillaume, vous aussi, ne vous mettez pas dans l'idée que je cherche à vous évincer. Dame Isabelle était aux quatre cents coups après votre départ, avec votre maladie, je veux dire. Elle parlait d'aller se fournir chez Enguerrand le Gros, alors j'ai travaillé toute une nuit et je lui ai livré quelques petites choses dont elle a été satisfaite.

Guillaume et Constance l'écoutaient avec un large sourire.

– Vous ne m'en voulez pas ? leur demanda-t-il.

– Bien sûr que non, grosse bête, lui répondit Constance. C'est magnifique.

– À vrai dire, je n'aurais pas pu m'en sortir sans dame Agnès qui est arrivée le lendemain de votre départ… maladie, je veux dire.

– Ça a été un choc terrible, reprit Agnès, que d'apprendre de la bouche de ce garçon que vous étiez peut-être mourante. J'ai voulu savoir où l'on vous avait conduite. Ce petit bonhomme s'est tellement embrouillé dans ses explications que je me suis doutée qu'il ne disait pas vrai. Isobert m'a bien aidée à lui tirer les vers du nez.

– Dame Constance, croyez bien que je n'ai pas trahi votre secret, s'exclama Mathias, mais vous m'aviez parlé de votre chien. J'ai compris que c'était lui, alors je me suis dit que je pouvais faire confiance à dame Agnès.

– Tu as parfaitement bien fait, le rassura Constance. Continuez votre récit, Agnès…

– Quand j'ai su que vous étiez partie pour Bruges, j'ai décidé de rester ici à vous attendre. Comme votre protégé semblait un peu débordé par les commandes des étuves, je lui ai donné un coup de main.

Mathias, rouge de confusion, faisait de grands signes de dénégation :

– Dame Agnès, vous m'avez sauvé la mise ! Comme pour le repas de demain avec Gauvard et ses invités.

Guillaume et Constance se regardèrent avec surprise.

– Quels invités ? Quel repas ? demanda la jeune femme.

– Il nous a dit qu'il y aurait un Italien et un grand personnage et qu'ils avaient de grandes choses à fêter. Il a dit que, dorénavant, cela allait être Mardi Gras tous les jours. Ils m'ont commandé un festin et, avec Agnès, on commençait les préparatifs.

Voyant Constance rester silencieuse, il ajouta :

– Je vais tout de suite prévenir Isabelle que vous êtes de retour et que vous reprenez votre place.

– Non, non, Mathias, tu vas préparer ce banquet. Nous t'aiderons, Guillaume et moi, mais, avant, nous avons des choses importantes à régler.

Le jeune garçon lui fit un grand sourire et repartit vers la cheminée activer le feu.

Guillaume et Constance se concertèrent dans un coin de la pièce. Agnès, du coin de l'œil, vit la jeune femme poser sa main sur celle de son compagnon et s'en approcher si près qu'elle comprit que ces deux-là avaient déjà dû se raconter bien des choses sur l'oreiller.

Constance avait remarqué que la Dévote l'observait. Elle s'approcha d'elle :

– Agnès, ma bonne Agnès, vous m'avez tellement manqué ! Dès demain, je vous dirai tout de ces semaines mouvementées. Ma vie a changé, dit-elle en regardant Guillaume.

– Je suis si heureuse de vous savoir saine et sauve. Et malgré votre triste mine, vous resplendissez, ma petite. Je vous imaginais subissant les pires avanies. Je me réjouis de voir que vous pouvez vous appuyer sur une épaule solide, dit-elle avec un petit sourire qui en disait long.

– Nous devons aller prévenir nos amis que leurs soucis vont peut-être prendre fin, poursuivit Constance. Nous passerons également aux étuves. Travaillez bien tous les deux. Au fait qu'est-ce que vous avez prévu pour le repas de demain ?

– Vin de sauge[1], tostées au fromage de Brie, riz engoulé[2], poule au cumin, lapin au sirop[3], mamonia[4], chapon, dodine de verjus, beignets de pommes, gaufres, pain doré, rissoles et flans, récita Mathias à toute vitesse.

*

Ils repartirent vers la rue de la Vieille-Monnaie. La foule avait encore grossi. Rue Aubry-le-Boucher, des clercs de la basoche s'entraînaient à leur futur métier d'avocat en parodiant une scène de justice. Un cul-de-jatte qui avait accroché des grelots à ses moignons se trémoussait sur sa planche en agitant une queue de renard. Guillaume lui lança une piécette. Carême était un temps de pénitence mais aussi de générosité envers les pauvres et les faibles. Quand ils pénétrèrent dans l'Hôtel Rapondi, ils crurent arriver dans une tombe. Un profond silence régnait sur les salles de travail désertées. Les volets étaient tirés et nul ne répondait à leurs appels. Ils allaient partir quand ils virent arriver Matteo, la mine défaite.

– Rapondi va très mal. Je crains pour sa raison. Il ne sort de sa torpeur que pour jeter des cris où il n'est question que de passer son neveu au fil de l'épée.

– Il ira mieux quand il saura que nous allons peut-être pouvoir coincer les malfaiteurs, annonça Guillaume. Ils ne sont pas partis à Londres. Ils seront demain aux étuves pour le grand dîner de Mardi Gras.

1. Recette p. 344.
2. Ancêtre du riz au lait.
3. Recette p. 340.
4. Mouton au miel. Recette p. 338.

– Je vais le réveiller sur-le-champ.

– Peut-être vaudrait-il mieux lui annoncer demain. Dans son état d'énervement, il risquerait quelque manifestation inopportune. Laissez-nous faire. Soyez demain, à midi, rue Tirechappe.

Grandement soulagé, Matteo les remercia et repartit veiller son patron.

*

Constance et Guillaume prirent alors le chemin des étuves. Ce fut Isabelle qui vint leur ouvrir. En les voyant, elle poussa un cri et referma aussitôt la porte. Elle leur cria :

– Partez, partez, vous n'avez rien à faire ici.

– Isabelle, ne craignez rien, nous sommes guéris, lança Guillaume.

La porte s'entrouvrit de deux doigts. Isabelle leur coula un regard apeuré :

– Vous avez vu votre tête ! Ces taches rouges sur le visage, ces yeux enflés ! Vous me semblez, au contraire, bien mal en point. Êtes-vous sûrs que ce n'est pas la peste ?

– Mais oui, la rassura Guillaume. Avec la peste, on devient tout noir. Les médecins ne nous auraient pas laissés partir s'ils avaient craint une quelconque contagion.

La porte s'ouvrit un peu plus.

– De quelle maladie avez-vous souffert ? Ne vous voyant pas revenir, je vous ai cru perdus. Vous m'avez laissée dans un beau pétrin. Heureusement, le jeune Mathias a fait ce qu'il a pu. J'ai perdu des clients qui venaient pour le tournoi. Je vais retenir ce que ça m'a coûté sur vos gages.

Constance et Guillaume qui n'avaient aucune envie de discuter gros sous acquiescèrent à la grande surprise d'Isabelle. Elle s'approcha d'eux et insista :

– Vous êtes bien sûrs que vous ne nous faites courir aucun danger ? Êtes-vous prêts à revenir aux fourneaux ? Il y a demain un grand festin et je crains que Mathias ne soit pas à la hauteur.

À l'idée de rôtir un canard ou un chapon assaisonné à la cannelle, Constance fut prise d'un vertige, mais se maîtrisa et dit avec son plus beau sourire :

– Isabelle, vous pouvez compter sur nous. Nous allons donner le meilleur de nous-mêmes pour que le repas de demain soit inoubliable.

– À la bonne heure ! Allez, entrez. Marion va être ravie de vous voir.

Isabelle ouvrit la porte en grand, laissa passer Constance, se planta devant Guillaume, les seins bien en avant, et lui susurra :

– Alors, mon tout beau, je t'ai manqué ?

– Je n'ai pensé qu'à l'amour, jour et nuit, au plaisir et au désir.

– Voilà qui nous promet de belles retrouvailles !

– Sois assurée que je ne rêve que d'une couche moelleuse et d'une jolie garce à mes côtés.

– La maladie ne t'a pas ôté ta belle vigueur, à ce que je vois.

– Je n'attends que le moment de le prouver.

À quelques pas de là, Constance se mordillait nerveusement la lèvre. Les poings serrés, elle était sur le point de perdre patience et de se précipiter toutes griffes dehors sur Isabelle quand Marion la Dentue se jeta dans ses bras :

– Vous n'êtes pas morte ! Qu'avez-vous fait à votre visage ? Est-ce une bête malfaisante qui vous aurait attaquée ? On dirait qu'un dragon vous a craché à la figure.

– Ne t'inquiète pas. Tout va bien. Mais qu'est-ce que je vois là ? dit Constance en montrant le chat roux qui se frottait à la jupe de Marion en ronronnant.

– Oh ça ! Il ne me quitte plus. Finalement, ce n'est pas une si mauvaise bête. Jacquette l'adore et il est très gentil avec elle. Je l'ai appelé Tybert.

Le chat en tête, dressant fièrement la queue, ils se dirigèrent vers la cuisine où ils trouvèrent Gauvard attablé devant un pichet.

– Des revenants ! s'exclama-t-il. J'ai bien cru, ma chère Constance, prendre la route de Saint-Jacques sans vous. Vous auriez raté l'affaire du siècle, ma belle. Mais, dites-moi, êtes-vous sûre que ça va ? Vous avez de drôles de marques sur le visage. Vous n'allez pas nous refiler je ne sais quelle maladie ?

À l'idée qu'il était à l'origine du piège qui avait failli leur coûter la vie, Constance sentit son sang se glacer. Guillaume qui devinait ses pensées lui serra la main en catimini. Constance se détendit et lança :

– Gauvard, pour rien au monde, je n'aurais manqué ce voyage. Sans aucun doute, c'est le désir de vous retrouver qui m'a donné la force de surmonter mes épreuves. Ne craignez rien, je saurai me montrer à la hauteur de vos attentes.

– Quel beau langage vous me tenez là ! Je n'en demande pas tant. En tout cas, vous êtes les bienvenus. Le gamin ne se débrouille pas trop mal en cuisine, mais rien à voir avec vos chefs-d'œuvre. J'attends demain d'illustres personnages et vous allez devoir mettre les petits plats dans les grands.

– Et votre voyage à Bruges s'est bien passé ? lui demanda Guillaume d'un air innocent.

– Au mieux ! J'y ai conclu de très bonnes affaires. Ce sont mes associés que vous verrez demain, dit-il, plus prétentieux que jamais. Je compte leur offrir les plus belles filles et les meilleures poules grasses.

Il partit d'un grand rire salace et se reversa un verre de vin.

– Alors, Constance, qu'est-ce que vous allez nous préparer ?

– Du lapin au sirop, de la mamonia, commença Constance, puis sentant venir la nausée : Guillaume, continue, toi.

Il énuméra les plats sous l'œil soupçonneux d'Isabelle à qui le tutoiement n'avait pas échappé.

– Ça ira, approuva Gauvard. N'oubliez pas les gaufres avec plein de sucre. Et toi, Isabelle, tu m'as trouvé de bonnes paires de fesses… Que mes invités, en plus de la bouche, aient les mains occupées.

Isabelle répliqua d'un ton sec qu'il se mêle de ses affaires.

Quand Constance et Guillaume annoncèrent qu'ils devaient partir pour se mettre en cuisine, elle retint le cuisinier et lui dit :

– Fais la cuisine ici. Tu n'as pas besoin de suivre cette oie blanche.

– Puisqu'il n'y a plus de duel, nous avons décidé de faire la cuisine ensemble. Cela sera encore plus profitable pour toi.

Isabelle le regarda avec dédain et lui lança :

– Qu'est-ce que tu peux lui trouver à cette petite, avec son cou de poulet et son petit cul de damoiseau ? Ne viens pas pleurer dans mon giron quand tu t'apercevras qu'elle ne sait pas ouvrir les cuisses.

Guillaume la vit s'éloigner avec soulagement. Il rejoignit Constance devant la porte et prévint toute manifestation d'indignation de sa part en l'embrassant à pleine bouche.

Ils partirent, bras dessus bras dessous, pour accomplir leur dernière tâche : prévenir les services du roi par l'intermédiaire d'Eustache Deschamps. Ils espéraient le trouver à l'Hôtel de Bohême. Valentine partie, il devait continuer à remplir ses fonctions de conseiller auprès de Louis d'Orléans. Ils recroisèrent la bande de fols qui les avaient obligés à s'embrasser. Ils durent, de nouveau, se soumettre en riant aux exigences des cavalcadeurs. À leur troupe s'étaient agrégés un ours à la langue rouge et pendante, une vieille coiffée d'une marmite traînant un bébé braillard d'une bonne quarantaine d'années.

– Quand allons-nous nous embrasser d'une autre manière ? demanda Constance quand leurs lèvres se séparèrent.

– Ma douce, je crois que nous aurons encore à attendre quoique j'en crève d'envie.

– Dès que tout cela est fini, je te fais prisonnier et nous ne quitterons plus notre lit.

– Constance, tu oublies que dans deux jours, nous entrons en Carême pour quarante jours et que nous nous devons de rester chastes.

– Je ne pourrai pas…, dit alors Constance d'une toute petite voix.

– On m'a changé ma noble Constance qui, il y a peu, souhaitait consacrer sa vie au service de Dieu.

La jeune femme lui prit la main, la posa sur ses seins et déclara :

– Pourras-tu attendre ?

– Non.

*

Arrivés à l'Hôtel de Bohême, Eustache courut à leur rencontre. Constance prit immédiatement la parole :

– Ne nous dites pas que nous avons un étrange visage mâchuré de rouge. Nous le savons. Nous venons vous dire que les coupables seront confondus demain, aux étuves de la rue Tirechappe. Mais, je vous en prie, avant toute chose, rassurez-moi : comment va Valentine ?

– Aussi bien que l'on puisse aller quand on est accusé faussement. Elle a trouvé, à Briis, réconfort et consolation auprès du fidèle Olivier de Montmort. Elle s'inquiète pour vous. Je vous mènerai auprès d'elle, dès que les bandits seront sous les verrous. Qu'attendez-vous de moi, ce jour ?

– Prévenez Jean de Montaigu du Trésor royal et présentez-vous demain aux étuves à l'heure de midi.

– Je vois, Constance, que vous êtes toujours aussi volontaire mais je vous trouve quelque chose de changé…

– Ne me parlez pas de ma figure ! s'écria Constance.

– Non, non, ce n'est pas ça. Il y a quelque chose de nouveau dans votre regard. Comme une impatience doublée de douceur. N'y aurait-il pas amour dans l'air ? demanda-t-il en regardant fixement Guillaume. Auquel cas, laissez-moi vous dire :

« Mon cœur, mon amour et mon désir
De qui je suis le vassal
Je languis amoureusement
Tant je vous aime et désire
Vous êtes si douce
Rien ne me plaît sauf votre corps gracieux
Vous me faites martyr

Je ne dois pas, si longtemps
Être privé de ma récompense
Donnez-moi joie et plaisir. »

Même si l'habitude d'Eustache de conclure tous ses propos avec des vers l'exaspérait, Constance était bien contente de se retrouver dans son univers familier. Elle sourit gentiment au vieux poète.

24

22 février

« À la Sainte-Isabelle,
si l'aurore est belle, et s'il fait soleil au matin,
c'est du bon pour tous les grains. »

Hélas, hélas, la perspective d'une nuit d'amour s'évanouit dès que Constance et Guillaume revinrent rue aux Oues. Mathias tourbillonnait autour de ses marmites. Agnès hachait, broyait avec frénésie. Seul Isobert, l'œil vague d'avoir déjà trop mangé, se tenait tranquille sous la table. Constance vit avec effroi la montagne de gingembre, de cannelle et de poivre sur la table. Son regard se brouilla, elle se rattrapa de justesse au montant d'une chaise. Surmontant son dégoût, elle déclara :

– Je veux bien me charger des tostées au fromage de Brie, du riz engoulé, des gaufres, beignets de pommes, rissoles, pain doré et flans.

– Vous êtes sûre ? demanda Mathias. Vous réussissez si bien le civet de lapin aux épices.

– Ne m'en parle plus jamais !

Constance était au supplice. Mathias ne cessait de poser des questions, souhaitant savoir combien de clous de girofle mettre dans le vin de sauge, s'il fallait du macis dans le lapin au sirop…

– Mais non, dit Constance en serrant les dents. Tu fais dorer tes morceaux de lapin dans de la graisse, tu ajoutes du bouillon. Quand c'est presque cuit, tu verses du vin de Samos, du vinaigre, tu mets les raisins de Corinthe, la cannelle, le girofle, le poivre long, la graine de paradis, le gingembre. Pour le vin de sauge, tu ajoutes dans ton vin blanc une poignée de feuilles de sauge, quatre cuillerées de bon miel, trois clous de girofle, une feuille de laurier, une pincée de gingembre et une de poivre long.

Sans les regards bienveillants et les petits signes d'encouragement de Guillaume, elle n'aurait pas tenu le coup. Pourtant, il n'était guère plus vaillant. Son aversion pour les épices l'inquiétait. Comment ferait-il s'il devait reprendre son métier de cuisinier ? Il essaya d'imaginer une cuisine sans épices. Impossible. Il y en avait dans tous les plats et en quantités considérables. Non seulement elles étaient bonnes au goût, mais indispensables à la santé. Y aurait-il moyen de les remplacer ? Il pensa aux herbes qu'employaient les gens qui n'avaient pas les moyens de se payer des épices. Peut-être y avait-il là une piste à explorer. Par exemple, cette mamonia qu'il était en train de préparer : il avait désossé une épaule de mouton, l'avait coupée en petits morceaux et mise à cuire dans du lait d'amandes. Quand elle serait presque cuite, il rajouterait du miel, mais plutôt que de mettre les sempiternels gingembre et cannelle, pourquoi n'utiliserait-il pas de la menthe pouliot et de l'origan ? Ces herbes ont tout autant de vertus médicinales.

Voyant Constance qui peinait sur sa préparation de riz, il lui fit part de son idée. Elle l'approuva chaleureusement et ajouta :

– C'est comme tout ce sucre qu'on rajoute partout. Pourquoi en mettre dans la sauce cameline et les brouets de volaille ? Pourquoi parsemer tous les plats avec des raisins, des pruneaux, des dattes ? Je ne supporte plus. Il faudrait arrêter.

Mathias, qui avait écouté leur conversation, prit un air épouvanté.

– Vous n'y pensez pas ? Ce serait une catastrophe. Tout le monde aime la saveur du sucre. S'il ne tenait qu'à moi, j'en mettrais partout. J'en ferais des fontaines, des rivières, des lacs, des océans. Je me roulerais dedans, je…

– Pas un mot de plus, Mathias, ou je t'étrangle, aboya Constance.

Le garçon se dit que sa maîtresse était revenue de Bruges avec de drôles de manières. Qu'avaient bien pu lui faire manger ces Flamands pour qu'elle rejette ainsi les fondements mêmes de la cuisine ? Il retourna à son lapin au sirop.

*

Ils travaillèrent ainsi une grande partie de la nuit. Agnès monta se coucher quelques heures, suivie d'un Mathias titubant de fatigue. Constance et Guillaume restèrent devant la cheminée, se tenant la main, échafaudant des projets d'avenir. Agnès les retrouva endormis, tête contre tête, Isobert à leurs pieds.

Ils partirent tôt aux étuves, pour y finir de préparer et décorer les plats. Isobert voulut à toute force accompagner sa maîtresse, enfin retrouvée. Agnès dut le retenir par son collier. Elle mit Constance en garde contre toute imprudence.

– Ce soir, quand nous reviendrons, nous serons libérés de tous nos tracas, lui répondit la jeune femme avec un sourire.

Mathias, excité comme une puce, marchait à côté du chariot que tirait Guillaume. Il poussait des gémissements à chaque cahot, craignant pour ses précieuses marmites. Les carnavaleux s'étaient déjà répandus dans les rues et ils eurent tout le mal du monde à préserver leur chargement contre les assauts de ceux qui, alléchés par l'odeur, voulaient s'en emparer.

– Ça sent la poule grasse, clamait un personnage vêtu d'un costume rouge, jaune et vert.

– M'est avis qu'ils vont faire bombance, ceux-là, ajouta son compagnon qui avait enlevé son masque d'écorce de bouleau percé de deux yeux et d'un trou pour respirer. Adieu, pauvre Carnaval, tu t'en vas et moi je reste pour manger la soupe à l'ail. Pour l'amour du ciel, donnez-nous un peu de ces bonnes sauces.

Mathias frappa à grands coups de cuillère en bois la main qui s'approchait dangereusement de ses trésors. Constance l'entraîna vivement sous les cris de colère des deux individus.

Rue Tirechappe, les filles n'étaient pas encore arrivées, mais Isabelle et Marion, toujours suivie du chat roux, s'activaient pour donner plus d'éclat aux étuves. La petite Jacquette, vêtue de sa plus belle robe, jouait avec ses marionnettes dans un coin. Comme d'habitude, Gauvard, son père, ne lui prêtait aucune attention. Il était en grande discussion avec le Tonsuré qui avait disposé sur les dalles de pierre un drôle d'assemblage d'os. Voyant arriver Constance et Guillaume, le faux moine s'exclama :

– Vous nous avez bien laissés tomber, saint Cauchois et moi. J'ai dû me débrouiller tout seul, mais regardez comme il est beau.

Stupéfaits, ils le virent tirer d'un sachet de toile des dents qui ne pouvaient être que de lapin et les placer dans une mâchoire qui avait dû appartenir à un gros rongeur. Des os de porc voisinaient avec des côtes de chevreuil et un fémur de mouton.

– Étonnant ! parvint à dire Guillaume.

– Voyez comme j'ai réussi cette belle patine couleur ivoire. N'est-ce pas qu'on le croirait vieux de mille ans, mon Cauchois ?

– Peut-être vaudrait-il mieux enlever ce sabot, suggéra Constance en montrant la patte avant d'une chèvre.

– Oui, oui, vous avez raison. Quoique je pourrai dire qu'il a été enterré avec son animal préféré, comme saint Antoine et son cochon, saint Martin et son oie.

– Et vous pensez bientôt le présenter ? s'inquiéta Constance.

– Ce n'est qu'une question de jours, répondit Hugon avec fierté. Il sera fin prêt pour le premier dimanche de Carême. Vous savez comme moi que c'est un temps propice à l'adoration des reliques. Mon ami, le curé, l'attend avec impatience. Bien entendu, vous êtes invités à sa première sortie et même à lui faire une petite aumône.

– Hélas, ni Constance ni moi ne pourrons être des vôtres, dit Gauvard. Nous serons sur le chemin de Saint-Jacques.

« Certainement pas. Tu croupiras en prison pendant que je serai dans les bras de mon bien-aimé », se dit Constance.

– Je n'ai jamais compris qu'on puisse partir ainsi sur les routes et affronter les pires dangers sans y être obligé, mais faites ce que bon vous semble, poursuivit le Tonsuré.

– Ce serait à toi de faire preuve d'un peu plus de sentiment chrétien, ricana Gauvard. Demain, on est en Carême. Nous allons tous faire pénitence.

« Tu ne crois pas si bien dire », pensa Constance.

Isabelle qui passait par là ajouta son grain de sel.

– Ce n'est pas trop, une fois par an, de nous laver de nos péchés, nous qui sommes si soumis à la tentation. Mais il faut dire que ce n'est pas très bon pour le commerce. La clientèle va fuir les étuves. Du moins dans les premiers jours, pour bien montrer qu'ils observent les règles d'abstinence. Dieu merci, on va les voir rappliquer dès la Mi-Carême, les couilles bien pleines et gémissant qu'ils vont mourir s'ils n'ont pas un con à foutre. C'est comme pour la nourriture, il y en a toujours qui se déclarent malades pour pouvoir avoir droit à un blanc de poulet.

– Maudit Carême qui nous fait devenir tout maigres, soupira le Tonsuré. Laissez-moi vous dire la véritable histoire du combat entre Carême et Charnage, telle qu'on me l'a racontée.

« Il y a très longtemps, il y avait deux princes. L'un était Charnage, riche en amis, honoré des rois et des ducs, aimé par toute la Terre, et l'autre Carême, le félon, haï des pauvres gens, qui avait moult riches maisons, abbayes, monastères, prince souverain des étangs, des fleuves et des eaux de toute la Terre.

« Comme il vint escorté d'une grosse suite de saumons et de raies, on le reçut fort bien. Mais cet accueil est à l'origine d'une querelle fameuse, ainsi que vous allez le voir. Charnage, choqué de la préférence injuste qu'on donnait à son rival, ne put commander à sa colère et il s'emporta contre lui en menaces et outrages. Carême, à qui furent rapportés ces discours injurieux, et naturellement fier et hautain, éclata à son tour. Il s'avança vers son ennemi, le traita de vil diable, lui commanda de fuir, puis lui déclara la guerre : guerre terrible et sanglante, qui ne devait finir que par la ruine de l'un des deux rivaux.

Marion, appuyée sur son balai, écoutait avec attention. Mathias s'était assis au bord du cuveau. Constance et Guillaume avaient posé leurs plats. Seule Isabelle faisait mine de s'affairer.

– Tous deux se rendirent aussitôt dans leurs États, afin de hâter eux-mêmes les préparatifs du combat et de convoquer leurs vassaux, continua le Tonsuré d'une voix forte. Carême fit du hareng son messager qui, par la mer, conta les nouvelles. Aux baleines, aux saumons, aux mulets et à la petite friture, il dit que Carême allait livrer bataille à Charnage. Tous vinrent au rendez-vous. Le menu fretin forma le premier front, les anguilles se rangèrent derrière. Les harengs frais à la sauce aillée vinrent après et le mulet, haddock et merlan et rouget et tant de ces autres poissons vinrent, brandissant leurs épines avec les flets au fenouil rôti, moules au civet, viande et lard de baleine.

Les auditeurs de Hugon clamèrent des huées à cette évocation et le pressèrent de continuer.

– Un faucon, dans l'autre camp, fut chargé d'aller lever une armée. Ainsi, une quinzaine plus tard, se rangèrent derrière Charnage les combattants de toute la région. En premier, les purées grasses. Et après vinrent, pour aider leur seigneur, charbonnées, chair de porc à la verte saveur, brochettes, pigeons rôtis et cuits en pâte, lardé de cerf au poivre noir, chair de bœuf à l'ail, salmis amenant poussins en rôt et en brouet, paons rôtis et cuits en pâte. Les saucisses poivrées apportèrent la nouvelle que viendraient les andouilles et la moutarde, amenant avec eux gras agneaux, tripes de porc et de mouton, poireaux au gras, à l'échinée, à l'andouille et au jambon, pois au lard, pois à l'huile et pois pilés, fèves à la cretonnée, et même bouillies, laits doux, laits surs, crème, beurres, frais et dur fromage, chaudes tartes et chauds flans, blancs-mangers puis les rissoles, les fritiaux et diverses pâtisseries.

Mathias se mit à applaudir, aussitôt imité par les autres. Hugon, ravi de son succès, enfla la voix :

– Les grues et les hérons vinrent aussi présenter leurs services. Le cygne et le canard offrirent de veiller à l'embouchure des rivières et promirent de les garder si bien qu'aucun de leurs ennemis ne pourrait passer. Agneaux, porcs, lièvres, lapins, pluviers, outardes et chapons, poules et butors, oies grasses et enfin le paon, fier de son plumage, tous jusqu'à la douce colombe se rangèrent sous l'étendard de leur souverain. Cette troupe bruyante, fière de son nombre, célébrait d'avance sa victoire, et partout, sur son passage, faisait retentir les airs de ses cris discordants.

« Carême s'avança monté sur un mulet avec un saumon comme haubert, une cotte de mailles de lamproie. Une raie formait sa cuirasse, une arête, ses éperons et une sole longue et large, son épée. Les munitions de guerre consistaient en pois, marrons, beurre, lait et fruits secs.

L'auditoire auquel s'étaient jointes les putes qui venaient d'arriver conspua cette abominable vision.

– Charnage montait un cerf dont le bois ramé était chargé d'alouettes. Il portait un gilet de chair de porc et de mouton, son heaume était fait d'une tête de sanglier surmontée d'un paon. Son épée était une défense de cochon bien ouvragée, forgée par un boucher et aiguisée par un cuisinier, sa lance, un bec d'oiseau, son bouclier, une tarte et sa bannière, un frais fromage.

Tous tapèrent dans leurs mains et poussèrent des cris de joie. Hugon prit un ton dramatique :

– Dès que les deux preux s'aperçurent, ils fondirent l'un sur l'autre et se battirent avec rage. Le cerf éperonna le saumon qui fit de tels efforts qu'il lui mit l'épée au corps. Les troupes de chaque parti s'étant avancées pour leur venir en aide, ils furent bientôt séparés et la bataille devint générale.

« Le premier corps qui remporta l'avantage fut celui des chapons. Il fondit sur les merlans et les fit trébucher à terre si vivement que, sans les raies armées d'aiguillons soutenues par les maquereaux et les flets, l'équilibre aurait été rompu. Les archers de Carême commencèrent alors à faire grêler sur leurs ennemis une pluie de figues sèches, de pommes et de noix. Aussitôt, les barbues, les brèmes dorées, les congres aux dents aiguës s'élancèrent dans leurs rangs frappés de stupeur, tandis que les anguilles frétillantes, s'entortillant dans leurs jambes, les faisaient tomber sans peine. On remarqua surtout un jeune saumon et un bar courageux qui firent des prodiges. Non, une semaine entière ne suffirait pas pour conter toutes les prouesses que vit naître cette journée. Déjà l'armée des eaux gagne du terrain et la victoire s'annonce quand, tout à coup, les canards par leurs cris appellent au secours deux hérons et quatre faucons qui s'élèvent dans les airs et font grand ravage parmi les poissons. Le butor et la grue viennent les seconder. Tout ce qu'ils attaquent est avalé, et le carnage devient terrible. Le bœuf pesant, qui jusqu'alors avait vu, sans s'émouvoir, le danger de son parti, s'ébranle enfin. Il s'avance lourdement, abat et renverse des files entières de guerriers à écailles, écrase tout ce qui ose lui résister et, seul, jette le désordre et l'épouvante dans l'armée de Carême.

Un murmure de satisfaction se fit entendre dans la petite assemblée, suspendue au récit de Hugon.

– C'en eût été fait à jamais du roi des eaux, s'il s'était obstiné à combattre plus longtemps. Il céda avec prudence devant le danger et fit sonner la retraite, dans l'espoir qu'il pourrait, profitant des ténèbres, reformer ses troupes et recommencer le lendemain.

« De part et d'autre, la nuit fut employée à prendre de nouvelles dispositions, mais un événement imprévu vint décider du sort des deux adversaires.

Hugon, ménageant ses effets, s'arrêta de parler.

– Et alors, et alors ? réclamèrent ses auditeurs.

Il reprit d'un ton victorieux :

– Au point du jour, Noël, suivi d'un renfort considérable de bacons, d'échines et de jambons, arriva au camp de Charnage, et la joie que souleva sa présence éclata en cris d'allégresse. Ces transports bruyants retentirent jusqu'au camp opposé et y jetèrent l'alarme. On voulut savoir ce qui les occasionnait et on envoya des espions pour s'en éclaircir. Mais quand ceux-ci de retour eurent fait leur rapport, à l'inquiétude succédèrent l'abattement et la résignation. En vain Carême, par ses harangues, essaya de réchauffer les courages ; la terreur les avait glacés. Chacun jetait ses armes, et de toutes parts l'on entendait les voix clamer : « La paix ! La paix ! »

Tous reprirent en chœur l'acclamation. Hugon leur fit signe de se taire. L'histoire n'était pas complètement finie.

– Forcé de traiter contre son gré, et sur le point de se voir trahi par ses propres troupes, le triste monarque envoya, pour négocier, un député au vainqueur. Charnage, qu'avait enorgueilli la victoire de la veille, exigea en premier que son ennemi fût banni à jamais de la chrétienté. Cependant, sur les recommandations de ses barons, il entra en accommodement et, conjointement avec eux, conclut un traité dans lequel il consentit que Carême parût quarante jours l'an et deux jours en outre, environ, dans chaque semaine, mais ce ne fut qu'à la condition que les chrétiens, en dédommagement, pussent, pendant ces jours de pénitence, joindre au poisson, dans leur repas, le lait et le fromage. Et ce fut ainsi que le roi Charnage fit du roi Carême son vassal[1].

Tous applaudirent à tout rompre. Constance se dit que, finalement, le Tonsuré allait lui manquer. Il savait raconter des histoires ! Après tout, arriverait-il à faire passer son cher Cauchois à la postérité ? Isabelle, après s'être impatientée du temps perdu, riait de bon cœur. Marion, le chat sur les genoux, avait fait à plusieurs reprises le signe de croix, horrifiée par les agissements de toutes ces bêtes.

Gauvard, qui n'avait pas assisté au récit du Tonsuré, surgit, très en colère en voyant les filles qui s'étaient assises par terre pour écouter le récit.

– Mais qu'est-ce que vous faites tous ? Il n'y a pas de temps à perdre. Mes invités vont arriver.

Les filles se déshabillèrent en toute hâte, houspillées par Isabelle qui ne riait plus du tout. Marion retourna à ses chaudrons d'eau chaude et les trois cuisiniers à leurs marmites.

Des coups retentirent à la porte. Gauvard se précipita et se retrouva nez à nez avec deux hommes qu'il ne connaissait pas :

– Que voulez-vous ? Les étuves ne sont pas ouvertes aux étrangers, aujourd'hui. Nous faisons une petite fête de famille.

– Mon brave, nous sommes invités par Guillaume Savoisy, dit le grand avec un nez en bec d'aigle.

---

1. Récit inspiré d'un texte anonyme du XIIIe siècle : *La Bataille de Carême et Charnage.*

– Mais pour qui il se prend celui-là ! Ne bougez pas, je reviens.

Gauvard courut vers la cuisine et se planta devant Guillaume :

– Il y a deux hommes qui disent que vous les avez invités. Je ne veux voir personne d'autre que mes amis. Allez leur dire de revenir un autre jour.

« Mon Dieu ! se dit Guillaume, paniqué. S'agissait-il des deux Italiens ou d'Eustache et de Jean de Montaigu ? Ils arrivaient bien trop tôt, au risque de tout faire capoter. » Il courut jusqu'à l'entrée et se jeta dans les bras d'Eustache Deschamps :

– Mon bon oncle Jean ! Quel bonheur de vous voir ! Et vous, oncle Pierre ! Avez-vous fait bon voyage depuis vos terres lointaines ?

Il se tourna vers Gauvard :

– Ce sont mes oncles que je n'ai pas vus depuis dix ans. Ils ne resteront que peu de temps, je vous l'assure.

– Eh ben ! Tu nous as caché que tu avais une riche parentèle, dit Gauvard en scrutant les beaux vêtements des nouveaux venus. D'accord, ils peuvent rester mais tu les mets à la porte dès que mes convives arrivent.

Resté seul avec Eustache et Jean de Montaigu, Guillaume leur reprocha leur arrivée intempestive et leur recommanda la plus grande discrétion. Voyant passer deux filles, les fesses à l'air, Eustache prit un air intéressé puis poussa un soupir de tristesse.

– Ces petits culs me semblent bien appétissants, mais je n'ai plus l'âge de tels ébats. Laissez-moi vous dire :

« Ah si j'avais mon vit d'Orléans
Qui fût grand et roide, gros et nerveux
À la vérité bienvenu et bien logé

En maints endroits
Pâle et déteint, sans plus se dresser
Il ne me sert plus qu'à pisser. »

Guillaume entraîna les deux hommes vers la cuisine. Mathias leur dit d'un ton irrité de se faire aussi petits que possible pour ne pas gêner le service. Constance lui reprocha son manque de respect. Le jeune garçon, rouge de confusion, se répandit en excuses et ne cessa de répéter : « Un si grand repas ! Saint Laurent, patron des cuisiniers, venez-moi en aide. »

Giovanni Rapondi et Artus de Boislevé arrivèrent une bonne heure après. On entendit Gauvard leur souhaiter la bienvenue avec force rires et plaisanteries grivoises.

Gauvard réclama qu'on serve les mets du premier service. Il avait pris place dans le grand cuveau. Trois filles avaient été attribuées à chacun de ses invités et lui-même n'était pas en reste avec deux grosses blondes à ses côtés.

L'orgie avait bien commencé. Guillaume et Constance s'inquiétaient de ne pas voir arriver Matteo et Dino Rapondi.

Des coups discrets frappés à la porte les alertèrent. Ils virent entrer Dino Rapondi, hagard, les cheveux en bataille, soutenu par Matteo qui ne semblait pas en meilleure forme. Ils prévinrent Eustache et son compagnon que le moment était venu de confondre les bandits.

Ils firent irruption dans la salle des bains. Gauvard se leva, tout dégoulinant, prêt à agonir d'injures ceux qui venaient interrompre leurs agapes. Il n'eut pas le temps de dire un mot. Dino Rapondi, qui avait, semble-t-il, retrouvé toute sa vigueur, se jeta sur Giovanni, le prit au collet et lui balança deux gifles magistrales, avant de l'enfoncer dans l'eau. Artus de Boislevé, reconnaissant Jean de Montaigu, se leva et hurla :

– Je n'y suis pour rien. Je ne connais pas ces gens. C'est lui, Gauvard, qui a tout manigancé.

Gauvard fit valser la tablette où venaient d'être disposés le lapin au sirop, le chapon en dodine et la mamonia. Les filles, prenant peur, essayaient d'enjamber le bord du cuveau pour s'enfuir. Gauvard tomba de tout son poids sur Artus qui essaya de s'agripper au rebord de bois. Sa main glissa et ne saisit qu'une cuisse de la poule au cumin qui avait atterri là. Gauvard le maintint sous l'eau. Le bain sembla se remplir de monstres marins. Des bulles grasses éclataient à la surface.

Le Tonsuré, qui était tranquillement dans un coin à nettoyer les os récupérés auprès des convives, rassembla discrètement son Cauchois dans un baluchon et s'éclipsa sur la pointe des pieds.

Le combat faisait rage dans le bain. Alors qu'Artus de Boislevé en était à ses derniers soubresauts, la main levée vers le ciel avec la cuisse de poulet en guise de supplication, Marion arriva, portant deux grands seaux remplis de liquide fumant. Elle versa le premier sur la tête et les épaules de Gauvard qui se mit à hurler de douleur. Elle lui criait :

– Voilà pour toutes tes trahisons, tes mauvaises actions !

Elle versa le second. C'était de l'huile bouillante. La peau de Gauvard crépita et, dans un dernier hurlement de terreur, il disparut sous l'eau.

– Il n'a que ce qu'il mérite, conclut Marion. J'attendais ça depuis si longtemps…

Le chat roux délaissa les restes de poule au cumin dont il s'était emparé et la suivit hors de la pièce.

Les filles s'étaient réfugiées dans les alcôves, entourant Isabelle qui tremblait de tous ses membres.

Dino Rapondi n'avait pas noyé son neveu. Quand il avait vu Giovanni commencer à suffoquer, il l'avait tiré du cuveau en soupirant : « Ah ! La *famiglia* ! », lui avait asséné deux nouvelles claques et avait déclaré :

– Je te déshérite. Tu rentres dès demain à Lucques.

Il demanda à Matteo de lui lier les mains et de l'attacher solidement à un pilier. Le Lucquois s'empressa d'obéir, bien content de rendre la monnaie de sa pièce à Giovanni.

Eustache et Jean de Montaigu constatèrent le décès d'Artus de Boislevé. Ils tombèrent d'accord pour ne pas divulguer sa participation au complot. Une telle annonce aurait provoqué colère et indignation, voire des remous difficiles à maîtriser. Le duc de Bourgogne serait averti discrètement de la trahison de Boislevé. Sa mort serait attribuée à une bagarre dans un lieu peu recommandable, ce qui, après tout, n'était que pure vérité.

À la demande pressante de Constance, ils acceptèrent de ne pas inquiéter Marion. Là encore, verser du liquide bouillant dans un bain était chose normale pour une étuveresse. En outre, Marion n'avait fait qu'anticiper le châtiment réservé aux faux-monnayeurs : mourir ébouillantés. Le cas d'Isabelle était plus problématique. Elle jura ses grands dieux que si elle était au courant du trafic de fausse monnaie, elle n'en avait jamais profité. Elle admit que, parfois, elle acceptait de garder quelques objets volés par Gauvard, mais rien de bien important. Guillaume plaida en sa faveur. Constance, quoique cela lui en coûtât, fit de même. Jean de Montaigu finit par dire :

– Après tout, cela regarde le prévôt de Paris. Quant à moi, avoir mis fin à ce trafic me suffit amplement.

Eustache Deschamps, moins indulgent, batailla un peu et finit par accepter que la maquerelle ne soit pas inquiétée. Jean de Montaigu fit alors appel aux hommes d'armes qu'il avait postés à proximité des étuves. Les corps de Gauvard et d'Artus de Boislevé furent prestement emportés.

*

Mathias pleurait dans un coin, désolé que le repas qu'il avait tellement pris de soin à préparer gisât dans l'eau trouble du bain. Constance s'approcha de lui, le prit dans ses bras et murmura :

– Tu es un futur grand cuisinier. Tu en feras d'autres des grands repas. Prends cet argent et file rue aux Oues avec Marion acheter des oies rôties. Il reste les gaufres, les beignets et les flans. Nous allons fêter dignement Mardi Gras.

Eustache qui se tenait auprès d'eux déclara :

– Excellente idée et laissez-moi vous dire :

« Carême est bref, nous le vaincrons,
Avril le mettra en cage, Pâques nous en sauvera.
Maudit soit-il, et béni soit Charnage. »

Constance était si soulagée de voir leurs épreuves se terminer qu'elle posa un léger baiser sur la joue du vieil homme. Eustache en resta tout esbaudi.

La compagnie quitta la salle des étuves pour la cuisine où ils s'attablèrent pour un repas improvisé. Isabelle qui avait repris tout son aplomb faisait un charme éhonté à Matteo qui se laissait caresser la cuisse. Eustache Deschamps et Dino Rapondi, tout sourires, s'entretenaient des derniers potins de la cour. Les filles, bien contentes de ne pas avoir à ouvrir les cuisses, papotaient entre elles.

Quand Marion et Mathias revinrent les bras chargés de victuailles, ils étaient accompagnés d'Agnès la Dévote et d'Isobert. Le chien eut à peine le temps de manifester son affection à Constance qu'il vit passer sous son nez un éclair roux. Il se lança à la poursuite du chat qui se faufila entre les jambes de Mathias. De saisissement, le jeune garçon laissa tomber l'oie rôtie qu'il portait fièrement. Constance se précipita derrière Isobert, Guillaume sur ses talons.

– Si je t'attrape… lança-t-il à la jeune femme.

– Je l'espère de tout cœur… répondit-elle, se laissant tomber dans les bras de son amant.

Épilogue

Constance avait toujours cru qu'elle ne pouvait enfanter. Contre toute attente, elle mit au monde le 14 décembre 1393 un fils qui fut prénommé Jacques. Guillaume et elle s'étaient mariés en juin, dès que sa grossesse avait été connue. Ce fut l'occasion d'une grande fête rue de la Bûcherie.

Quand Guillaume reprit le chemin des cuisines de l'Hôtel Saint-Pol, il eut la surprise d'apprendre par Taillevent que le roi, en remerciement des services rendus au royaume, l'avait nommé maître-queux. Il en profita pour demander au vieux cuisinier de prendre Mathias comme enfant de cuisine. C'est ainsi que le jeune garçon, émerveillé, fit son entrée dans l'univers des cuisines royales. On le surnomma « anguillette », tant il était vif. Sa rage d'apprendre était si grande que Taillevent lui-même devait lui dire d'arrêter son service quand il le voyait piquer du nez dans les marmites.

Constance avait mis la maison de la rue aux Oues à la disposition de Marion et Jacquette. La servante des étuves vint travailler rue de la Bûcherie sous les ordres d'Agnès. Le chat roux l'accompagnait partout et il avait fallu une grande patience à la maisonnée pour supporter les combats homériques qu'Isobert et lui se livraient. Puis, un jour, Constance les découvrit endormis ensemble sur le lé de velours couleur fleur de pommier que le chien avait mâchonné de bout en bout et le chat griffuré sans merci. Elle faillit les jeter tous les deux à la rue, mais Guillaume lui jura qu'il en commanderait une autre pièce à Matteo.

Isabelle n'en revenait pas d'avoir échappé à tout châtiment. Elle vouait une gratitude éternelle à Guillaume et Constance et ne cessait de chanter leurs louanges. Le bruit courut qu'elle se désintéressait de son affaire et qu'elle projetait de la céder à la Grosse Margot. On dit même qu'elle comptait se retirer dans un couvent à Vézelay. En fait, si Isabelle quitta bien Paris, ce fut pour aller ouvrir une étuve à Bruges. Ce que lui avait dit Matteo Fiadoni sur les extraordinaires profits qu'on pouvait y faire n'était pas tombé dans l'oreille d'une sourde.

Comme elle se l'était juré, Constance ne toucha plus à un instrument de cuisine. Elle se consacra à ses enfants : Jacques, Mathilde, Pierre, Thomas et Marie.

Guillaume passa au service de Louis d'Orléans jusqu'à la mort de ce dernier en 1407. Il ne cessa de proposer des mets moins épicés. En pure perte ! Il abandonna le métier de cuisinier pour s'occuper de la gestion des domaines de Constance à Pontoise et Aubervilliers.

Seul leur premier-né, Jacques, choisit le métier de cuisinier. En 1420, il rejoignit Mathias qui avait quitté le service du roi pour la cour d'Amédée VIII, duc de Savoie, où officiait un grand cuisinier : maître Chiquart. C'est au château de Ripaille, au bord du lac Léman, que lui fut volé le recueil de recettes de Jehan Du Four que lui avait donné Constance.

Ce manuscrit intitulé *Le Ménagier de Paris* existe réellement. Il fait partie d'un traité d'économie domestique écrit par un bourgeois de Paris pour sa très jeune épouse. Il est édité pour la première fois en 1846. On le trouve dans la collection « Lettres gothiques » du Livre de Poche.

Une bonne part des recettes qu'il contient sont inspirées de celles du *Viandier* de Taillevent, autre livre de cuisine attribué à tort à Guillaume Tirel dit Taillevent. La première version de ce document, retrouvé à Sion, en Suisse, et publié en 1953, date des années 1300, soit avant la naissance du célèbre cuisinier. Le *Viandier*, premier best-seller culinaire, fut réédité jusqu'en 1604. Cela n'empêche que Taillevent fut un cuisinier à la longévité exceptionnelle : il officia de 1326 à 1395.

LES PERSONNAGES

Valentine Visconti (1368-1408). Accusée de vouloir empoisonner le roi, qui au cours de ses crises de folie ne reconnaissait et ne voulait voir qu'elle, Valentine est définitivement écartée de Paris en 1395.

Le 23 novembre 1407, Jean sans Peur fait assassiner Louis d'Orléans, son mari. Le 10 décembre, Valentine vient se jeter aux pieds du roi Charles VI pour réclamer vengeance et qu'on livre à la justice le meurtrier. Elle n'obtiendra pas satisfaction et se réfugiera à Blois avec ses enfants, où elle mourra en décembre 1408. Son fils, Charles d'Orléans, sera un poète célébré. Elle est aussi l'arrière-grand-mère de François Ier.

Louis d'Orléans et Jean sans Peur. En 1404, à la mort du duc de Bourgogne Philippe le Hardi, Louis d'Orléans, frère du roi fou, devient le maître du royaume. On dit aussi qu'il est très proche de la reine Isabeau. Il cherche à tout prix à détruire son cousin Jean sans Peur, fils de Philippe le Hardi. Acculé, le Bourguignon le fait assassiner. Cela provoquera en 1407 une guerre civile entre les Armagnacs, partisans de la maison d'Orléans, et les Bourguignons. Jean sans Peur sera assassiné, à son tour, en 1419. Le conflit entre Armagnacs et Bourguignons durera jusqu'en 1435, plongeant la France dans l'anarchie et la misère. Henri V, roi d'Angleterre, en profite pour dénoncer la trêve qui durait depuis vingt-sept ans. Le 25 octobre 1415 à Azincourt, il anéantit « la fine fleur de la chevalerie française ». Il reprend la Normandie et fera une entrée triomphale à Paris le 1er décembre 1420.

Réfugié à Bourges, Charles VII voit la domination anglaise s'étendre. Au nord de la Loire, une seule ville lui est restée fidèle : Orléans. Il n'a plus qu'à attendre une certaine Jeanne…

Charles VI (1368-1422). Tout avait pourtant bien commencé ! Un jeune roi robuste et plein d'allant avec des idées politiques précises. Des réformes qui fondent un véritable appareil d'État avec les prémices d'une fonction publique. Hélas, tout s'écroule le 5 août 1392 avec sa première crise de folie. S'ensuivent trente années pendant lesquelles le roi alternera des périodes de rémission et des crises de plus en plus longues et atroces. Le royaume va à vau-l'eau. La guerre civile et la mainmise des Anglais coupent la France en deux. Mais il ne sera jamais désavoué par son peuple. On lui donnera même le surnom de « Bien Aimé ».

Eustache Deschamps, né vers 1340, grandit à Reims où il devient le disciple de Guillaume de Machaut, poète et musicien. Il fait ses études à Orléans, célèbre à l'époque pour le droit civil. Il entre comme huissier d'armes au service du roi Charles V, puis des ducs d'Orléans. Il est l'auteur de 1 032 ballades, 142 chants royaux, 170 rondeaux, soit près de 82 000 vers, ainsi que d'ouvrages à tendance moralisatrice : *Lai de fragilité humaine*, *Miroir du mariage.* La date précise de sa mort est inconnue : entre 1404 et 1405.

Dino Rapondi se retire des affaires en 1394 pour se consacrer entièrement au service des ducs de Bourgogne, devient maître de leur hôtel et conseiller, c'est-à-dire ministre des Finances. En 1396, il prête deux cent mille florins à Philippe le Hardi pour la rançon exigée par le sultan Bajazet Ier en vue de la libération de son fils, Jean sans Peur. Quand Philippe le Hardi meurt brutalement à Halle en 1404, c'est Dino Rapondi qui fournit les draps et tentures noirs de deuil. Rapondi mourut en 1413. Son neveu Giovanni fut effectivement renvoyé à Lucques où il vécut une vie de misère.

Nota bene : Européenne convaincue, il n'est nullement dans mon propos de nuire à la réputation de Maastricht, mais il s'avère que c'était bien, au Moyen Âge, un lieu de production de fausse monnaie.

CAHIER DE CUISINE MÉDIÉVALE

Contrairement aux idées reçues, la cuisine du Moyen Âge est légère, acidulée, colorée, facile et rapide à réaliser.

Deux conseils de base :

Dévalisez une boutique d'épices

Non, non et non, les épices n'étaient pas là pour masquer d'éventuels goûts faisandés. Les papilles médiévales adoraient gingembre, muscade, safran, cannelle pour leur saveur et pour leur exotisme. Une seule épice est relativement difficile à trouver : la maniguette ou graine de paradis ; elle peut être remplacée par un poivre noir puissant.

Oubliez beurre et crème

Le Moyen Âge préférait l'acide au doux et le clair à l'onctueux. Les liaisons se faisaient avec des amandes broyées, de la mie de pain, de l'œuf. Le goût pour l'acide était omniprésent et nécessitait l'emploi de vinaigre, de jus d'agrumes et surtout de verjus, cet incomparable jus de raisin vert, peu connu mais qu'il est possible (et recommandé) de se procurer.

Première assiette

L'apéro au Moyen Âge était sous surveillance médicale. L'hypocras, qui tient son nom d'Hippocrate, père de la médecine, est un vin auquel on ajoute du sucre et des épices. Censé conforter l'appétit et assurer une bonne digestion, on l'accompagnait de fruits de saison, de charcuterie, de petits pâtés.

Des potages par milliers

Du plus simple au plus complexe, les maîtres-queux médiévaux s'en donnaient à cœur joie. On faisait grand cas des couleurs et si le potage était dit « jaunet », c'est bien parce que le safran était là pour l'illuminer. Ce potage illustrait parfaitement le goût pour l'acide donné par le verjus et tempéré par l'amande broyée.

Le « rost »

Jamais de bœuf dans un banquet : sa viande était jugée bien trop vulgaire et donc malsaine. Et puis, ce n'aurait guère été malin de manger un outil de travail indispensable. Le mouton avait davantage la cote, quoique les nobles lui préféraient la volaille, avec une prédilection pour les oiseaux de haut vol comme les cygnes et les hérons ! Quant au porc, n'en parlons pas, c'était nourriture de gueux.

Les sauces

Les mangeurs du Moyen Âge obéissaient à des règles diététiques très précises et les sauces étaient là, avec leurs multiples combinaisons d'épices, pour contrebalancer les effets nocifs (supposés) des viandes. On en usait immodérément, elles changeaient selon les saisons.

Ne pas chercher les légumes

Ils avaient mauvaise presse. Poussant sous ou à ras de terre, on les accusait de tous les maux. Et puis, il ne faut pas oublier que tomates et pommes de terre n'étaient pas encore arrivées d'Amérique (cf. Michèle Barrière, *Meurtres à la pomme d'or*, Agnès Viénot Éditions). Les herbes aromatiques, épices du pauvre, occupaient une place de premier plan.

Les desserts

Les repas se terminaient avec des confitures, des fruits, des fromages, des pâtisseries fines comme les gaufres. La dariole, qui existe encore de nos jours, est une petite merveille de simplicité et de saveur. Avant de prendre congé, on servait des « boute-hors » : dragées, coriandre, gingembre, oranges, cédrats confits accompagnés d'hypocras rouge.

Le verjus

Une mention spéciale pour le verjus, ce condiment dont la cuisine du Moyen Âge ne saurait se passer. Il s'agit du jus de raisins verts. Sa saveur acidulée donne une note de fraîcheur inégalable aux plats de viandes et de poissons. On peut le remplacer par du vinaigre allongé d'eau.

RECETTES

POTAGE JAUNET
(Le Ménagier de Paris)

Pour 4 personnes

400 g de saumon, 150 g d'amandes entières épluchées, 25 cl de verjus, 25 cl de vin blanc, 75 cl d'eau, 20 g de gingembre frais (1 morceau de 4 cm), 1 clou de girofle, 1 cuil. à café de graines de paradis (maniguette), 10 filaments de safran, 1 cuil. à soupe d'huile, sel.

Enlever la peau et les arêtes du saumon. Dans une cocotte, le faire revenir 5 min dans l'huile. L'émietter finement à la fourchette. Passer les amandes au mixeur. Mélanger le verjus, le vin et l'eau. Ajouter les amandes broyées et le poisson émietté. Broyer le gingembre au mixeur, écraser le clou de girofle, les ajouter au poisson ainsi que le sel, le safran et la graine de paradis. Porter à ébullition et laisser frémir 5 min.

POTAGE AU LAIT D'AMANDES
(Le Ménagier de Paris)

Pour 4 personnes

250 g d'amandes, 300 g d'oignons, 1,5 l d'eau, 3 tranches de pain de mie, 25 g de beurre.

Peler les oignons et les faire cuire dans l'eau pendant 20 min. Ébouillanter les amandes, les peler et les passer au mixeur. Les ajouter à l'eau de cuisson des oignons. Filtrer au chinois. Hacher les oignons cuits, les faire dorer dans le beurre. Ajouter au lait d'amandes. Faire chauffer et verser sur les tranches de pain de mie.

Civet d'huîtres
(Le Ménagier de Paris)

Pour 4 personnes

32 huîtres, 2 oignons hachés, 2 tranches de pain de mie, 50 g de beurre, 1 verre de vin blanc sec, le jus d'un citron, 1 clou de girofle broyé, 2 pincées de cannelle, 4 gousses de cardamome égrenées, 10 filaments de safran, poivre, sel.

Ouvrir les huîtres, les mettre avec leur eau dans une casserole. Donner un tour de bouillon. Égoutter les huîtres, filtrer l'eau de cuisson et la conserver. Dans une poêle, faire frire les oignons dans le beurre. Quand ils sont blonds, ajouter les huîtres. Faire griller le pain émietté dans la poêle. Dans une casserole, mettre le vin blanc, le jus de citron, le pain, les épices, le sel. Faire cuire 5 min. Ajouter les huîtres et les oignons. Faire cuire 5 min et servir.

Lait lardé
(Viandier de Taillevent)

Pour 4 personnes

150 g de petits morceaux de lard maigre, 50 cl de lait, 6 jaunes d'œufs, 100 g de beurre, 1 clou de girofle broyé, 25 g de sucre.

Dans une casserole, faire bouillir le lait et le lard. Laisser refroidir. Battre les jaunes d'œufs. Ajouter au lait et fouetter. Faire cuire au bain-marie jusqu'à ce que le mélange prenne. Laisser refroidir et égoutter à travers une toile fine pendant trois heures. Couper en tranches fines, saupoudrer avec le clou de girofle broyé et le sucre, faire dorer à la poêle dans le beurre.

Tourte d'espinoches
(Le Ménagier de Paris)

Pour 6 personnes

Un fond de tarte brisée, 1 kg d'épinards, 20 tiges de persil, 20 feuilles de menthe, 10 feuilles de basilic, 4 brins de marjolaine ou 1 cuil. à café de marjolaine en poudre, 400 g de ricotta, 50 g de parmesan râpé, 6 œufs, 1 noix de beurre, 15 g de gingembre frais (1 morceau de 3 cm), 1 cuil. à café de cannelle, 1 pointe de muscade, sel et poivre.

Faire cuire le fond de tarte à blanc, rempli de haricots secs, pendant 15 min à four chaud (th. 7, 200 °C). Laver et faire cuire les épinards 5 min dans de l'eau bouillante. Les égoutter et les faire revenir à la poêle avec une noix de beurre et la muscade pendant 5 min. Laver, sécher et hacher menu les herbes. Écraser la ricotta à la fourchette, y ajouter le parmesan, les œufs, le gingembre, le sel et le poivre. Mélanger avec les épinards et les herbes. Garnir la tarte et faire cuire 45 min à four chaud.

Agneau rôti au sel menu
(Le Ménagier de Paris)

Pour 4 personnes

1 épaule d'agneau de 1,5 kg, 30 têtes de persil, verjus, vinaigre, fleur de sel.

Faire cuire l'épaule à four chaud (th. 8, 230 °C) pendant 20 min. La sortir du four. Pratiquer des entailles assez profondes pour y loger les branches de persil. Remettre au four 20 min. Servir avec les sauces « jance », « cameline » et « verte » (voir p. 340-341) ainsi qu'avec des coupelles de sel fin, de vinaigre et de verjus dont chaque convive usera à volonté comme assaisonnement.

Mamonia (mouton au miel)
(Liber de coquina)

Pour 4 personnes

1 épaule d'agneau, 30 cl de lait d'amandes, 100 g de miel, 1 jaune d'œuf, 1 cuil. à soupe de gingembre frais broyé, 1/2 cuil. à café de cannelle en poudre, huile, sel.

Demander au boucher de désosser l'épaule d'agneau. Couper la viande en petits morceaux, les faire revenir dans une cocotte avec de l'huile. Ajouter le lait d'amandes, les épices et le sel. Faire cuire 1 heure à couvert et à feu doux. Ajouter le miel. Faire cuire 10 min supplémentaires. Ajouter hors du feu le jaune d'œuf. Bien remuer et servir.

Brouet de cannelle
(Le Ménagier de Paris)

Pour 4 personnes

1 poule, 150 g de poudre d'amandes, 1 cuil. à café de cannelle en poudre, 1 cuil. à café de gingembre en poudre, 2 clous de girofle broyés, 1 jus de citron, 25 cl de bouillon de poule, 50 g de beurre, sel et poivre.

Mettre la poule dans un court-bouillon. La faire bouillir une heure. La découper en morceaux. Faire dorer les morceaux à la poêle dans le beurre. Dans une casserole, mélanger la poudre d'amandes, les épices, le jus de citron, le bouillon, le sel et le poivre. Faire cuire doucement jusqu'à obtention d'une sauce crémeuse. Napper les morceaux de poule et servir.

Froide sauge
(Le Ménagier de Paris)

Pour 4 personnes

1 poule, 2 cuil. à soupe de vinaigre de vin, 8 tranches de pain de mie, 2 jaunes d'œufs durs, 2 clous de girofle broyés, 10 filaments de safran, 1 cuil. à soupe de gingembre en poudre, 8 gousses de cardamome égrenées et broyées, 1 cuil. à café de cannelle en poudre, 1 cuil. à café de sauge hachée, 2 cuil. à soupe de persil haché, sel et poivre.

Mettre la poule dans un court-bouillon. La faire bouillir une heure. La découper en morceaux. Arroser le pain avec du bouillon. Passer au mixeur. Ajouter les œufs durs. Broyer de nouveau. Ajouter éventuellement un peu de bouillon pour obtenir une crème assez liquide. Ajouter les épices, les herbes, le vinaigre, le sel, le poivre. Battre à la fourchette. Verser sur les morceaux de poule. Servir très froid.

Cormary
(Forme of cury)

Pour 4 personnes

1 longe de porc de 1,5 kg, 25 cl de bon vin rouge, 15 cl de bouillon de viande, 4 gousses d'ail broyées, 1 cuil. à café de graines de coriandre broyées, 1 cuil. à café de graines de cumin broyées, 3 pincées de poivre, sel.

Mélanger le vin, l'ail et les épices. Faire mariner la viande dans ce mélange de quelques heures à une nuit entière. Faire rôtir à four moyen pendant une bonne heure. Disposer le porc sur un plat de service. Dans une casserole, porter à ébullition le jus de cuisson et le bouillon mélangés. Servir avec la viande.

Lapin au sirop
(Forme of cury)

Pour 4 personnes

1 lapin, 25 cl de bouillon de viande, 25 cl de vin de Samos, 2 cuil. à soupe de vinaigre, 2 cuil. à soupe d'huile, 50 gr. de raisins de Corinthe, 1 clou de girofle broyé, 1/2 cuil. à café de cannelle en poudre, 1/2 cuil. à café de graines de paradis, 1 cuil. à café de gingembre en poudre, sel.

Dans une cocotte, faire revenir les morceaux de lapin dans l'huile pendant 10 min. Ajouter le bouillon et faire mijoter à feu doux pendant 15 min. Ajouter le vinaigre, le vin, les raisins secs, les épices et le sel. Faire cuire à feux doux 30 min. Enlever les morceaux, faire réduire la sauce et napper les morceaux de lapin de ce sirop.

Sauces
(Le Ménagier de Paris)

Jance

2 gousses d'ail, 100 g d'amandes entières épluchées, 1 tranche épaisse de pain blanc, 5 g de gingembre frais (1 morceau de 1 cm), 1 verre de verjus, 1 verre de vin blanc.

Faire tremper le pain dans le vin blanc. Broyer les amandes au mixeur. Égoutter le pain. Passer ensuite au mixeur le gingembre, l'ail et le pain. Ajouter les amandes, le verjus et le vin blanc. Porter à ébullition et laisser frémir 2 min.

Cameline

1 tranche épaisse de pain blanc, 25 cl de vin blanc, 5 g de gingembre frais (1 morceau de 1 cm), 1/2 cuil. à café de cannelle, 1/4 cuil. à café de muscade, 2 filaments de safran, 1 cuil. à café de sucre roux.

Faire tremper le pain dans un bol d'eau. Mélanger les épices avec le vin. Ajouter le pain imbibé broyé au mixeur. Porter à ébullition. Ajouter le sucre. Le mélange doit être onctueux. Donner un tour de bouillon.

Sauce verte

4 cuil. à soupe de verjus, 4 cuil. à soupe de persil haché menu, 3 feuilles de sauge, 5 g de gingembre (1 morceau de 1 cm), 1 pointe de clou de girofle, 1 pointe de cannelle, sel.

Broyer au mixeur le persil, la sauge et le sel. Ajouter les épices et mélanger. Délayer avec le verjus.

Porée blanche
(Le Ménagier de Paris)

Pour 4 personnes

1,5 kg de poireaux, 200 g d'oignons, 200 g d'amandes entières épluchées, 10 g de gingembre frais (1 morceau de 2 cm), 30 cl d'eau, 50 g de beurre. Mélange d'épices : 1 pincée de cardamome, 1/2 cuil. à café de cannelle, 1 pincée de muscade.

Éplucher les poireaux et ne garder que les blancs. Les émincer ainsi que les oignons. Les faire revenir dans du beurre pendant 10 min. Broyer les amandes au mixeur. Mélanger avec l'eau pour en faire un lait épais. Filtrer. Mélanger les légumes et le lait d'amandes. Ajouter le gingembre écrasé. Faire bouillir 10 min. Servir en saupoudrant du mélange d'épices.

Blanc-manger
(Viandier de Taillevent)

Pour 4 personnes

1 poule bouillie dont on ne garde que les blancs, 250 g d'amandes en poudre, 25 cl de bouillon de poule, 12 amandes entières, 50 g de sucre, 1 grenade (facultatif).

Broyer les blancs au mixeur. Ajouter les amandes en poudre et le bouillon. Faire épaissir sur feu doux jusqu'à ce que la préparation épaississe. Verser dans un plat creux. Faire dorer à la poêle dans un peu de beurre les amandes entières. Parsemer le blanc-manger avec les amandes et les grains de grenade. Saupoudrer de sucre.

Picada de roquette
(Arnaud de Villeneuve)

1 livre de roquette, 2 cuil. à soupe de vinaigre de Banyuls, 12 cerneaux de noix, 1 cuil. à café de sucre, poivre, 1 petite pincée de filaments de safran, 4 capsules de cardamome, 1/2 l d'huile d'olive.

Faire blanchir la roquette 5 min dans de l'eau bouillante. La réduire en purée au mixeur ainsi que les noix. Ajouter le sucre et les épices ainsi que le vinaigre. Bien mélanger. Monter en mayonnaise avec l'huile d'olive.

Cette sauce convient parfaitement pour un poisson ou une viande froide.

Pintade aux noisettes
(Arnaud de Villeneuve)

Pour 4 personnes

1 pintade, 25 cl d'huile d'olive, 100 g d'amandes en poudre, 25 g de noisettes, 1 tranche de pain, 1 gousse

d'ail, quelques brins de persil, 1 pincée de cannelle, poivre, 1 cuil. à café de miel, 1 petit verre de Banyuls.

Couper la pintade en morceaux. Les faire revenir dans l'huile d'olive pendant 25 min. Pendant ce temps préparer la picada : concasser les noisettes et l'ail et faire griller. Émietter le pain. Hacher le persil. Mélanger le tout en ajoutant la cannelle, le poivre, le miel, le Banyuls. Mélanger la poudre d'amandes avec 25 cl d'eau pour en faire un lait épais. Filtrer. Ajouter le lait d'amandes au mélange de noisettes. Porter doucement à ébullition. Napper les morceaux de pintade de ce mélange. Servir aussitôt.

FLAN SIENNOIS
(Anonyme italien)

Pour 4 personnes

15 amandes mondées, 80 g de sucre, 6 œufs, 25 cl de lait, 2 cuil. à soupe de ricotta, 5 cl d'eau de rose, 1/2 cuil. à café de cannelle en poudre.

Passer les amandes au mixeur. Dans une terrine, battre les œufs, le lait, la poudre d'amandes, le sucre et la cannelle. Ajouter l'eau de rose et le fromage écrasé à la fourchette. Bien mélanger. Verser dans un moule à haut bord, préalablement beurré. Faire cuire 45 min à four doux (th. 3, 150 °C).

TARTE BOURBONNAISE
(Viandier de Taillevent)

1 fond de tarte brisée, 300 g de ricotta, 250 g de crème fraîche, 3 œufs, 125 g de sucre, le jus et le zeste d'une orange.

Faire cuire le fond de tarte à blanc garnie de haricots secs pendant 15 min à four chaud (th. 7, 200 °C). Écraser le fromage à la fourchette, ajouter la crème, les œufs, le sucre, le jus et le zeste d'orange. Fouetter énergiquement. Verser sur le fond de tarte. Faire cuire 30 min à four chaud. Faire attention à ce qu'elle ne se colore pas trop.

Tarte aux pommes
(Forme of cury)

Pour 6 personnes

1 fond de tarte brisée, 6 grosses figues sèches, 3 pommes, 2 poires, 50 g de raisins secs, 25 g de sucre, 25 g de beurre 1/2 cuil. à café de cannelle en poudre, 1/2 cuil. à café de muscade en poudre, 1/2 clou de girofle broyé, 5 filaments de safran.

Couper les fruits en petits dés et en garnir la pâte à tarte. Mélanger le sucre et les épices et saupoudrer les fruits. Ajouter le beurre coupé en petits morceaux. Mettre à four chaud (th. 7, 200 °C) pendant 40 min.

Dariole
(Viandier de Taillevent)

Pour 6 personnes

1 fond de tarte brisée, 500 g de crème épaisse, 4 œufs entiers, 200 g d'amandes en poudre, 120 g de sucre.

Mélanger et fouetter vigoureusement tous les ingrédients. Verser le mélange sur le fond de tarte. Mettre à four moyen (th. 6, 180 °C) pendant 45 min.

Vin de sauge
(Le Ménagier de Paris)

1 l de vin blanc doux, 25 g de feuilles de sauge, 1 clou de girofle, 1 cuil. à café de gingembre, 1 feuille de laurier, 1 pincée de poivre, 120 g de miel.

Mettre le vin dans un saladier. Hacher les feuilles de sauge. Ajouter au vin tous les ingrédients. Bien mélanger et laisser macérer 24 heures. Filtrer et mettre en bouteilles. Mettre les bouteilles au frais et laisser reposer une semaine avant de déguster.

Hypocras

1 l de vin (blanc pour l'apéritif, rouge pour le dessert), 1 cuil. à café de cannelle en poudre, 20 g de gingembre frais (1 morceau de 4 cm), 1 clou de girofle, 100 g de sucre.

Broyer le gingembre au mixeur. Écraser le clou de girofle. Mélanger les épices avec le vin, le sucre et la cannelle dans un récipient qui ne soit pas en métal. Bien remuer pour dissoudre le sucre. Laisser macérer deux heures, puis filtrer dans une passoire garnie d'un tissu de coton fin.

Mettre dans un [illegible] Hacher les [illegible] [illegible] [illegible] [illegible] [illegible] [illegible] [illegible]

[illegible]

[illegible] de vin [illegible] rouge pour [illegible] [illegible] [illegible] 20 g de [illegible] [illegible] [illegible] [illegible] [illegible]

[illegible] [illegible] [illegible] [illegible] [illegible] vin [illegible] [illegible] [illegible] [illegible] [illegible] [illegible]

Michèle Barrière
dans Le Livre de Poche

Meurtres à la pomme d'or n° 31140

1556. François, étudiant en médecine à Montpellier, n'a qu'une idée en tête : devenir cuisinier. Des morts suspectes sèment le trouble dans la ville. Un mystérieux breuvage en est la cause. En raison de ses origines juives et de ses sympathies pour les protestants, un apothicaire, Laurent Catalan, est accusé de complicité et jeté en prison. François mène l'enquête. Guide de la tomate et carnet de recettes de la Renaissance à la fin du livre.

Meurtre au café de l'Arbre Sec n° 32584

Février 1759. Jean-François Savoisy, cafetier de la rue de l'Arbre-Sec, entend bien surpasser Procope avec sa glace au parfum révolutionnaire : consécration et félicité lui semblent promises. C'est compter sans son épouse qui s'est entichée de littérature. Lorsque Diderot lui confie un manuscrit afin d'échapper à ses censeurs, Maïette ne sait pas vers quels dangers elle entraîne sa famille. Ce qu'elle ignore surtout, c'est que dans l'ombre rôdent deux individus, eux aussi à la poursuite d'un manuscrit…

Meurtres au potager du Roy n° 31762

Château de Versailles, 1683. Louis XIV raffole des légumes primeurs : asperges, petits pois, melons… La Quintinie, directeur des jardins fruitiers et potagers royaux, en détient les secrets. Au potager du Roy, puis chez un maraîcher du quartier de Pincourt à Paris, des champs de melons sont vandalisés, des jardiniers assassinés. Benjamin Savoisy – premier garçon-jardinier du potager – mène l'enquête à Versailles où officient cuisiniers et maîtres d'hôtel. Elle l'entraînera jusqu'en Hollande, grande puissance coloniale réputée pour son commerce.

Natures mortes au Vatican n° 31499

Rome, 1570. François est à présent le secrétaire de Bartolomeo Scappi, le cuisinier du pape. Il l'aide à rédiger un recueil de quelque mille recettes, toutes plus délicieuses et innovantes les unes que les autres. Mais des événements inquiétants se produisent : le peintre Arcimboldo est enlevé, François est victime d'un odieux chantage, une fête vire à l'orgie et au massacre…

Les Soupers assassins du Régent n° 31963

À la mort de Louis XIV, la Cour regagne Paris et renoue avec les plaisirs : le vin mousseux de Champagne, très en vogue, coule à flots au Palais-Royal. Des marchands de vin parisiens, qui ne jurent que par le bourgogne, déclarent la guerre au vin « saute-bouchon ». Sont-ils responsables de l'empoisonnement d'une jeune comédienne ? À moins que le poison n'ait été destiné au Régent sur qui se concentrent des haines tenaces…

Du même auteur :

MEURTRES À LA POMME D'OR, roman noir et gastronomique au temps de la Renaissance, Agnès Viénot Éditions, 2006.

NATURES MORTES AU VATICAN, roman noir et gastronomique en Italie à la Renaissance, Agnès Viénot Éditions, 2007.

MEURTRES AU POTAGER DU ROY, roman noir et gastronomique à Versailles au XVIIe siècle, Agnès Viénot Éditions, 2008.

LES SOUPERS ASSASSINS DU RÉGENT, roman noir et gastronomique à Paris en 1718, Agnès Viénot Éditions, 2009.

LES AVENTURES DU CUISINIER SAVOISY, Agnès Viénot Éditions, 2010.

MEURTRE AU CAFÉ DE L'ARBRE SEC, roman noir, Lattès, 2010.

LE SANG DE L'HERMINE, Lattès, 2011.

DE SANG ET D'OR, Lattès, 2012.

SUITE DES AVENTURES DU CUISINIER SAVOISY, Agnès Viénot Éditions, 2013.

Le Livre de Poche s'engage pour l'environnement en réduisant l'empreinte carbone de ses livres. Celle de cet exemplaire est de :
400 g éq. CO_2
Rendez-vous sur www.livredepoche-durable.fr

Composition réalisée par ASIATYPE

Achevé d'imprimer en mai 2013, en France sur Presse Offset par
Maury-Imprimeur – 45330 Malesherbes
N° d'imprimeur : 180348
Dépôt légal 1re publication : avril 2009
Édition 06 – mai 2013
LIBRAIRIE GÉNÉRALE FRANÇAISE – 31, rue de Fleurus – 75278 Paris Cedex 0

31/2515/